短詩型文学探究

——和歌・短歌と連歌・俳諧・俳句——

前川整洋

図書新聞

目次——短詩型文学探究

はじめに

明治一五年に訳詩集『新体詩抄』が刊行にいたり、西洋の詩がいかなるものかを知ることになったが、用語や発想は短歌にならいつつ、文語に七五調の音数律をかぶせた訳であったことから、自由詩ではなく文語定型詩であった。文語定型詩は文語自由詩となり、さらに口語自由詩となったとき、一般的には現代詩と呼ばれるようになった。明治三〇年に刊行された島崎藤村の詩集『若菜集』は、七五調の文語定型詩であった。明治四二年の北原白秋の詩集『邪宗門』は文語自由詩となっていた。そして、白樺派の理想主義の影響を受けた高村光太郎は、大正三年に詩集『道程』を刊行した。この詩集は口語自由詩をほぼ完成させたもので、現代詩の原型を示した。つづいて大正六年に萩原朔太郎の『月に吠える』で、口語自由詩はひとつのピークに到達した。ここから現代詩がはじまったとされている。

そこで、短詩型文学とは何かということになる。わが国において江戸期までは、詩とは和歌や俳諧などの文語定型詩と漢詩のことであったが、明治期に西洋から自由詩が入ってきたことから、和歌・連歌・俳諧および明治期からはじまった短歌・俳句は、詩歌となった。さらに第二次世界大戦後、フランス文学者・評論家の桑原武夫が論文「第二芸術―現代俳句について」を書いて、俳句を批判した。これに対して、歌人・俳人が「短詩形文学の批判に応う」として反論した。ここから短歌・俳句を短詩型文学（以下、短詩型とする）と呼ぶようになった。現代詩が昭和・平成・令和と進むにつれて実作者も読者も減少していったのに反して、短歌と俳句の短詩型は実作者も読者も増大した。

和歌をルーツとする短詩型は、音数律のリズムや文語調の韻律により心に伝わる詩情が立ち上がりやすく、読者は詩として受けいれ易い。そもそも、定型で書かれているということは、韻文となっていて、詩としてのレベルを問わなければ、とりあえず詩となっているのである。さらに、少ない文字数であることが、作り易さにもなっているのである。これらのことから、短詩型では、読者が作者でもあることが、普通である。万葉集からはじまった和歌は、テーマには違いはあるものの、現代の短歌にその様式・作法や着想は継承されている。

連歌・俳諧は会席の参加者が、五七五の長句と七七の短句を交代して詠んで作るものである。連歌・俳諧の冒頭の一句が発句である。俳諧の大衆化とともに、長句・短句の連なりから独立した発句である地発句《じほっく》が成立した。誰もが知っている芭蕉の名句は、厳密には俳句ではなく俳諧の発句と地発句である。現在の俳句と同じ詩的レベルの俳諧は、芭蕉が四一歳にしてきり拓いた蕉風と呼ばれる俳諧からはじまった。和歌から俳諧への進化には連歌が仲立ちしていて、さらに連歌から派生した俳諧から蕉風俳諧への進化には貞門・談林という流派の俳諧が仲立ちしている。このような複雑な過程を経て、蕉風俳諧は成立したのである。俳諧は現在では連句と呼ばれているが、連句といういい方は、明治期に発句・地発句が俳句となってから決められたのである。俳句の季語については、連歌のときから、発句には詠んでいるときの時節の季、すなわち当季を詠みこむことになっていて、さらに「や、かな、けり」などの切字《きれじ》をいれることになっていた。

明治期に俳句革新運動をはじめた正岡子規は、発句・地発句を俳句と呼びはじめた。そこには、俳諧の諧謔・滑稽を抑えることで、俳諧を近代文学として強化する目論みもあった。子規は作句法として写生を唱えはじめたが、高浜虚子はそれを発展させ、俳句に適した写生として「客観写生」を確立した。このリアリズム的な俳句哲学が、今日の俳句隆盛の礎となったといえる。他方、虚子の代表作には意外と主観的な句が多い。子規についても、写生を提唱していながら、代表作には写生句は少ない。それらの句は、写生を超えているということになる。「客観写生」では常識的な言葉の選び方や表現になりやすい。そこで奇抜な表現を用いると低俗に陥ることになる。「客観写生」をベースにしながら、象徴主義的な詩境にまで行き着くことが、写生を超えるということになる。象徴主義的とは、形而上学的あるいはコスモス的なイメージ空間を立ち上げることでもある。虚子の代表作には、次のような句もある。

昨年今年貫く棒の如きもの

年が変わっても基本的には何も変わらない。平穏無事や平和への祈りが感じられる。年の移り変わりを棒でイメージしたわけで、写生熟達のなせる技《わざ》なのであろう。また、時間の流れを〝もの〟としているのは、意味をズラした現代詩のモダニズム的表現に通じている。写生にこだわることで、写生というリアリズムを超えていながら、リアリティのある句ができるのである。

短詩型とは短歌・俳句のこととされてきたが、この評論ではそれらのルーツである和歌・連歌・俳諧もふくめている。連歌・俳諧の長句・短句は、別々の作者が詠んでいることや、とりわけ俳句の作句法のベースをもち合わせていることなどから、短詩型と見なすことにした。和歌ならではの伝統的な美の境地、連歌ならではの句と句の断絶性による新しいイメージの生成、連歌から派生した俳諧の民衆文芸への道のり、貞門・談林から蕉風へのドラマティックな進展、蕪村の絵画性や物語性の新境地、俳諧の諧謔性を深化させた小林一茶のオリジナリティ、明治期に子規と虚子が写生をベースに俳句を近代文学として発進させた経緯、虚子が主導する俳誌『ホトトギス』の伝統派と新傾向派との主導権争い、種田山頭火と尾崎放哉の自由律俳句による反近代思想的な境地や仏教的な世界観の顕現などについて、短詩型の歴史をたどりつつ作品の読解を通して探究してゆく。

《参考文献》

廣木一人‥連歌入門、三弥井書店、二〇一〇
山本健吉、中西進・編‥日本の詩歌―柿本人麻呂、紀貫之、藤原定家、松尾芭蕉―、河出書房新社、一九七四

一　三大和歌集の世界——万葉集・古今和歌集・新古今和歌集——

一—一　はじめに

俳句については俳句会「山火」、つづいて俳句会「白露」に所属してとり組んできたが、平成二四年に「白露」は終刊となり、それからは無所属である。俳句では、自然を凝視することや、季語の連想の力を活かすことや、二つ以上のものやことを並べる取合せなどにより、芸術的や哲学的な境地が創出されてきた。しかしながら、そういったレベルに到達するのは至難の技《わざ》であり、作句に行き詰ることは日常茶飯である。そこで俳句のステップアップに俳句のルーツである和歌について探究することにした。

西洋で「言葉は神」という観念がある。一方、短歌の他に長歌・旋頭歌などがある和歌は、神謡を起源としていて、そのことからも古代の人びとは五七調、七五調に霊を感じていたようだ。また、五句三一音が、大陸からの文化に打ち消されることなく残ったのは、稲作労働のリズムにもとづいていたからという説もある。

周知のことであるが、万葉集が最古で、古今和歌集、新古今和歌集を加えて三大和歌集とされている。現代においては、和歌は古めかしく、縁遠いものとなっている。しかし、芭蕉の俳諧（俳句）と同じように誰もが知っている名歌は多い。

花の色はうつりにけりないたづらにわが身世にふるながめせしまに　小野小町

「わが身世にふる」は、「ながめ」の序詞《じょことば》である。花をポスティブにではなく、意味なく色あせてゆくが、自分はそれを眺めながら歳月がすぎてゆく。古今和歌集（以下、古今集とする）のみならず小倉百人一首にも載っている、哀愁に優美さも加わっている名歌といえよう。他方、明治三一年に正岡子規は、「再び歌よみに与ふる書」の冒頭で、「貫之は下手な歌よみにて古今集はくだらぬ集に有之候」と批判した。つづいて斉藤茂吉は、古今集は観念的で類型も多いとやり玉にあげた　その威光は失墜したことがある。確かに古今集は、全体を通して映像的《ビジュアル》な妙趣には欠けるが、古今集ならではの軽やかな韻律に乗せられつつ納得させられるものがある。

万葉集から古今集に進むにつれて作法の巧みさに評価の重きが置かれるようになり、同じテーマで技巧を競うことが多くなり、テーマや内容がパターン化していった。逆に新古今和歌集（以下、新古今集とする）では、個人的な詩境が重視され、そこには貴族社会崩壊という現実をのり超えるための文化芸術が打ちたてられていた。西洋文学が入ってきた明治期には、古今集に多い言葉遊び的な技巧にたいして文学性や芸術性を見出すことは否定された。しかし、戦後になっての芸術をふくめた文化の多様化とともに、それらの技巧についての価値は見直されるようになった。そこには日本文化の再発見といったことも絡んでいる。

江戸期となって俳諧は文芸の中心となった。言葉遊び的な俳諧を芸術的や哲学的な境地を創出するものへ革新した松尾芭蕉は、西行を憧憬していたが、それは求道的な精神の尊重からのことで、技巧的なことの多くは藤原定家から引き継いでいる。

古池や蛙とびこむ水の音

「水の音」は宇宙空間のイメージを立ち上げている。この句にしても切字「や」に技巧のはたらきがある。「に」としたなら単なる報告になってしまう。「や」などによる表現の「切れ」は、もともとは和歌での技法であった。体言止めがかもし出す余韻の効果も同じである。俳諧も和歌の歴史のなかから生み出されたといえる。伝統にこだわりながら歩んできた三大和歌集の、それぞれの時代背景を踏まえながら、作法、意義、芸術性、哲学性、思想などを探究してゆくことにする。

一―二　万葉集

万葉集は四百五十年にわたって詠まれ、二十巻からなる約四千五百首で、そのうち長歌が約二六〇首、旋頭歌が約六〇首、連体歌が一首、仏足歌体が一首、あとはすべて短歌である。短歌は全体の九割三分である。万葉集は、七世紀後半から編まれはじめ、成立したのは、奈良時代の七五九年頃とされている。盛んに歌が詠まれたのは六二九年浄明天皇が即位した頃からの一三〇年間であった。どんな時代かというと、大化の改新の直前からということになる。勅撰和歌集ではないことから庶民の歌まで入っている。万葉集は一人の編者によってまとめられたのではなく、巻によって編者が異なるが、大伴家持《やかもち》の手によって二十巻に最終的にまとめられたとされている。万葉仮名という意味と切りはなれた漢字で綴られていて、そのことからも微妙な表現の妙味には欠けているように感じられる。

万葉集には長歌がはいっているが、長歌は五音と七音を交互に六句以上並べて最後に七音で結ぶ形式である。長歌のあとには反歌という短歌が一首から数首添えられる。反歌は長歌の内容をまとめたり、補足したりする。長歌は基本的には天皇・皇子や宮廷を賛美するものであった。長歌を形式の上からも表現の上からも完成させたのが柿本人麻呂であった。

吉野の宮に幸す時に、柿本朝臣人麻呂の作る歌

やすみしし　我が大君の　きこしめす　天《あめ》の下に　国はしもさはにあれども　山川の清き河内《かふち》と　御心《みこころ》を　吉野の国の　花散らふ　秋津の野辺に　宮柱《みやはしら》　太敷《ふとし》きませば　ももしきの　大宮人は　舟並《な》めて　朝川渡る　舟競《ふなぎほ》ひ　夕川渡る　この川の　絶ゆることなく　この山の　いや高知《たかし》らす　水激《みなそそ》く　滝の宮処《みやこ》は　見れど飽かぬかも

見れど飽かぬ吉野の河の常滑《とこなめ》の絶ゆることなくまたかえり見む

長歌について、一行目の「大君の　きこしめす」は、天皇の統治する、である。二行目の「河内」は流域の平地である。「御心を」は吉野の国の枕詞である。枕詞は気分的・リズム的なもの付加するはたらきがある。二行目の「宮柱　太敷きませば」は、宮殿の柱

を太く立てて、である。次の行の「ももしきの」は大宮人の枕詞で、「大宮人」は宮中に仕える官人である。最後から二行目の「高知らず」は、高さははかりしれない、である。「見れど飽かぬかも」は、見ていて飽きることがない、である。反歌は、長歌の重要な点を明示している。「常滑の絶ゆることなく」は、常に滑らかな巌のように絶えることはない、ということであるが、それは「大君」の統治する国である。

長歌は、人麻呂を頂点として衰退してゆくのであるが、豪族の群雄割拠する時代において、大和朝廷の統治能力を誇示する役割をもっていたことから、政権が掌握された古今集の時代には必要なくなったのである。

内容の上から・相聞《そうもん》歌《か》・挽歌・雑《ざう》歌《か》の三大部類になっている。相聞は消息を通じて問い交わすことで、相聞歌は主として男女の恋を詠みあう歌である。挽歌は死者を悼み、哀傷する歌である。雑歌は「くさぐさのうた」の意で、相聞歌・挽歌以外の歌が収められている。公の性質を持った宮廷関係の歌、旅で詠んだ歌、自然や四季をめでた歌などである。

柿本人麻呂

万葉初期は口承詞から詩への過渡期にあたり、儀式的であり呪術的であった。そこに私的抒情を織り込み、詩に仕立てることをはじめた代表的な歌人が、柿本人麻呂であった。人麻呂について正史にはまったく記録がないため、『万葉集』における作品や人麻呂の編さんであったのかは定かではない人麻呂歌集によって、おぼろげにどんな人物であったかを知る他はない。身分は六位以下、舎人《とねり》をつとめ、晩年は国司のなかの一人として石見国《いわみのこく》（現在の島根県西半分部）に下り、その地で没したと推定されている。人麻呂は枕詞・序詞・対句・くり返しなどの技法を高度の駆使することで、古代的な形式を完成させたとともに、長歌にも短歌にも不朽の業績を残した。形而上学は見えているものの背後にある根源を解き明かすことであるが、人麻呂の力強い調べと幻想的な表現からは形而上学的なものまで喚起されてくる。そこには私的詩情と霊的な境地とが融合した詩的な空間が創り出されている。わが国における抒情詩という芸術に通じる詩の誕生であった。代表歌人には人麻呂の他に、高市黒人《たけちのくろひと》、大伴旅人、山上憶良、山部赤人、大伴家持などがいる。

明治期に正岡子規は、万葉集を写生の歌として重んじた。自然や心情をありのままに表現するのが写生である。空想やわざとらしい技巧を加えない表現ということでもある。つづいて斉藤茂吉は実相観入の歌として評価した。実相観入は　自己と対象が一つになることで、実相にまで具象的表現を高めることである。このように万葉集を重んじたのは、自然主義を底辺に文学を発展させようとの意図もあったともいえないことはないが、写生を作法の中心に据えていたことによる。

春過ぎて夏来るらし白栲《しろたえ》の衣干したり天の香具山　　持統天皇

木々の緑と着物の純白のコントラストが鮮やかだ。季節感を表現した歌はこの時代にはなかったことから、新境地を拓いた歌であった。

持統天皇の頃に活躍していたのが、歌聖と称されている柿本人麻呂である。人麻呂とともに山部赤人は、紀貫之に高く評価されている。次の歌は小倉百人一首にも載っている。

あしびきの山鳥の尾のしだり尾のながながし夜をひとりかも寝む　柿本人麻呂

田子の浦ゆうち出でて見れば真白にぞ不尽《ふじ》の高嶺に雪は零《ふ》りける　山部赤人

「あしびきの」の歌の上句《かみのく》は「ながながし」を起す序詞である。序詞はある語句を導き出すためにその前に置かれる修辞的語句で、枕詞と同様の修飾機能をもつが、二句以上で固定されたものではない。序詞と修飾される言葉との相互作用により、イメージの深化がもたらされる。山鳥は雉《きじ》の仲間であるが、尾の長いのは雄だけで、雄と雌とは別々に寝るとされている。この歌では、ひとり寂しく寝ることが、序詞の内容とうねりのある調べから霊的な趣にまで高められている。深山でただ独り寝る孤独にもかかわらず、下句には華麗なイメージが立ち上がってきて、深淵で無限な境地へといたる。内容は単純であるにもかかわらず、心を響かせるように訴えてくる、それが万葉歌の味わいといえる。

一方、「田子の浦ゆ」の歌は、客観写生を代表する名歌とされている。初句《しょく》の「ゆ」は、通過地点を示していて、「うち出で」は開けた所にでたということである。現在の田子の浦は静岡県の富士川東岸にあるが、当時は富士川西岸の興津川から東の蒲原・由比辺りまでの地であったという。歩いていて突如、視野が開けるとともに屹立していた富士の情景を鮮やかに現出している。

柿本人麻呂には、神秘性のある強い抑揚からのスケールの大きな詩情があり、山部赤人には、神秘性より映像的《ビジュアル》な美を強調したリアリティーのある大景の描出がある。柿本氏は神話を伝誦する家柄であったといわれている。人麻呂の歌は、属する氏族や集団のしきたりを踏まえながらも、私的抒情もふくませるという進化をなし遂げている。神話から抜け出して芸術の境地へと踏み入ったのだ。山部赤人は万葉集の他には伝記はないが、その作から宮廷歌人であったとされている。ほとんどが叙景歌で人や世相の歌はまったくない。写生の作風を代表する歌人である。

大伴旅人と山上憶良は、万葉前期を代表する歌人である。憶良の家柄は低かったが、若いとき遣唐小録として唐に渡っている。憶良、旅人と人麻呂とは、歌風がまったく違っていた。しかしながら、人麻呂が七〇九年に四八歳で亡くなったとするならば、憶良は二歳年長、旅人は三歳年少となる。これについては、山本健吉は、「それは結局、人麻呂がとっくに死んだあと、憶良と旅人とが老年期に入って、新しい自覚をもって歌を作りだしたからである」と書いている。年齢はそれほど離れていなかったのである。

名門の大伴氏の旅人は、大宰府長官であり、身分は高い。二人とも大宰府に左遷されてから、本格的に歌を作りはじめ、筑紫詞壇を形づくる。人麻呂が神話からの伝統を引き継いでいるのに対して、憶良は儒教の、旅人は道教の影響を受けていたが、憶良は生活苦を、旅人は生活の享楽と酒を主に詠んでいる。

士《をのこ》やも空《むな》しくあるべき万代《よろづよ》に語り継ぐべき名は立てずして　山上憶良

男たる者がむなしく果ててよいものか、万代の語りつがれる名を立てないで。名声を願ってのことではなく、自らを奮い立たせてのことであろう。

大宰師大伴卿《だざいのそちおおとものまえつきみ》、凶問に報《こた》ふる歌一首

世間《よのなか》は空しきものと知るときしいよよますます悲しかりけり　大伴旅人

大宰府へは妻を伴って赴任したが、着任して間もなく妻は亡くなった。詞書《ことばがき》はそのことを語っている。

憶良、旅人、赤人が世を去り、衰退しかかった歌壇を盛り返させたのが、旅人の子の大伴家持であった。その歌風は万葉調からは離れた古今調に近いものであった。

立山《たちやま》に降り置ける雪を常夏《とこなつ》に見れども飽かず神《かむ》からならし　大伴家持

家持は二九歳のとき越中守として越中に赴任している。神の貴さゆえにという理由づけをしていることに、万葉調から離れつつあることを感じさせられる。

大伴旅人

万葉集の時代は、和歌はこうあるべきだといったものはなかったので、作風に作意のない奔放さがあり、技巧に凝っていないことがプリムティブな発想の良さにつながっていた。他方、その作風は、万葉集は表記法が特殊で読むのが困難で流布しなかったことから、古今集へと引き継がれることはなかった。

一—三　古今和歌集

古今集は平安初期に醍醐天皇の勅命によって編まれた初めての勅撰和歌集であるとともに仮名文字文化のはじまりであった。万葉集と同じく二十巻から成り立っている。平安時代の九〇五年に成立。万葉集から古今集までの間には約一五〇年間の空白があった。この原因は、わが国の九世紀では、中国文化の圧倒的影響下にあったことから、公式の文章に漢字が用いられるのは当然であり、詩についても中国式の詩が漢字で書かれていたためであった。このように漢字優先の時代であったが、仮名文字を使う技巧が向上したことで、大和言葉の歌が勅命で編まれるにいたった。撰者には紀友則、紀貫之、凡河内躬恒《おおしこうちのみつね》、壬生《みぶの》忠岑《ただみね》らが任命された。古今集の「古」は、万葉集以後ということであり、「今」は編集されたときの現代ということであり、万葉集から後の和歌のなかから、約千五百首を撰び集めたのが古今集である。

全二十巻のうち、春・夏・秋・冬に分類された四季の歌は六巻にわたり、恋の歌が五巻、その他の九巻が賀の歌や離別の歌、雑の歌、東歌などとなっている。この構成からは四季の歌と恋の歌が重んじられているといえる。万葉集にも四季の歌はあったが、大きくは雑歌、相聞、挽歌の三つの分類であることと比べると、古今集では四季の歌が中心をなしている。四季の歌では季節の推移を反映した配列がとられている。本文は春の歌ではじまる。この部立は歌の解釈や鑑賞をはっきりとさせるためでもあったようだ。以後の和歌集はこの歌集を手本にしただけではなく、平安時代の文学を代表する源氏物語でさえ、底流には古今集の情趣があるとされている。

古今集では、部立にもとづいて同じテーマで歌が集められているだけでなく、部立の中での歌の並びにも工夫がこらされていて、歌と歌が関連をもってつながっている。一首を読んだ後、次はどうなるのだろうという謎解きにかられるようになっているのだ。ということは、部立ごと、あるいは古今集全体でひとつの物語と見なすこともできるのである。

古今集の詞書では、「歌う」ではなく「よむ」という言い方が、他の勅撰和歌集よりも多い。「よむ」がくり返されるのは、「よめる」には言寿《ことほ》ぐという意味があり、古今集は祝詞《のりと》の役割をになっていたとも考えられている。平仮名での最初の勅撰和歌集は、日本的なものを神々に示す文化事業であり、それにふさわしい言葉でもあったといえる。古今集以後では詞書は少なくなり、「よむ」も出てこなくなった。宗教志向から芸術志向になっていったためであろう。

詩的な理想とか観念が最初にあって、それを掘り下げることで、真実を詩境へとつなげている。それが古今集ならではの世界なのである。理念や観念を前面に出した場合、それは一般論的な説明であることから、リズミカルな語り口や音楽性による詩情がなければ、一次元的な平板さが目立つことになる。風景は作者の思いを引き出すためのものであった。また、作者をふくめた境遇や政治情勢への悲哀が込められていることも多い。しかしながら、そのような個人的な感慨や心情を引きずった、重々しいとかしんみりした調子ではなく、知的な畳みかけや軽妙な調べが効果的にはたらいていることで、ネガティブな心情や出来事までも詩情へと高められている。七五調の流麗なリズムも、効果的にはたらいている。万葉集のときは、重厚でおごそかなか五七調が中心であったのであるが、古今集以後は七五調が盛んに用いられるようになった。

渚院にて桜をよめる

世の中にたえて桜のなかりせば春の心はのどけからまし　在原業平

古今集の仮名序で紀貫之が論じた平安初期の六人の歌人は、六歌仙と呼ばれている。在原業平もその一人であり、その他は僧正遍昭《そうじょうへんしょう》、文屋康秀、喜撰法師、小野小町、大伴黒主である。また、業平は伊勢物語の主人公とみなされている。色好みの美男子としても知られている。桜の美しさを逆説的に歌っている。平安初期の代表的な歌物語である伊勢物語では一段ごとに中心となる歌が載っているが、それらの歌で古今集に入っているものも少なくない。この歌もそうしたなかの一首である。

在原業平

詞書に「渚院にて桜をよめる」とある。渚院は現在の大阪府枚方の渚にあったとされる惟喬親王《これたかのみこ》の別邸である。業平は親戚でもある惟喬親王と大変親しくしていた。ところが、伊勢物語にも登場する惟喬親王は、母が紀貫之の一族の紀静子であったことから、政権を掌握していた藤原氏を後ろ盾としていた惟仁《これひと》親王が清和天皇に即位するにいたり、出家したのだった。「春の心」は惟喬親王の心であり、割り切れない心境がこもっているが、桜は藤原氏のことをいっているという解釈さえある。

僧正遍昭によみておくりける

さくら花散らば散らなむ散らずとてふるさと人のきても見なくに　惟喬親王

詞書に「僧正遍昭によみておくりける」とあることから、ふるさと人は遍昭のことのようではあるが、昔なじみの人ともとれる。散らなくても、昔なじみの人が来て見るわけではないのだから、「散らなむ」で、散ってしまえということだ。散るの畳みかけは、花びらの動きが見えてくる効果があるが、無念の思いを後世に伝えている。調べにのせた畳みかけは、無念さを芸術的に浄化しているともいえる。『去来抄』ではこの歌の逆行した感情も、時と場合によって詩となる、と書いてある。

俳諧はこれまでの和歌・連歌にもない新しい味を出すことを主旨としているが、物の本質的な性質に違ってはいけない。若し其の本性を反対の側から言い表す場合には、いろいろな種類がある。例えば杜甫の詩の「時ニ感ジテ花ニモ涙ヲ濺ギ、別レヲ惜ンデ鳥ニモ心ヲ驚カス」といゝ、惟喬親王の「さくらばなちらばちらなむちらずとも大宮人（古里人）の来ても見なくに」という類である。花は楽しみ笑って見るべきものを　涙を流すといった場合には、「時に感じて」といゝ、鳥の声は聞いて楽しむものを、心を驚かす反対の側からいった時は、「別れを惜しんで」といゝ、また、花は散るのを惜しむのが普通の人情であるのを、散るなら散ってほしいと反対にいう時には、「大宮人の来ても見ないのに」といっているなどが、一首の眼目である。

（岩田九郎・口語訳）

花に涙を流す、花の散るのを望む、といった型破りの感情の表白は避けるべきであるものの、時と場合によっては詩として成り立つとしている。

このように政争はあったものの、藤原氏の摂関政権が完成期に向かっているときで、安定した時代であった。それは和歌の優雅さやメルヘン的雰囲気を盛り上げるあと押しともなった。一方、固有の場面に詩境を見出すのではなく、理想論や一般論を掘り下げ、なるほどと思わせる叙法であることから、描写にもとづく叙景歌は極めて少ない。選び抜かれた言葉と言い回しによる、表現上の機微が歌の味わいとなっていて、理念や観念を一般論としてではなく、真実として納得させるものとなっている。また、この和歌集は日本人がどう季節を感じるかの手本ともなっていて、四季の美意識を確立する役割を果たした。

ふる年に春たちける日よめる

年の内に春はきにけり一年《ひととせ》を去年とやいはむ今年とやいはむ　在原元方《もとかた》

古今集はこの歌からはじまっている。詞書の「春たちける日よめる」は、「日」に詠んだのではなく、「日」を詠んだのである。旧暦の立春は、新暦の二月四日か五日であり、旧暦の一月一日は、新暦の一月二一日から二月一九日まで移動する。旧暦において立春が一月一日より前になることを、年内立春という。暦上の立春と、季節の実感とのズレを表白しているのであるが、年明け前に春になった歓びを歌っているともいえる。

古今集は一一〇〇首からできていて、そのうち一〇〇首が選者の一人である紀貫之の和歌である。当時は屏風から和歌を詠む屏風歌というのが盛んであった。貫之はその第一人者でもあった。技巧を凝らした歌の名手であったのだ。言葉の選び方や言い回しの巧みさのなかに、詩情を浮かび上がらせている。それは貴族社会では遊戯的な面白さが求められていたことと関係している。

二条の后春宮《とうぐう》のみやす所と申しける時に、御屏風に龍田川に紅葉ながれたるかたをかけりけるを題にてよめる

もみぢばの流れてとまるみなとには紅《くれなゐ》深き波やたつらむ　素生法師

「たつらむ」として実景ではないことをはっきりとさせている。空想を楽しむ風習というか文化が反映されている。虚構に生きる貴族階級の時代であったということである。同じ席での次の歌は、直後におかれている。

ちはやぶる神代もきかず龍田川唐紅に水くくるとは　在原業平

小倉百人一首にもとられている。「ちはやぶる」は「神」の枕詞、「水くくるとは」は水を括り染めにするとはであり、今の絞り染めである。「唐紅」は、韓の国から渡来した紅で、農紅色。二条の后の春宮において屏風絵を詠んだものであるが、この歌からは実景のイメージが連想されてくる。古今集では数少ない写生表現の叙景歌である

秋のはつる心を龍田川に思いやりてよめる

年ごとにもみぢ葉流す龍田川みなとや秋のとまりなるらむ　紀貫之

紅葉を「秋」として、龍田川には「秋」がとどまる所があるのであろうか、ということである。秋を表象する紅葉が行き着く先が、秋の泊まる所であるとする道理あるいは論理を展開している。巧みな空想が、メルヘンをかもし出している。

紀貫之

詩境とは独自性と発見のある空間でなくてはならない、にもかかわらず古今集は理念と観念の境地という共通なものにもとづいている。

平安中期の歌人である和泉式部は、数多くの男と恋をしたことが、彼女の残した歌から分かる。和泉式部の歌は、新古今集には二五首載っているが、古今集には載っていない。古今集からもれた歌を拾い集めた勅撰集である後拾遺和歌集には、次の歌が掲載されている。

白露も夢もこの世もまぼろしもたとへて言えば久しかりけり　和泉式部

「久しかり」は、愛する人といる時間ほどは短く感じられない、ということだ。この時代に儚さを代表していたものを四つも並べた強引さに、恋のあやうさを実感させられる。さらに、「たとへていえば」という論理的な語り口は、詩的な表現方法ではない。優美を理想とする古今集の世界ではなおさらである。この歌の奇抜さは、この時代を超えていたといえる。恋愛といっても打算の上であったような時代に、和泉式部の理想的な恋は情熱的でなくてはならなかったのである。奇抜や過激な言い回しを避けていた時代であったことから、和泉式部の評価は上がらず、フォーマルなスタンスの古今集には選ばれなかった。鎌倉時代に近づくにつれて、評価が上がっていったのである。

万葉集のときから掛詞と縁語の語法あったが、仮名文字が用いられた古今集以降発展した。掛詞は意味を二重にすることで、内容の拡大やイメージの強化をおこなっている。縁語は連想関係のある言葉のことで、歌に統一性をもたらす。

漢文学が全盛期へと進んでいたとき、和歌は男女の色恋にかかわるだけの、小さな「私」の世界と見なされていた。それを「公」のものへ発展させようとしたのが、紀貫之の世代であった。こういった状況では漢文に匹敵する技巧が重視された。また、万葉集とは別の世界を創ろうともしていた。読者にとっての詩とりわけ抒情詩の基本的意義は、芸術的な境地や崇高な人間性の感得であることから、古今集ならではの理念や観念は、抒情詩の詩境とは相反している。にもかかわらず、音楽性や言葉の知的な組立てにより、そこに真実がもつ深淵さを伝授している。日本語のというより古語の特徴を活かした表現、ひねった論理、知的な美や面白さを狙ったフィクションなどによりなし遂げられている。それは日本風文化の土台ともなった。

一―四　新古今和歌集

新古今集は鎌倉時代初期、後鳥羽上皇の勅命によって編まれた勅撰和歌集であり、古今集以後の八つの勅撰和歌集、いわゆる八代集の最後をかざっている。鎌倉時代の一二〇五年に成立。入集した歌人のうちでは西行の作が九四首と最も多く、以下慈円九二首、藤原良経《よしつね》七九首、藤原俊成七二首、式子内親王《しきしないしんのう》四九首、藤原定家四六首、藤原家隆四三首、寂蓮三五首、後鳥羽上皇三三首の順である。万葉歌人の作も多少ふくまれている。

平安後期の動乱に、和歌も方向を見失っていた。そこで古今集を完成した典型とした上で、歌人ごとの独自性を活かした作風を築こうとした。それが新古今調であり、その歌集が新古今集だった。新古今集の歌人である慈円の史書『愚管抄』に「保元以後ノコトハミナ乱世」とあるように、源平の争乱のなかで危機は絶えず身近にあった。それをのり超えるには、知的な技巧ではなく具象的なものの映像《ビジュアル》的なもののなかに真実はあるとし、泰然として生きる道を築かなくてはならなかった。また、仏教をイメージ化することで救いを見出そうともしている。これらの結果として、古今集の音楽性や知的な組立ては否定され、具象から導き出された虚構美や現実を超えた象徴の世界が推し進められた。そのための技巧として、体言止めがこれまでより頻繁に用いられるようになり、さらに一首内に複数の「切れ」、動植物・事物・事象の組み合わせ、本歌取りなどが編み出された。「切れ」の巧みな使われ方は、唐詩の影響ともされていて、また本歌取りは、万葉や古今にもあったものの、それは民謡風でオリジナリティに欠けていた。第三者の視点からのドラマ仕立てや感懐に情景を重ねることなどが行われるにいたった。さらに、幽玄の境地なども重視され、それは蕉風俳諧の基盤である侘び・寂び・細みといった理念へと発展することになる。また、具象表現が多いこととも関係しているが、クローズアップした、あるいは焦点を絞った表現がしばしば使われている。これも俳諧の基本的作句法となっている。

村雨の露もまだひぬまきの葉に霧たちのぼる秋の夕ぐれ　寂蓮

人住まぬ不破の関屋の板びさし荒れにし後はただ秋の風　藤原良経

古今集の特徴を完成させた第三期の歌人たち、紀貫之、紀友則、凡河内躬恒、壬生忠岑などの作風は、ほとんど差のないものであったが、新古今集の藤原俊成、西行、藤原清輔、藤原良経、寂蓮、藤原定家などの作風を、後鳥羽院が細かく批評できていることからも、個性的なものであったことが分かる。追求しているテーマは同じであっても、表現の仕方は別々なものになっていたのである。

藤原俊成

藤原定家の父の俊成は、新古典主義の新古今調を提唱した。古今集に根ざしつつ作者の個人的境地を入れてゆくやり方であった。ここに新古今集への流れができた。新古今集が完成したのは、俊成が亡くなった翌年であった。撰者は源家長、源道具、藤原定家、藤原家隆、藤原有家、藤原

藤原定家

雅経、寂蓮の六名で、藤原俊成ははいっていない。寂蓮については選ばれた後、すぐに亡くなっている。俊成の歌調は優艶であるのに対し、定家は妖艶であった。優艶は源氏物語を典型とした王朝美であり、優艶に妖しさが加わったのが妖艶である。

水無瀬恋十五首歌合に

白妙の袖の別れに露おちて身にしむ色の秋風ぞ吹く　藤原定家

暁での愛人との別れの場面。「身にしむ」は季語にもなっているが、秋冷が身にしみるように感じることだ。「露おちて」の「露」には、涙も混じっている。「身にしむ色」とは、上句の「白妙」との絡みからは白ということになる。切なさが白を基調にした幻想美へと変容している。

幽玄ということも重要視されるようになっていた。幽玄は意味としては「鮮明でない」であるが、微妙でどことなく深みのある余情を感じさせる境地でもある。

駒とめて袖うちはらふかげもなし佐野のわたりの雪の夕暮　藤原定家

馬を止めて雪を払う物陰もない、旅の情景を歌っている。世阿弥はこの歌を、「どこがおもしろいということもなくおもしろいのがいいのだ」と賞讃していることからも、幽玄の境地が描出されているといえる。さらに、ドラマの一場面のようなフィクション的な美がある。次の万葉集の歌を本歌取りしている。

苦しくも降り来る雪の神《みわ》の崎狭野《さの》の渡りに家もあらなくに　長奥麿

神の崎は和歌山県新宮市の三輪崎で、佐野はその西南にある。家も全くない荒涼とした情景が、旅の辛さを物語っている。それに対して定家の歌は、動作が入りドラマの一場面となっているが、構成にリズムの加わった芸術美をもたらしている。演劇的に洗練されたイメージも、定家の美の境地なのである。定家の歌は構成を駆使した象徴主義、対して本歌の方は抒情を込めたリアリズである。本歌取りは万葉集・古今集でも同じようなことは行われていたが、新古今集から盛んになった。二つの世界の相互作用から、それぞれに新たな詩想が立ち上げってくる。

定家と西行は対照をなす歌風であった。定家は人間存在を希薄にした唯美の世界をうち立ている。他方、西行は古今集からの作法を維持しながら仏教思想を交えた個人的境地をくりひろげている。新古今集は定家流と西行流に二分できる。定家が撰者であったことから、定家流の方が多い。

花は散りその色となくながむればむなしき空に春雨ぞ降る　式子内親王

情景が中心であることから定家流の詠み方である。「その色となく」は、桜の色はなく、他のどの色ということもなくである。「むなしき空」と淋しさを訴えながら、花が散ったあとの余情の美しさがある。淋しさを美への境地へと昇華させている。

心なき身にもあはれは知られけり鴫たつ沢の秋の夕ぐれ　西行

「心なき」は風流とか芸術を解さない、ことである。上句は古今集的な思いの表白で、下句は西行ならではの寂びの叙景である。波乱の遍歴への内省は、求道者の覚りへと浄化されている。

東の方のまかりけるに、よみ侍りける

年たけてまた越ゆべしと思ひきや命なりけり小夜《さや》の中山　西行

「小夜の中山」は、静岡県掛川市日坂峠。平家が滅んだ翌年である一一八六年、西行六九歳のとき伊勢から奥州へ旅立った。その途次での一首である。四〇年ほど前にみちのくへは旅したことがあった。長く生きてきたことへの感慨であるが、「命なりけり」の言い切りに歌道と仏道を邁進してきた気魂が感じられる。この旅では鎌倉で頼朝に会見している。

西行

東大寺再建のために奥州藤原氏の砂金勧進についての了解をとりつけるためであった。

古今集とは逆行した歌風が築かれている新古今集では、現世の苦境からの逃避と克服を図るため、実景と重なり合った虚構美と象徴の世界へと踏み込んでいる。芸術にはいろいろな美の概念や表現方法があるが、新古今集の斬新さは、ヨーロッパのロマン主義的なドラマ仕立ての虚構美、事物・事象・動植物の組み合わせから象徴主義的な世界の創出、仏教のイメージ化などにある。ドラマ仕立てについては、個人的な感傷ではなく、第三者的すなわち芸術家の視点から詩情を立ち上げるメカニズムをもっている。事物や事象を組み合わせるやり方は、一九世紀の詩人ボードレールの象徴主義の詩法の一つである照応と基本的には同じ原理で、ボードレールは無限と永遠の空間を立ち上げるとともに、宇宙とのアナロジーをもなし遂げている。新古今集のなかでもとりわけ定家の作法からは、現実の根底にある形而上学的なイメージが立ち上がってくる。そこには崇高な芸術性もある。古今集の音楽性や知的な技巧から、具象に手を加えた虚構美や現実を超えた象徴主義的な世界を創出する作法へと進展したのである。

一―五　テーマごとの三大和歌集の比較

共通するテーマで三大和歌集の和歌を比較した。万葉集、古今集、新古今集の順で一首づつ挙げ、テーマの選び方、作法、世界観、芸術性などの違いを探究する。

（一）悠久の自然

柿本朝臣人麻呂、近江の国より上り来る時に、宇治の川辺《かはへ》に至りて作る歌一首

もののふの八十《やそ》宇治川の網代木《あじろぎ》にいさよふ波のゆくへ知らずも　柿本人麻呂

「もののふの八十」は「宇治」の枕詞で、ゆったりした音感が古代のイメージをかもし出している。「八十」は多いという意味である。「網代」は魚をとる仕掛け。網代木でいったん止められた流れが、小波をうちながら去って行く。人生もこの流れのごとくという淡々

とした詩情が伝わってくる。他方、詞書には「近江の国より上り来る時に」とあるので、壬申《じんしん》の乱のあと廃墟となった大津宮を偲んだものとの解釈もされてきた。「もののふの八十氏」とすると、掛詞で朝廷に使える役人の文武百官をあらわしていることになる。このことからも壬申の乱が連想される。この掛詞は、「宇治川」の大河としての流れと、戦乱の要所としての「宇治」を対比させている。いずれにしても、人麻呂があみ出したゆったりとしていて、力強い調べが迫ってくる。滅び去ったことへの無常観とともに、移り変ってゆく人生あるいはこの世と、悠久の自然としての宇治川との対比が、哲学的あるいは宗教的ともいえる深淵なイメージを浮かび上がらせている。

人はいさ心も知らずふるさとは花ぞ昔の香に匂ひける　紀貫之

古今集では自然そのもので完結している歌は、極めて少ない。自然にも人がからんでいなくてはならない。詞書には、久しぶりに立ち寄った家の主人に無音をなじられたのに対して、この歌で応じたとある。かつての恋人とも考えられる。年ごとで変わることはない花の香り、自然は規則正しくくり返される。人の心は年々変わってゆく。紀貫之は平安時代を代表する歌人で古今集仮名序を書いているだけでなく、土佐日記も書いて日記文学に新しい道を拓いた。

東の方へ修行に侍けるに、富士の山をよめる

風になびく富士の煙の空に消えて行方もしらぬわが思ひかな　西行

「小夜の中山」の歌と同じく、伊勢から奥州への旅での一首。この時代は富士山から噴煙が上がっていた。秀麗な山体からの煙りは、行き先も分からず消えて行く。ゆるぎない富士と儚い人生とのコントラストを目のあたりにしながら、消えて行くことに未練はないことを暗示している。「思ひ」の「ひ」は、火の掛詞になっていて、上句の煙の縁語でもある。「富士」の噴煙のイメージが強調されている。「思ひ」が何であるかを、煙で表徴している。「わが思ひかな」を加えているのは、一般論ではなく個人的な思念であり、それは「無」の境地と「空《くう》」の哲学への憧憬である。

（二）ロマン

天《あめ》を詠む

天の海に雲の波立ち月の舟星の林に漕ぎ隠る見ゆ　柿本人麻呂

『万葉集』巻七雑歌冒頭の歌である。神話の世界そのものである。「雲の波立ち」からは、移動している雲が見えてくる。「星の林」には、なみはずれた個性を感じる。万葉集において人麻呂以降は、ここまで空想的な歌は少なくなる。

桜花散りぬる風のなごりには水なき空に波ぞたちける　紀貫之

「なごり」は、もともとは波打際の小波のことであった。「波ぞ」の係り結びの強調にはっとさせられ、花びらの散っているさまから波打際の光景が現われ、空想の美がひろがる。言葉の巧みな使い方が、空に波を立たせている。

春の夜の夢の浮橋とだえして峰にわかるる横雲の空　藤原定家

「夢の浮橋」は、『源氏物語』の終巻「夢の浮橋」に触発されている。「浮橋」とは不安定なものであるが、「夢の」となるとさらにはっきりしないものとなる。また、『平家物語』冒頭に「春の夜の夢のごとし」とあることからも、「春の夜の夢」はこの時代の世界観を象徴している。峰を眺めていたものの夢心地になっていった。そのとき横雲が山の頂を離れそうになり、はっと我に返えるとともに、実景があざやかに現われたのだ。夢での場面との相乗効果が、実景をこの世離れした美しいものにしている。歌人のというより登場人物の視点であるかのようになっていることから、別れの悲哀を表白しているのではなく、諦念の情景美となっている。空想から実景へと変転していることが、貫之の歌との大きな違いである。また、源氏物語の終巻「夢の浮橋」は、光源氏の次男とされる薫君と浮舟との儚《はかな》い恋物語である。そこで上句からは恋の破局を連想させられる。

（三）霊的景観

あしひきの山川《やまがわ》の瀬響《な》るなへに弓月《ゆつき》が岳《たけ》に雲立ちわたる　柿本人麻呂

谷川の音が聞えてくるとともに弓月が岳に雲がかかった。弓月は斎槻《ゆつき》、すなわち神聖な槻《つき》の木を暗示することにもなっている。弓月が岳は大和地方の霊山であり、音と雲で霊的な雰囲気をかもし出している。この歌の強い抑揚は、自然の壮大さをかもし出していて、そこには自然への畏怖と愛情が込められている。自然界には霊が宿っていると感じさせる人麻呂ならではの作風で、現実と神話との融合が図られている。

歌奉れとおほせられし時に、よみてたてまつれる

桜花咲きにけらしなあしひきの山のかひより見ゆる白雲　**紀貫之**

山峡に見える白雲は、白雲のように見えるが桜の花に違いない。霊的とは幻想的であることとすると、この景は霊的といえないこともない。しかしながら、霊的には暗さとか不気味さをともなうとすると、この歌を霊的とは言いがたい。山の景観はおうおうにして霊的であるが、明るく軽快な調べを真骨頂とする古今集では、霊的景観とはほとんど縁がないといえよう。

移りゆく雲に嵐の声すなる散るか正木の葛城《かつらぎ》の山　**藤原雅経**

勢いよく流れる雲から轟音が聞えてくるかのようで、正木の葉も散らされているであろう。そこは葛城山である。「正木かずら」と「葛城」が掛詞となっている。「正木かずら」は古今集などの古典に出てくる植物で、定家葛のことである。「正木かずら」の林の向こうに葛城山がイメージされてくる。この山は修験道の祖とされる役小角《えんのおづぬ》が開山したとされ

る修験道の道場になっている。俳句では阿波野青畝の次の句が知られている。

葛城の山懐に寝釈迦かな

歌が凝縮された物語であるのに対し、芭蕉以後の俳諧（とりわけ発句）では焦点の絞りこみやズームアップによるイメージ化や象徴化に主眼がおかれた。

（四）遠景

いづくにか舟泊《ふなは》てすらむ安礼《あれ》の崎漕ぎ廻《た》み行きし棚なし小舟《をぶね》　高市黒人

「棚無し小舟」の棚は船の側板で、側板のない丸木舟のことである。官吏として船旅をしていての夜、昼間に出逢った粗末な小舟を思いやっている。その小舟の行先を思いやるとともに、舟人のことを案じているのである。霊を呼び出すような強い抑揚はないが、風景に抒情を絡ませた巧みさがあり、叙景歌の先駆をなした一首である。黒人の伝記はほとんど残っていない。はっきりその作とみられるのは短歌一五首だけで、そのすべてが旅の歌である。旅の地は吉野、摂津、近江、山城、尾張、三河、越中などにおよんでいる。山部赤人が羇旅《きりょ》歌に瞑想、沈思の幽情をうち出しているのは、黒人の歌の影響からであるとされている。

白雲にはねうちかはし飛ぶ雁の数さへ見ゆる秋の夜の月　詠み人しらず

「数さへ見ゆる」の技巧に月と雁のコントラストが鮮明になっていて、美しい光景が浮かんでくる。「数さへ見ゆる」のシャープな表現と、「秋の夜の月」の優しい表現の対比からは、屏風絵を見ているかのような感じにさせられ、実景のリアリティとは違うようだ。

暮れて行く春の湊《みなと》は知らねども霞に落つる宇治の柴舟　寂蓮

春にどこか行き着く先があるかのような、作者の思い込みのような空想からはいっているが、「柴舟」は木の枝を積んで運ぶ舟で、茫々とした春霞に紛れながら柴舟が見えていたが、「落つる」で霞に消えた。空想に宇治川の実景が重ねられ、形而上学的な郷愁を宿した別次元空間が立ち上がってくる。

寂蓮は藤原俊成の甥であったことから養子となったが、定家が生まれたので、三〇歳で出家し歌道に精進した。古典和歌研究の第一人者であった顕昭とは六百番歌合で「独鈷鎌《とっこかま》首《くび》」という論争をくり返した。顕昭は独鈷という仏具を持ち、寂蓮は鎌のように首を曲げて論争を仕掛けたことからこう呼ばれた。

(五)　風光

四極山《いはつやま》うち越え見れば笠縫《かさぬい》の島漕ぎ隠る棚なし小舟《をぶね》　高市黒人

場所は摂津とも三河ともいわれている。高い所から見下ろしたとき、海と島と小舟のコントラストからなる芸術美が目に飛び込んできたのだ。視点の移動とともに開けた景観には、旅人だからの感動がある。また、小舟は旅する人間の孤独感を表象している。万葉集ならでは客観写生となっているが、次の歌にも同じ手法が用いられている。

箱根路をわが越えくれば伊豆の海や沖の小島に波のよる見ゆ　源実朝

花ざかりに、京《きょう》を見やりてよめる

見渡せば柳桜をこきまぜて都ぞ春の錦《にしき》なる　素性法師

比叡山あたりから俯瞰した、柳と桜に蔽われた都の風景である。万葉集的な写生を効かせた叙景の歌であるが、「こきまぜ」の飛躍が古今集の表現なのであろう。高台に立って、まさに艶やかな平安京を見下ろしている実感にかられるだけでなく、「都ぞ」の係り結びでの強調からは、平安文化の派手な趣まで見えてくる。この歌を俳句にしてみた。

錦なす柳に桜都かな

柳と桜と街との取合せから新しいイメージが出現してきて、ゆったりとした時間の流れは消え、平安時代に立ち会っている雰囲気ではなくなる。

摂政太政大臣家百首歌合に、鵜河をよみ侍りける

鵜飼舟あはれとぞ見るもののふの八十宇治川の夕闇のそら　慈円

「摂政太政大臣」は、藤原良経のことである。これからはじまろうとしている鵜飼の風景にしみじみ感じ入っているとき、ここが宇治川であることに気がつき、さまざまな哀愁がわいてきたのだ。ここでくりひろげられた合戦への感傷もあり、叙景を哀愁と一体なもの

にしている。芭蕉の句が想い出される。

おもしろうてやがて悲しき鵜舟かな　芭蕉

長良川での句である。鵜飼が終わって、篝火《かがりび》が消えて闇に戻ってゆく。感興的な美とは徐々に離れ、新たな闇の深さや広さに引き込まれる。

慈円の兄は、摂政九条兼実《かねざね》であったことなどから、政治ともかかわりが多かった。三二歳で天台座主となり、以後、四回にわたり天台座主となっている。また、史論書『愚管抄』を書いている。

(六) 音の味わい

ぬばたまの夜の更けゆけば久木生《ひさぎお》ふる清き川原に千鳥しば鳴く　山部赤人

「ぬばたま」は「夜」にかかる枕詞。旅での夜、月光に透けるように見えている久木《ひさぎ》に目をやっていると、千鳥がしきりに鳴いているのが聞こえてきたことを、ストレートに歌い上げている。情景に千鳥の鳴き声を加えることにより、深淵な透明感が創り出されている。古代の夜更けとなると、妖怪が出てきそうであるが、透明感のある美的な詩境が描出されていることに、自然界の霊的崇高さが歌に込められていると感じられる。吉野の宮滝への行幸にお供したとき、献上した長歌に添えた反歌である。

是貞《これさだ》のみこの家の歌合のうた

山里は秋こそことにわびしけれ鹿の鳴く音に目を覚ましつつ　壬生忠岑《みぶのただみね》

詞書にある「是貞のみこ」は、光孝天皇の第二皇子で、宇多天皇の兄である。源姓を賜り臣籍降下したが、その後、親王に復した。観念的なことを、係り結ぶ「こそ」により強調してから、その理由を提示している。うつろいのなかに聞えてきた鹿の鳴く音は、現実をかけ離れた響きとなっていたのだ。

和歌所でをのこども歌よみ侍りしに、夕べの鹿といふことを

下紅葉《したもみじ》かつ散る山の夕時雨濡れてやひとり鹿の鳴くらむ　藤原家隆

季語に「紅葉かつ散る」というのがあるが、俳諧より先に和歌で詠まれていたことがわかる。「下紅葉」は木の下の方の葉のこと。紅葉、時雨、鹿の鳴き声といろいろと入れ込んでいる。優雅な光景から淋しいものへ進展するストーリー仕立てになっている。淋しさの哲学的な追求というより、イメージを味わうといった趣であり、「下紅葉」と「夕時雨」と「鹿の声」の照応から幽艶《ゆうえん》な世界が立ち上がってくる。

ここでの三句の比較でも、万葉集は透徹した写実、古今集は変幻の調べ、新古今集は抽象絵画的や音楽的なイメージ生成のための組合せが、作法上の特徴となっていることが分かる。

(七) 都への郷愁

大宰少弐《だざいのせうに》小野老《をののおゆ》朝臣が歌一首

あをによし寧樂《なら》の都は咲く花のにほふがごとく今盛りなり　小野老《おののおゆ》

大宰府に赴任した小野老は、都の帰ることなく大宰大弐従四位で没している。望郷の歌といわれているが、都の永劫の繁栄への祈りも感じられる。時代は藤原氏が隆盛を誇りはじめていた。「あをによし」は奈良では顔料の青土を産したことに由来する枕詞であるが、この音調からは古都のイメージが喚起される。「花」とは、桜よりむしろ中国伝来の梅が珍重されていた。この「花」はどちらともとれる。「にほふがごとし」は具象的ではないが、柔らかな調べから優雅な風景が立ち上がってくる。古今集の作風のようでもある。大伴旅人、山上憶良、小野老は大宰府に勤務していたが、長官は大伴旅人であった。

もろこしにて月をみてよめる

天の原ふりさけ見れば春日なる三笠の山にいでし月かも　安倍仲麻呂

小倉百人一首にもとられている。詞書の「もろこし」は、この時代の中国の呼び名で、唐のことである。一六歳で遣唐使となった仲麻呂が、帰国するとき明州でひらかれた送別会で詠んだことが知られている。明州の月から奈良の月を霊的なものへと飛躍させている。空を「天の原」と神話的に言っていることに、祖国への思い入れが感じられる。任務を終えた安堵感もこもっている。万葉集時代を思わすおおらかな歌い方であるが、仲麻呂が唐に渡ったのは七一七年で、万葉集の時代であった。帰国の船は難破してしまい、仲麻呂は唐の役人として七二歳で生涯を終える。このとき数隻の船が出航していて、無事に日本着けたのが鑑真であった。

旅の歌とてよめる

もろともに出でし空こそ忘られぬ都の山の有明の月　藤原良経

友人あるいは仲間と一緒に都を出たときの月を想い出している。感傷に耽っている場面仕立てで心境を詠んでいる。いろいろな月があるが、あのときの月の崇高さは特別だったということだ。この歌は物語の凝縮であり、小野老の歌にある普遍性はない。

良経は摂政九条兼実の次男で、慈円は叔父にあたる。兼実を祖として九条家は、はじまっている。政変で兼実が失脚した後も朝廷にとどまり、後鳥羽院政では摂政太政大臣となる。しかし、三八歳のとき暗殺された。鎌倉幕府と親しかったことへの反感からともいわれているが定かではない。六百番歌合を主催し、新古今集の仮名序も書いている。新古今調の確立に大きな役割を果たした。

（八）梅

梅花の歌三十二首幷せての序

天平二年の正月の一三日に、師老《そちのおきな》の宅《いえ》に萃《あつ》まりて、宴会を申《の》ぶ。時に初春の令月にして、気淑《よ》く風和《やはら》ぐ。梅は鏡前《けいぜん》に粉《ふん》を披《ひら》く、蘭は珮後《はいご》の香《かう》を薫《くゆ》らす。しかのみにあらず、曙《あした》の嶺《みね》に雲移り、松は羅《うすもの》を掛けて蓋《きぬがさ》を傾《かたぶ》く、夕《ゆうへ》の岫《くき》に霧結び、鳥は縠《うすもの》に封《と》ぢらえて林に迷ふ。庭には新蝶《しんてふ》舞ひ、空には故雁《こがん》帰る。

――以下略――

春の夜《よ》梅の花をよめる

春さればまづ咲く宿の梅の花独り見つつや春日暮らさむ　山上憶良

詞書は元号「令和」の典拠となった。「師老」は大伴旅人である。「鏡前に粉を披く」は、佳人の鏡台のおしろいのように咲いている、である。「珮後《はいご》の香《かう》を薫《くゆ》らす」は、貴人の飾り袋の香りのように匂っている、である。

この時代は桜より梅の方が身近な花であった。清楚な趣が当時の人びとの感性に合っていたのであろうが、渡来の花ということで重宝されたともいわれている。「されば」は、来ればである。梅を眺めながら春が来たことをあらためて楽しんでいるのだ。これは四季の歌であるが、憶良の歌は人事を扱ったものがほとんどで、相聞の歌はまったくない。

春の夜の闇はあやなし梅の花色こそ見えね香やは隠るる　凡河内躬恒

春には梅につづいて桜も咲く。そういった花々を隠してしまう闇。梅は桜より香りが強く、闇のなかでも、香りで味わうことができる。「隠るる」は反語で、隠せないということだ。香りだけというのも春の夜の楽しみ方なのであろう。「あやなし」は、道理に合わないである。ということは、道理に合わないことをするということで、意地悪をするということだ。

梅の花匂ひをうつす袖の上に軒もる月の影ぞあらそふ　藤原定家

「梅の花」の「匂ひ」と「月の影」との組み合わせからの構成的な美を創り出している。自然そのものの美とは異なった、言葉による人工の美である。「影ぞあらそふ」の擬人法は、物語的な雰囲気をかもしている。（二〇）孤独、のところの在原業平「月やあらぬ」の歌の場面を、業平になり代わって描写している。このように物語の世界に入り込んで、想像力で歌を詠むのが、物語取りである。歌の典拠を物語だけでなく、漢詩・漢文とすることもふくめて本説取りともいう。物語と新作和歌との相互作用から新たなイメージが立ち上がってくる。

（九）桜

あしひきの山の際照《ま》らす桜花この春雨に散りゆかむかも　詠み人知らず

「花の雨」は季語になっていて、花の咲く頃の寒々しい雨のことである。「山の際照らす桜花」は、山間に桜が見えているが、雨で散ってしまうのであろうか、ということである。散る桜を惜しむ抒情が、雨に濡れた明るい山麓のなかに表出されている。煌びやかではなく、ほのぼのとした明るさが万葉調なのであろう。

さくらの花のちるをよめる

久方の光のどけき春の日にしづ心なく花の散るらむ　紀友則

最も有名な桜の歌というより、和歌の歴史を代表する名歌といえよう。静寂のなかであわただしく散る桜の動的な美しさを描出している。最後の「らむ」は、「なぜ」という言葉が省略されているとすると、なぜ落ち着きなく散っているのであろうか、ということだ。「光のどけき」、「しづ心なく」も観念的な表現であるが、のびやかに流れる調べに、乱れ散るさまが逆に美へと逆転している。「しづ心なく」散るのかと嘆いている。個人的な心境と重ね合わせているのであるが、古今集ならではの観念性からは、失恋した人、あるいは失脚した人の心とも解釈できる。紀友則は紀貫之の従兄弟で、紀一族の年長者であった。そもそも古今集の筆頭選者は友則であったが、突然の死により貫之が引き継いだ。

はかなくて過ぎにしかたを数ふれば花に物思ふ春ぞ経にける　式子内親王

新古今集では吉野山の桜を歌うことが、桜の良さを引き出す妙味であったようで、その数は驚くほど多い。なぜ吉野の桜なのか、伝統的なものなのであろう。ここでは吉野ではない桜をもってきている。とりとめもなく過ごした歳月を数えていると、桜を眺めながらものを思った春も同じように過ぎてしまった。人生の儚さを表象しているといえる散る桜を、毎年眺めていることとの虚しさのなかに、人生への諦念を感じたのであろう。散る桜の美しさを眺めているひと時に、人生のささやかな喜びがあり、それは花を讃えているということでもある。式子内親王は都の歌人とはほとんど交流はなかったようであるが、藤原俊成・定家父子の教えを受けたとされている。式子と定家は密かな恋愛関係にあったという伝説があり、能の「定家」はこの伝説によったものであるが、新しい資料から定家より一三歳年長であったことが分かっている。

（一〇）春

石走《いはばし》る垂水《たるみ》の上のさわらびの萌え出づる春になりにけるかも　志貴皇子《しきのみこ》

「垂水」は滝のことであるが、ここでは滝の水を言っている。石の上を激しく流れているのだ。写生描写の後、春が来た歓びを遠まわしに語っている。現代短歌の基本的作法が既にここに見出せる。春ならではの飛び跳ねるようなリズム感がある。

春たちける日よめる

袖ひぢてむすびし水のこほれるを春立つけふの風やとくらむ　紀貫之

古今集の冒頭は、「年の内に春はきにけり」の歌であるが、その次の歌である。詞書の「日よめる」は、「日」に詠める、である。「ひぢて」はぬらして、「むすび」は「掬ぶ」ですくうである。「とく」は上句の「むすび」と縁語の関係にあり、「とく」が強調されている。この縁語は構成的な美をかもしている。上句は夏の想い出である。遠出したときの山麓での一コマをふり返りながら、凍ってしまった水が解けるであろうと想像している。想像に想像を重ねた古今集ならではの技巧的な表現となっている。春が来たことを示す「東風解レ氷」という中国の言葉を踏まえて詠んだものであるが、これも古今集の作法である。

谷川のうち出づる波も声たてつ鶯さそへ春の山風　藤原家隆

水かさが増しての波立ちが、声をあげているとの擬人法に、早春のイメージかき立てられる。谷川、波、声、鶯、山風といろいろと並びたてていることからも、春を感じさせられる。並びたてるのは新古今特有のやり方で、芸術的なメージを立ち上げている。藤原家隆は藤原定家とともに新古今調を推進した立役者である。承久の乱の後、定家が後鳥羽上皇とは関係を絶ったのとは反対に、家隆は忠誠を守った。

（二）夏

大伴家持が霍公鳥《ほととぎす》の歌二首

夏山の木末《こぬれ》の茂《しげ》に霍公鳥鳴き響《とよ》むなる声の遥けさ　大伴家持

「木末」は若木の枝先。「遥けさ」で声の余韻までが伝わってくる。霍公鳥の澄んだ響きに夏山の深さがいっそう感じられる。

蓮《はちす》の露を見てよめる

蓮葉《はちすば》の濁りに染《し》まぬ心もて何かは露を玉とあざむく　僧正遍昭

法華経にある「世間の法に染まらざること、蓮華の水に在るごとし」を典拠にしている。蓮は泥水の濁りにも染まらない心があるにもかかわらす、葉の露は宝玉を装いあざむくのか。詩的境地というより、面白さを狙った屁理屈であるが、擬人法の面白さがある。季語では露は秋であるが、古今集でのこの歌は夏の巻に入っている。夏の歌は三四首と少ない。京都地域は盆地で、その夏の暑さは、詩作に不向きであった。夏の巻の歌の九〇パーセントが、時鳥《ほととぎす》についてであることからも、歌が作りづらかったのである。炎天下のはっきりした明暗も、ゆったりと優雅な古今集の作風には合っていなかったといえよう。

僧正遍昭は桓武天皇の孫である。歌僧の先駆の一人であるとともに、六歌仙、三十六歌仙にはいっている。素性法師は遍昭が俗人のときの子供である。

崇徳院に百首歌たてまつりける時

おのづから涼しくもあるか夏衣ひもゆふぐれの雨のなごりに　藤原清輔

詞書にある「崇徳院」は、鳥羽天皇の皇子であるが、同異母の後白河天皇と皇位を争った保元の乱に破れて、讃岐に移され同地に没した。「ひもゆふ」は「紐結ふ」と「日も夕」とを掛けている。「夏衣ひもゆふぐれ」は、夏衣の紐を結う、夏の夕ぐれ、である。「涼しくもあるか」の婉曲した言い方と、夏衣、夕暮、雨あとと涼しげな物と事柄の畳みかけとの対比に、涼しさについての芸術的なイメージが生成されている。

（一一）秋

秋の野のみ草《くさ》刈り葺《ふ》き宿れりし宇治の京《みやこ》処の仮庵《かりいほ》し思ほゆ　額田王《ぬかたのおおきみ》

宇治の都で旅宿した、秋の野を刈って葺いた屋根の粗末な庵のことが想い出される。多くの物や事柄を並べてイメージを立ち上がらせる作風は、万葉集における新古今調といえるが、小奇麗な佇まいが想い浮かぶ。「思ほゆ」としているが、これが和歌でのはじめての回想表現である。

秋立つ日よめる

秋きぬと目にはさやかに見えねども風の音にぞおどろかれぬる　藤原敏行

「秋」は視界にはないが、風の気配に「秋」は感じられる、とのことだ。「おどろかれぬる」は驚くというほどではなく、ハッと気づいたという程度であり、「れ」は自発の助動詞「る」の連用形で、自然に感じられたとなる。「ども」の濁音に驚きの気持が意識される。「ども」「ぞ」「ど」のリズムは、秋の到来の足音であり、それは侘しさをともなった足音である。リズムによる描写といえよう。場所などを特定せず具象を排除した古今集ならではの表現である。

万葉集と古今集とでは逆の発想の仕方をとっている。万葉集では風を体験して、それから秋を見出だしている。他方、古今集では秋を暦で知った上で、それから秋風の表現を考え出している。

都にて月をあはれと思ひしは数にもあらぬすさびなりけり　西行

「すさび」は、気まぐれである。都でも月にしみじみとしたものを感じたが、旅路でこうして眺めると、あのときはまだ小さな自分であった、と反省している。西行の目ざしているものは、都の月ではなかったのだ。自らの価値観の表白である。

（一三）冬

西の池の辺《へ》に御在《いま》して、肆宴《とよのあかり》したまふときの歌一首

池の辺《へ》の松の末葉《うらば》に降る雪は五百重《いほへ》降りしけ明日さへも見む　詠み人知らず

右の一首は、作者いまだ詳《つばひ》らかにあらず。ただし、豎子《じゅし》の阿倍朝臣虫麻呂《あへのあそみむしまろ》伝誦す。

※「豎子」は宮中に奉仕する少年。

池のほとりの松の末葉に降る雪は、幾重にも積もれ、明日もまた見ようと思うから、である。「降る雪は」として実景を示しておきながら、明日の雪景色を連想させるという屈折した妙味がある。目の前にはないことで、より幻想感が高まってくる。詞書に、内裏の西の池に（聖武）天皇が臨座し、（雪見の）宴を催した際に詠まれたとある。詠み手は未詳だが、阿倍虫麻呂と伝承されている。

やまとのくにまかりける時に、雪のふりけるを見てよみける

朝ぼらけ有明の月と見るまでに吉野の里に降れる白雪　坂上是則

小倉百人一首にもとられている。詞書に「やまとのくに」とあるが、吉野山麓に旅したのである。「朝ぼらけ」は夜明け前に空が明るくなることで、「月と見るまでに」としていることで、降雪に月影であるかのようにぼんやりと見ていたのだ。吉野の里であることの相乗効果も加わって、雪明りが霊妙なものになっている。

冬の来て山もあらはに木の葉降りのこる松さへ峯にさびしき　祝部成仲《はふりべのなりなか》

「句またがり」は句をまたいで一つの意味となっていることである。この歌では三句と四句が句またがり、この引っかかりがとうとつもなく残っているというイメージを引き出している。下句の「さびしき」と言ってしまうことは説明的ではあるが、枯山に松が林立している景観は、淋しさとは逆に、悠然というイメージも湧いてくる。

（一四）月

東《ひむがし》の野にかぎろひの立つ見えてかへり見すれば月かたぶきぬ　柿本人麻呂

夜明け前のうす明かりの幻想美が描写されている。「かぎろひ」は曙光であり、「野」、「かぎろひ」、「月」といろいろと取合されている。また絵画的ではあるが、実景というより虚構的な景に感じられ、新古今調の先駆けといえる。

菜の花や月は東に日は西に　蕪村

共通した情景の捉え方と構図から、人麻呂の歌を本歌取りしたような俳諧である。

月見れば千々にものこそかなしけれわが身ひとつの秋にはあらねど　大江千里

是貞《これさだ》のみこの家の歌合によめる

自分だけが秋の淋しさのなかにいるのではないのだが、というあたり前のことをいっているにもかかわらず、「こそ」「けれ」の調べに乗せられて、感傷的な美の世界に引き込まれる。万人に共通した淋しさであっても、自分だけの深い淋しさがそこにはあると言いたいのだ。

はやくよりわらは友達に侍りける人の、年頃経て行き逢ひたる、ほのかにて、七月十日の頃、月にきほひて帰り侍りければ

めぐり逢ひて見しやそれともわかぬ間に雲隠れにし夜はの月かげ　紫式部

小倉百人一首にとられている。詞書の「わらは友達」は、幼友達であり、「年頃」は、多くの年で、「月にきほひて」は、夜中に沈む月と競争してである。やっとめぐり逢えて、喜びいさんだのに、夜ふけの月が雲に隠されるように、すぐ消えてしまった。そんな出来事を、逆に月によって癒されているようでもある。これで物語は完結しているようであるが、こういう詩があってもよいのであろう。一条天皇の中宮彰子に仕えているときに源氏物語を書いた紫式部の歌は、新古今集には一四首とられている。

（一五）恋

笠女郎《かさのいらつめ》、大伴宿禰家持に贈る歌二四首

夕されば物思ひまさる見し人の言問ふ姿おもかげにして　笠女郎

夕方になり恋心がつのってきて、逢った人の語っている姿が浮かんできた。「言問ふ」にリアリティーが感じられる。想像のなかにもリアリティーを織り込むのが万葉調といえるであろう。笠女郎は大伴家持に思いをよせていたが、この恋は実現せず、家持は坂上郎女《さかのうえのいらつめ》の娘の坂上大嬢《さかうえのおおみか》と結婚することになる。

吉野川岩波高く行く水のはやくぞ人を思ひそめてし　紀貫之

焦がれている思いを、岩を乗り越えて行く谷川の勢いに喩えている。恋の激しさから、逆に谷川のダイナミックな流れが連想されてくる。最終句の「思ひそめてし」の、「て」は完了の助動詞「つ」の連用形で、「し」は過去の助詞「き」の連体形であり、思い染めてしまった、ということである。また、上句は「はやく」の序詞で、「はやく」は強烈にという意味であるが、以前よりともとれ、遠い以前からとする解釈もあり、ずっと前から思ってしまっていたということになる。前者は第三者的な観念論であり、後者は恋の告白となっている。言い方の工夫の妙趣といえる。

難波潟みじかき蘆のふしの間も逢はでこの世を過ぐしてよとや　伊勢

小倉百人一首にとられている。難波潟は大阪湾の入江にあった干潟で、蘆の名所であったようだ。蘆の節と節の短い間のようなちょっとの時間も逢わないで過ごせとおっしゃるのですか、である。「とや」の後に、「いふ」などが省略されている。比喩の面白さに、逢えない悲しみというより、逢うことを要請しているようにも感じられる。伊勢は父が伊勢守であったことからの女房名であった。恋愛遍歴が多かったことでも知られ、新古今集では女流歌人として最も多く、一五首とられている。

（一六）思慕

右の十二首は相模《さがむ》の国の歌

多摩川にさらす手づくりさらさらになにぞこの子のここだ愛しき　詠み人知らず

さらしている布は、麻か楮《こうぞ》で織ったものである。上二句は「さらさら」を導きだす序詞なので、乙女が実際に布をさらしているとはかぎらないが、多摩川で布をさらしている乙女への思いを歌っているとした方が、イメージがはっきりする。「さらさらに」はますますの意味であるが、さらすときの音とする解釈もある。最終句の「ここだ」は、たいそう、である。乙女への熱い純愛が、技巧を交えつつストレートに表現されている。多摩川ののんびりした風光もイメージできる。現在の多摩川は東京都と神奈川県の境に流れている。小田急線の和泉多摩川駅から二〇分ほど歩いた多摩川畔に歌碑がある。

かすがの祭にまかりける時に、物見に出でたりける女のもとに、家をたずねてつかはせりける

春日野の雪間をわけて生《お》ひいでくる草のはつかに見えし君はも　壬生忠岑

「草の」までは序詞で、「はつかに」はわずかにであるので、ちょっと目にとまったというのだ。雪間から芽生えた草のという序詞が比喩となって、乙女の純真さや可憐さが表現されている。

かきやりしその黒髪のすぢごとにうち臥すほどは面影ぞ立つ　藤原定家

かきやったりしたあの人の黒髪が、横になって一休みしているとき思い浮かんできた。黒髪をクローズアップしてイメージを鮮明にしている。近世的な表現方法である。妖麗というより官能的な美が、象徴主義的な世界を呼び出している。

（一七）ドラマ

天皇《すめらみこ》、蒲生野《かまふの》に遊猟《みかり》したまふ時に、額田王《ぬかたのおおきみ》が作る歌

あかねさす紫《むらさき》野行《のゆ》き標野行《しめのゆ》き野守は見ずや君が袖振る　額田王

詞書にある「蒲生野」は、琵琶湖東南、安土町付近の野である。紫草の野で貴方が私にしきりに袖を振っているのを、野の番人に見られるではありませんか。「紫草」は染料

をとるため各地で栽培されていた。「標野」は立ち入り禁止の野で、そこには番人がいた。額田王の詳しい伝承はないが、鏡王《かがみのおおきみ》の娘で、はじめ大海人皇子《おおあまのおうじ》との間に十市皇女《とおちのひめみこ》を生んだが、後に中大兄皇子の後宮に侍ることになったといわれている。大海人皇子とは表立って会えない状況での交流を歌っている。

おきの国にながされける時に、舟にのりていでたつとて、京なる人のもとにつかはしける

わたの原や八十島《やそ》かけてこぎい出ぬと人に告げよあまのつり舟　小野 篁《たかむら》

小倉百人一首にもとられている。詞書の「おきの国」は、隠岐の島で、そこに流される時の場面である。篁、三七歳のとき、遣唐福使に任命されたが、大使・藤原常嗣《つねつぐ》と渡航の船のことで争い、病気を理由に辞退したことから罪せられた。「わたの原」は広々とした大海で、「八十島」は多くの島である。遠景そのものを歌っているのではないけれど、上句からは島の浮かんだ景色がイメージできる。自分のことを聞く人があれば、島々に向けて漕ぎ出したと告げよ、海人の釣り舟よ、ということである。小説の内容がここに凝縮されているようでもある。

入道前関白右大臣に侍りける時百首歌よませ侍りける、郭公《ほとゝぎす》の歌

むかし思ふ草の庵《いほり》の夜の雨に涙な添へそ山ほととぎす　藤原俊成

草庵で昔のことを懐かしんでいるとき、時鳥が鳴き涙がいっそう出てきた。この歌は、草庵で閑職となった身を嘆いている白居易の、漢詩の一節「蘭省《らんせい》の花の時錦帳《きんちょう》の下／廬山の夜雨草庵の中《うち》」を踏まえている。今はときめく都の友人と地方の草庵の自分とを対比させている。俊成が我が身の不遇に涙しているのではないけれど、まったくのフィクションともいえない。俊成もかつてのことを何かと懐かしんでいるのである。

（一八）賀歌

国郡《こくぐん》の司等《つかさら》に賜ふ宴の歌一首

新しき年のはじめの初春の今日《けふ》降る雪のいやしけ吉事《よごと》　大伴家持

因幡の国府に赴任していたときの賜宴《しえん》で、折から降っていた雪ように、めでたいことがつづくことを祈ってのものである。左遷されてきた山陰の地で、自分で自分を励ます意志もあったとされている。家持は四二歳であった。この歌で万葉集は幕を閉じている。その後、延暦四（七八五）年までの二六年間を家持は生きたが、その間の歌は伝わっていない。律令官僚としての生きがいは、無くなってしまったようだ。最後は中納言、持節征東将軍であった。

大伴家持

題しらず

わが君は千代に八千代にさざれ石のいはほとなりて苔のむすまで　詠み人知らず

「君が代」のもとになっている歌で、人の長寿を祈る祝賀の歌である。詞書は「題しらず」であるが、「詠み人知らず」ではほとんどが「題しらず」である。「さざれ石」は小石のことで、長い年月の間に小石が巌《いわお》になることをいっているが、中国文学にある考え方で、非常に長い年月がかかることを表現している。「わが君」は天皇とは限らず、身近な人に情を込めたときの言い方である。全体にわたってのやわらかな調べが悠久の流れをつくりだしている。比喩は巧みであるが、内容は観念的である。賀歌とはそういうものであるが、調べには呪術的なものがある。

和歌所の開闔《かいかふ》になりて、初めて参りし日、奏《そう》し侍りし

藻塩草《もしおくさ》かくとも尽きじ君が代の数によみおく和歌の浦波　源家長

詞書の「開闔」は、和歌所の次官に相当する役職のことである。藻塩草は塩をとるための海藻。海辺の藻塩草はいくら掻き集めても尽きないように、後鳥羽院の長い御代に詠まれる優れた和歌は、書き留めつづけても尽きることがないでしょう、と称えている。藻塩《もしお》草《くさ》が詩情をかもし出している。回りくどく語っているところに祈りが込められているのであろう。「かく」は掻くと書くとを、また「よみ」は数えると詠むとを掛けている。

（一九）厭世観

験《しるし》なきものを念《おも》はずは一杯の濁れる酒を飲むべくあるらし　大伴旅人

旅人には「酒を讃《さん》むる歌一三首」というのがある。この歌もそのなかに入っていて、大宰府の宴会の席での即興吟とされている。「験」は効き目ということで、悩んでもしょうがないことを思っているよりも、濁酒を飲んでいた方がましだ、ということである。藤原氏の台頭とともに没落していった大伴氏は、時代の潮流に呑み込まれるしかなかった。老荘思想の実践といった歌であるが、旅人は酒に溺れていたわけではなく、文芸的フィクションであるが、このように個人主義的な心情を吐露した歌が多かった。

あはれてふことこそうたて世の中を思ひはなれぬほだしなりけれ　小野小町

「あはれ」は感嘆、悲哀、同情、驚嘆を表す「ああ」であり、「うたて」はますますという意味で、「思ひはなれぬ」に掛かり、「思ひはなれぬほだし」は、思い切れない束縛である。ますます世間を思い諦めさせず、出家遁世させてくれない「ほだし」、つまり足かせである。「あはれ」という言葉があるために、世の中がやんなって出家しようと思えば思うほど、世の中への執着をもってしまう。言葉が意味を超えて直接的に感情にかぶさり、行動に方向をもたらすことがある。「ああ」と発することで、居直った気持になれて、理性的行動に移れることもあるのであろう。人間の性《さが》を第三者的に見ている小野小町とは、知的な人間であったようだ。

世の中を思へばなべて散る花のわが身をさてもいづちかもせむ　西行

「なべて」は、一般にであるが、世の中は総じて散る桜と同じように儚い。人生も儚い。そこでどう生きるべきかと自問している。和歌の道を邁進してきた感慨とも、無心のままにどこかへでも散って行くのもよいという自然への陶酔ともとれる。知的な思惟を語っていることから古今調といえる。西行は散る桜を数多く詠んでいるが、それは思想や哲学を見出そうとする営為でもあった。

（二〇）孤独

二十五日に作る歌一首

うらうらに照れる春日《はるひ》に雲雀あがり心悲しもひとりし思へば　大伴家持

家持生涯の絶唱とせれる一首のなかにはいっている。家持は二年前に、越中守から少納言に任ぜられ、奈良に帰っていた。詞書の「二十五日」は、二月二十五日である。囀りながら大空を目ざして舞いあがる雲雀、ますますおのれの存在が小さく感じられる。大伴氏没落に対する悲しみや未練ではなく、人間存在の空虚感を歌っているといえよう。

大仏開眼供養のころ藤原仲麻呂の勢力は強大になっていた。それを打倒しようとした橘奈良麻呂は、仲麻呂暗殺を企てたが、失敗に終わる。橘奈良麻呂の変には家持は加わっていなかったが、大伴氏滅亡の足音は響いていた。このような展望のない状況下で、この歌は詠まれた。

五条のきさいの宮の西の対《たい》に住みける人に、ほいにはあらで、もの言ひわたりけるを、む月の十日あまりになむ、ほかへ隠れにける。あり所は聞きけれど、えものも言はで、又の年の春、梅の花盛りに、月のおもしろかりける夜、去年《こぞ》をこひて、かの西の対にいきて、月のかたぶくまで、あばらなる板敷《いたじき》にふせりてよめる

月やあらぬ春や昔の春ならぬわが身ひとつはもとの身にして　在原業平

詞書は伊勢物語第四段の一節を少し手直ししたものである。引っ越し先を知らせることなく行ってしまった人が住んでいた場所に行き、荒れはてた家の板敷きで昨年のことを懐かしみながら詠んだとある。詞書の「西の対に住みける人」は、のちに清和天皇の后となる藤原高子とされている。その後の「ほいにはあらで」の「ほい」は、本意ではなく、道にかなったすっきりした気持ではなくてということなので、不本意ながらその人との恋に落ちてしまた、である。「む月十日あまり」は正月十日すぎ。月がかかり例年通りの春であるが、彼女はもうここには居ない。「わが身ひとつは」の強い言い方に、人生とはしょせん一人で生きていかなくてはならない、自虐と決意が渾然としている。観念的なことを畳みかけて説得力をもたせる、古今集ならではの作法である。

さびしさはその色としもなかりけり真木立つ山の秋の夕暮　寂蓮

真木は杉の古名。寂しさはどの色で表わされているというのではない、真木が霧のなかから現れた夕暮れの山は寂しいものである。抽象的に言っておいて、そのことを具象で裏づけている。抽象的な言い出しが、反って主観的な境地の強調となっている。抽象に具象を加えた手法に、新古今調としての新しさがある。西行の「心なき身にもあはれは知られけり」の歌、(二三)侘び・寂びの、藤原定家の「見わたせば」の歌とともに、「三夕《さんせき》の歌」の一首である。

(二一) 無常観

かくしつつ遊び飲みこそ草木すら春は咲きつつ秋は散りゆく　大伴坂《さかのうえの》上郎女《いらつめ》

草木さえも春に咲き誇っても秋には散って行く、こうして遊びと酒を楽しんでいてもやがては死ぬのである。藤原氏の台頭とともに衰えゆく大伴氏の運命を思いやっていることもふくんでいる、とされている。自然界も人も流転して行かなくてはならない。人だけでなく、自然も儚いものと捉えているのだ。大伴坂上郎女は大伴旅人の異母妹で、娘の大《おお》嬢《いらつめ》を大伴家持の妻にさせるため、娘の歌の代作などをして立ち回り、婚姻を成立させた。

世の中は何かつねなるあすか川昨日の淵ぞ今日は瀬になる　詠み人知らず

流れがはやく川筋の変わりやすい飛鳥川に無常観を喩えている。無常とは世の中の盛衰のことをまず思えるが、人の心はそれに翻弄されているとすれば、「淵」と「瀬」は、心の浮沈ともとれる。飛鳥川は万葉の時代から耳慣れてきた川であることからも、当時の人びとにとってリアリティーがあった。もともとは、多くの人に愛誦されてきた謡物、歌謡であったのではないかともされている。

末《すゑ》の露本の雫や世の中のおくれ先立つためしなるらむ　僧正遍昭

「末の露」は草木の葉末の露、「本の雫」は草木の根元の落ちた雫で、対句となっている。遅速はあっても、すべてのものが滅びてゆく実例なのである。遍昭は古今集期の歌人で古今集には一七首とられているが、実景を交えた構成は、新古今調といえる。藤原定家が言った、と伝わっているところでは、この歌は当然古今集に入集されていると思っていたが、そうではなかったことを、定家や藤原有家が不思議がったとのことだ。

（一二）仏教

膳部王《かしわでのおほきみ》を悲傷《かな》しぶる歌一首

世間《よのなか》は空《むな》しきものとあらむとぞこの照る月は満ちかけしける　詠み人しらず

詞書の「膳部王」は、長屋王の子で、母は草壁皇子の娘の吉備内親王であった。長屋王が謀反の疑いで自尽させられたことに殉じて、「膳部王」は母・兄弟と共に自尽した。「とぞ」の強調の言い方に詩情が感じられる。月の欠けるのを眺め、自然さえも変わって行くことに、世間の空しさを再認識させられている。これは万物流転であり、仏教の諸行無常の世界観である。仏教伝来は六世紀半ばで、万葉集の時代はそれほどひろまっていなかったので、万葉集では仏教教理を反映した歌はまれである。

世の中は夢かうつつかうつつとも夢ともしらずありてなければ　詠み人しらず

この世は夢なのか現実なの分かりかねるとしながら、「ありてなければ」としている。あってないとは、般若心経の「色即是空」すなわち、見えているあるいは感じることができても、すべては「空」である。この世のすべては実体がなく、移ろい変化している現象であるという「空」の哲学である。ここでは仏教の重々しさはなく、やんわりとした調べから、まさにこの世は夢とも思われてくる。

ねがわくは花のしたにて春死なむその如月の望月のころ　西行

この歌が掲載されているのは『新古今集』ではなく、『新古今集』雑下である。『新古今集』完成の中途で切り出し（削除）措置を受け、異本にのみ残された。西行という号そのものが、西方浄土への願いを表徴している。現世への執着がないことが、やわらかな調べに乗せられていて、仏教の世界もイメージされてくる。「その」は、仏陀が入滅した「その」である。「如月の望月のころ」は二月十五日（満月）で、釈迦入滅の日にあたる。陽暦では三月末にあたる。西行は願った通り、河内の弘川寺で、建久元年二月十六日に没した。この歌から触発された、ひろく知れわたっている俳句がある。

花あれば西行の日とおもふべし　角川源義

（一三）侘び・寂び

山部宿禰《すくね》赤人、故太政大臣藤原家の山池を詠む歌一首

いにしへの古き堤は年深み池の渚に水草生ひにけり　山部赤人

「宿禰」は武人や行政官を表す称号である。詞書にあるように藤原不比等邸の山池を歌ったもので、不比等を偲んでいることもふくまれている。主がいなくなった邸宅の池の水ぎわに水草が生え、すさんだ佇まい。池の水ぎわに焦点を絞ったことでもたらせる静寂美のひろがり。芭蕉の閑寂の境地のはじまりでもある。

木の間よりもりくる月の影見れば心づくしの秋は来にけり　詠み人知らず

木の間から洩れてくるわずかな明かりに、秋が表象されているのであろう。「心づくし」は物思いの限りを尽くすことである。いろいろと物思いをする秋が来たと語っているが、微妙な光に日常の煩悩を超えた形而上学的な空間へと導かれているのであろう。わずかな影だから、この世の深みをも感じることができるという言い方もできる。

西行法師勧めて百首歌よませ侍りけるに

見わたせば花も紅葉もなかりけり浦の苫屋《とまや》の秋の夕ぐれ　藤原定家

「見わたせば」と言い出し桜か紅葉かのひろがりを連想させておいて、花も紅葉もないとしたネガティブのなかに、深遠な景観を創り出している。しかも「なかりけり」の断言に、はっとさせられるように抽象的な空間が立ち上がり、それは美を超えた虚無を象徴した空間である。新古今期ならではの世界観である。感情は盛り込まれず、風景のみが悄然と存在していて、俳句の写生に通じている。他方、上二句から下四句までの内容は、源氏物語の二つの場面をベースにしていて、「花も紅葉」は、「春秋の花、紅葉の盛りなるよりは」から、「苫屋」は、「時々につけて興さかすべき渚の苫屋」から引き出している。源氏物語からの連想が加わり、さらに味わいが深まる趣向となっている。写生でありながらフィクションであることが、新古今調なのである。

一―六　三大和歌集とは何か

古今集と新古今集ともに基本的には技巧をこらした作風であるが、技巧の方法は正反対である。古今集は知的ゲームであるのに対し、新古今集は具象表現であり、また、音楽的に対し、断絶的である。一方、万葉集は直情と写生を基本としていて、現代の短歌に近い作法となっていることが多い。また、調べあるいは音楽性についての違いは、万葉集は霊性や呪術性を交えた感情の起伏のこもった調べであり、古今集は優雅で知的な透明感のある調べである。それらに対して新古今集はひとすじに読み通す調べではない。調べという音楽性よりも、現実とかけ離れない事実に演出を加えた虚構美、俳諧の取合せにあたる組合せによるイメージの生成、表現の「切れ」による屈折感覚や対比が重視されたためである。組合せの意外性や文脈的な破調、あるいはそれらの合体から象徴主義的な空間が創り出されている。このような作風の違いの根底には、社会とか権力の構造が作用している。万葉集では中央集権成立以前の豪族社会の大らかさ、古今集では貴族社会の安定からの明るさと知恵を競い合うような知的巧妙さ、新古今集では武士階級が台頭してきた窮地からの逃避と克服を目ざした陶酔の芸術的空間を出現させている。最終的には貴族階級の没落とともに生気を失い、詩文学の王座を連歌と俳諧に引き渡すことになる。和歌には長歌・短歌（反歌）・旋頭歌・片歌などがあったが、古今集の時代からは短歌が和歌を代表するようになり、短歌のことを和歌というようになった。「雅《みやび》」とは、既に完成された典型に根ざしていてしかも貴族的な上品の美である。和歌は大和言葉（訓読みの語）で、基本的には「雅の世界」を詠むものであった。明治期になって和歌は短歌として、漢語や日常用語も交えて現代的な世界観や人生観や芸術性を詠むようになった。和歌の作者は貴族・僧侶・武士であり、和歌は喜怒哀楽や情景を詩情に昇華する美的芸術志向の文学であったのに対して、明治期からの短歌は生活上の心情や身辺の風物や出来事を斬新に表現することで新しい思想を築こうとする民衆文学に変貌してゆく。万葉集には素朴に徹した内面的な美があり、古今集には知恵の輪が解かれるような知的妙趣と調べの美があり、新古今集には象徴主義的な境地と手の加わった虚構美がある。

万葉集のストレートな表現や、現代感覚からはずれたような素朴な心情の吐露が、今日ではむしろ文学・芸術として多くの共感を得ている。また、柿本人麻呂に代表されるようにメリハリをきわだたせた抑揚と力強い表現も特徴で、そこには潑剌とした心意気もふくまれている。

宇治川《うぢかわ》の水泡さかまき行く水の事反《ことかへ》らずぞ思ひそめてし　柿本人麻呂

「事」は言でもあり、宇治川の水が後戻りしないように、思い込んだことを翻すことなくやってきたということだ。泡立ちながらもとうとうとした流れを眺めていて、何とかやってこれたとの感慨が巡ってきたのであろう。

万葉集の存在は時の流れとともに忘れられてゆく。平安時代となって新しい文字がつくり出されるにつれて、自ずから文芸にもドラスティックな変化が起こった。その結果が古今集であり、さらに伊勢物語、竹取物語などの物語や土佐日記などの仮名日記である。ここでは日本語を活かした美の世界が生み出されてゆく、とともに四季の感じ方や景色の味わい方の典型が確立された。他方、この和歌集では風景描写だけのという歌はないにひとしい。風景に人や動植物がからんでいる、あるいは知的なウイットなどが仕組まれていなくてはならなかった。風景そのものに芸術を見出す志向はなくなっていた。漢文学に対抗するためもあったが、貴族と僧侶を中心とした社会であったことからも、優雅さや知的巧みさが文学・芸術へと仕立て上げられている。技巧的な言い回し、諧謔性のある空想、知的な語りが、美であり芸術的な価値であると見なされていったのである。

色見えでうつろふものは世の中の人の心の花にぞありける　小野小町

色はないのに褪せるものに、人の心という花があるということであるが、これは逆説的に言っているのであって、変わりやすい人の心には、花の純真さはないということである。流暢な調べと係り結び「ぞ」での中止により、理屈っぽい語りを真実の詩情へと高めている。

古今集では万葉集からは離れた大局的な表現形式になったが、反対に新古今集では具体的で細かな表現へと変貌していった。風流ではどうにもならない乱世、貴族階級パッシングの時代であり、現実を詳細に見つめ直さなくてはならない状況となっていたのだ。繊細微妙なまで表現を深める細みの境地なども大事にされるようになった。流れるような調べではなくなり、内容的にもいろいろなことが盛られてごたごたした感じであるのが、新古今調であった。そこでは微妙なものから美や余情の妙趣を創り出すことが行われるようになった。さらに侘び・寂びという美の境地も、積極的におし立てられた。これらは能や茶道にも影響を与えることになる。

古今集では技巧的な言い回しや知的な組立てで、観念を真実に転換する詩境創出や、文学的妙趣の表出などが推し進められた。技巧は新古今集にいたって、象徴主義的なイメージを創出するものとなった。その技巧は場面仕立てのフィクション、また事物や事象の組合せなどである。こういった作法は、芸術性や哲学性を表出した芭蕉俳諧のベースにもなった。

旅人の袖吹き翻《かえ》す秋風に夕陽さびしき山の桟橋《かけはし》　　藤原定家

「秋風」、「夕陽」、「山の桟橋」と連想的な結びつきのないものが並べられている。これは俳諧の取合せの作法と同じで、全体として旅人の孤独感をイメージ化している。具象から孤独感の美的境地が引き出され、象徴主義的な空間が立ち上がってきている。そこにある形而上学的なイメージからは、人生の苦悩を克服する陶酔へと導かれる。また、新しいイメージを生成するこのような断絶性が、俳諧のもとである連歌を生み出したのである。その連歌の形式が完成したのは、室町時代にはいってからであった。

西行は感慨の表白に実景を重ね合わせて、仏教の世界観を映像化《ビジュアル》しながら現実を超えたコスモス的なイメージを立ち上げている。それが芸術と仏教を融合した救済へとつながっている。他方、定家はドラマ仕立ての虚構美や動植物・事物・事象の組合せあるいは感懐や行動と情景との重ね合せから、象徴主義的な世界を創出しているが、そこには新しい美の概念と芸術の追求があった。そのことは、定家が物語の場面やストーリーを下地とする本説取りの名手であったことからもうかがえる。ものの哀れや自然への畏敬といった伝統的な感性からの脱却には、事実を交えた虚構美や現実を超越した象徴の世界が必要であったのだ。ということは、伝統的な様式の打破を目ざした、一九世紀ヨーロッパのロマン主義や象徴主義に通底しているといえよう。ロマン主義の完成期に登場したボードレールは、さらに象徴主義の詩法で近代詩をきり拓いたが、彼には美は救済であるという哲学があった。新古今集は詩法的にはヨーロッパの象徴主義ともほぼ共通していて、この哲学をもち合わせているといえる。時代を超えた近代的な作風は、定家の天才の、あるいは日本人の詩的ポテンシャルのなせる業なのであろう。

万葉集は素朴な抒情や霊的な領域を生命感のある芸術へと高めている。古今集は流麗な調べと機知に富んだ表現を駆使してあたり前のことに魂を宿らせている。新古今集は個性にこだわった詩境からの虚構美や象徴主義的な世界を創出している。詩法からは、万葉集には現代にも通じる直情と写生の妙趣があり、新古今集にはヨーロッパの近代詩にも通底した詩法がある。古今集については、理念と観念を掘り下げるための技巧がとられていることから、詩歌としてレベルが低いと見なされがちであるが、逆にそれらを詩情へと深化させている音楽性と知的な組み立てがある。三大和歌集それぞれが現代人をも魅了する特徴をもっているといえよう。

一―七　あとがき

三大和歌集を読み進むことには、テーマの選定や作法などの変化あるいは進化をたどる面白さがあった。読者の側は、優劣を思案するのではなく、自らの感性ならびに人生観・芸術観・世界観から、好みの歌集を受け入れればよいのである。作品のなかに自ずと芸術性や思想性もふくまれていたのが万葉集であるならば、新しい美の境地や象徴主義的な世界からの救済の芸術を志向しているのが新古今集といえよう。それでは古今集はというと、現代的なスタンスからの芸術的な深さや思想的な新しさに希薄といえないこともないが、そこでは日本語表現を自在にあやつり、日本固有の美意識が築きあげられている。また、定型形式の確立がなされた。ということは、風雅という言い方もされる俳諧への道はここからはじまったといえる。芭蕉は一七文字による芸術の世界を創り出したが、和歌の歴史がベースとなってのことだった。西行の漂白を修行とする精神主義志向と定家の象徴主義的な作法などは、直接の影響をもたらしたこともつけ加えておかなくてはならない。三大和歌集の違いを理解することで、それぞれの和歌の深いところまで読み味わうことができ、また日本文化の根源を知るとともに満喫することもできる。

《参考文献》
久松潜一：万葉集入門、講談社、一九六五
木俣修：NHKブックス　万葉集、日本放送出版協会、一九六六
山本健吉：詩の自覚の歴史、筑摩書房、一九二二
島田修二：NHK短歌入門　島田修二　短歌を楽しむ、日本放送出版協会、一九八七
佐佐木幸綱：NHK短歌入門　佐佐木幸綱　短歌を楽しむ、日本放送出版協会、一九八八
竹西寛子：古今集の世界へ、朝日新聞社、一九六六
大岡信：四季の歌　恋の歌、筑摩書房、一九八七
山本健吉、中西進・編：日本の詩歌―柿本人麻呂、紀貫之、藤原定家、松尾芭蕉―、河出書房新社、一九七四
大岡信、谷川俊太郎：声でたのしむ　美しい日本の詩、岩波書店、二〇二〇

牧野十寸穂・編：国文学―菅原道真と紀貫之―、学燈社、一九二二
小西甚一：「道」―中世の理念、講談社、一九七五
佐々木隆：古今和歌集入門　ことばと謎、国書刊行会、二〇〇六
安田章生：西行と定家、講談社、一九七五
岩田九郎：去來抄評解、有精堂出版、一九五一
角川書店・編：ビギナーズ・クラシックス　万葉集、角川学芸出版、二〇〇一
中島輝賢・編：ビギナーズ・クラシックス　古今和歌集、角川学芸出版、二〇〇七
小林大輔・編：ビギナーズ・クラシックス　新古今和歌集、角川学芸出版、二〇〇七
伊藤博・訳注：万葉集　上、角川学芸出版、一九八五
伊藤博・訳注：万葉集　下、角川学芸出版、一九八五
窪田章一郎・訳注：古今和歌集、角川学芸出版、一九七三
久保田淳・訳注：新古今和歌集　上、角川学芸出版、二〇〇七
久保田淳・訳注：新古今和歌集　下、角川学芸出版、二〇〇七
ドミニック・ランセ／阿部良雄、佐藤東洋麿・訳：十九世紀フランス詩、白水社、一九七九
フィリップ・ヴァン・チーゲム／辻昶・訳：フランス・ロマン主義、白水社、一九九〇
ヴィクトル・ユゴー／辻昶、稲垣直樹、小潟昭夫・訳：ヴィクトル・ユゴー文学館　第一巻　詩集、潮出版社、二〇〇〇

佐藤朔訳：世界詩人選　ボードレール詩集、小沢書店、一九九六
ドミニック・ランセ／鈴木啓司訳：ボードレール　―詩の現代性―、白水社、一九九二
アンリ・ペール／堀田郷弘、岡川友久訳：象徴主義文学、白水社、一九八三

二　連歌・俳諧から俳句への進化

二―一　はじめに

俳句は、現代詩とも呼ばれている詩よりも日本人には馴染み深い。芭蕉の名句は誰にも知られている。しかしながら、芭蕉の名句は厳密には、俳句ではなく俳諧であり、その違いはあまり知られてはいない。俳諧は連歌から派生し発展したもので、連歌については、その形式や内容はほとんど知られていない。連歌・俳諧の作成への参加者を連衆《れんじゅう》といい、その会席を「座」という。和歌は一人で五七五の上句《かみのく》と七七の下句《しものく》を詠んで一首であるが、連歌・俳諧は、共同作成の参加者が五七五の長句と七七の短句を交代して詠んで一巻を作る。このことから、「座の文学」とされている。一巻を作ることは、俗に「巻く」という。明治期に正岡子規が、共同作成の俳諧は文学ではないと排除した。「座の文学」は、近代文学とは相反する関係にあることや文語であることから、俳諧は連句として現在に引き継がれているにもかかわらず、実作者も読者も少数の人たちに限られている。

現在、文学はサブカルチャーに押されて読者数を減らしている。一方、俳句については読者が作者でもあることが普通であることなどから大衆レベルで人気を誇示している。連歌・俳諧から進化した経緯を知り、また俳句の構造性や作句法の自在性などを知ることで、俳句の魅力はさらに大きくなるはずである。連歌から俳諧そして俳句への道程をたどり、その進化の経緯や内容や時代背景を探究しながら、それぞれの理念と作句法やテーマなどの特徴や意義を明らかにしてゆく。

二―二　連歌の成立と発展

連歌・俳諧は、現在は限られた愛好家がそのような会席を開催しているだけということなどから、マイナーな文芸となっている。それは「座の文芸」であることから、個人的なオリジナリティの追求にもとづく、近代に台頭したロマン主義的やリアリズム的な境地を創出すことが難しいことがまず挙げられる。他方、和歌から俳句への進化の過程で、連歌・俳諧は重大な役割を果したのである。

連歌の起源は、いくつかの説がある。唱和形式の観点からは、『古事記』にある日本武尊《やまとたけるのみこと》と秉燭人《ひともしびと》（かがり火を焚く人）との「新治筑波を過ぎて幾夜か寝つる」の問答が、起源といえる。この問答は『日本書紀』にもある。連歌のことを「筑波の道」と称するのは、この問答によってのことだ。五七五と七七の歌体による唱和ということからは、大伴家持と尼との間にかわされた二人で一首の和歌がある。

鎌倉時代になって、順徳院の歌論書『八雲御抄《みしょう》』には、「今の様にくさることは、中比《なかごろ》よりの事也」と書かれてある。「中比」は少し前のころであり、「くさる」ことは少し前から行われている、ということである。「くさる」は、「くさり」すなわち鎖の動詞形である。連歌に大事なことは、句に句を「くさる」ように付けることをつづけてゆくことである。句が詠まれたとき、直前の句を前句《まえく》、いま詠まれた句は前句を受けているので付句《つけく》と呼ばれる。前句のさらに前の句を打越《うちこし》という。打越と前句の関係と、前句と付句の関係が、類似であってはならない。類似関係の付合がくり返されるのを、避けるためである。前句と付句の関係を付合《つけあい》と呼ぶ。前句にからむように付句は詠まれる。

室町期・戦国期から江戸期・明治初期までは、連歌・俳諧は文化の中心にあった。連歌の形式がほぼ確立したのは一二世紀頃に行なわれた短連歌からで、それはひとつの歌の上句と下句を、別人が詠むものであった。連歌では上句を長句、下句を短句と呼ぶ。短連歌の後に、さらに長句、短句を詠み、計三句以上連ねたものが鎖連歌とされた。この場合、短句と次の長句との間には断絶性が目立つようになり、連歌ならでは「転じる」ことでイメージの拡大ができるようになった。詠む句数を決め、百句なら百句詠むことを前提にした連歌が長連歌となった。連歌とは一般的には長連歌のことであり、長連歌では次のように句が詠まれてゆく。

連歌では、第一句を発句《ほっく》、第二句を脇、第三句を第三、最終句を挙句《あげく》、その他の句を平句《ひらく》という。前句と付句の間にほどほどの断絶が求められる。現代詩のコラージュに通底している。コラージュは幾つもの関係ないものを組合せて、ものを現実から切り離して新しいイメージを出現させる手法である。藤原定家グループは、「断《き》れながら連なり、連なりながら断《き》れる」という作法を志向していたので、連歌にも積極的にとり組んでいた。

鎌倉時代になって身分の低い人びとも連歌を詠むようになり、一三世紀中頃にはその中から優れた者も出てきた。彼らが花の下で連歌の会席を開いたことから「花の下《もと》連歌」と呼ばれたが、実態はよく分からない。寺社の境内で、芸能者的連歌師によって行われ、観衆が参加することもできたとされている。花の下連歌師の次に登場したのが、善阿《ぜんあ》であった。善阿の活躍した鎌倉末期には、連歌師は職業として成り立つようになっていた。連歌の指導者は、宗匠《そうしょう》と称された。善阿の業績を引き継いだのが南北朝時代の三賢と呼ばれる二条良基《よしもと》・救済《きうぜい》・周阿《しうあ》であった。救済は善阿の門弟で、和歌を冷泉為相《ためすけ》に学ぶなどして、公家や武士に近づき、二条家には良基の父道平のときから出入りしていたようである。二条家の良基は救済の後援者となった。

二条良基

良基は北朝方についた野心家であった。和歌の第一人者になるには、和歌をお家芸とする冷泉家などあり難しく、連歌にのめり込んでいった。良基を指導したのは救済であったが、良基は救済の手助けのもと『菟玖波《つくば》集』を編集した。これが准勅撰集となり、連歌の本格的なはじまりとなった。

連歌は前句から付句へと、連想をともなって詠まれてゆくが、そのため類似が生じやすい。そこで式目という同じことのくり返しを抑える規定が設けられていた。武家の法規として「御成敗式目」などが知られているが、連歌の式目は連歌式目と呼ばれていた。二条良基が救済の協力を得て作成したのが、『応安新式』である。この式目にたいしてさまざまな規則の追加が行われた。連歌を知らない人にも、宗祇《そうぎ》の名は知られているであろう。姓は飯尾とされるが定かではない。その宗祇の弟子である肖柏《しょうはく》が、自らの追加をして編み直したものが『連歌新式』で、正式には『連歌新式追加 並《ならびに》 新式今安等《きんあんとう》』である。これによって式目は完成したことになった。『連歌新式』では、「一座何句物」「去嫌《さりきらい》」「句数《くかず》」が基本的な規定である。それらについてどのような規定であったかを簡単に書いておく。

「一座」は百句のことであり、百句内に一つの語を何回用いてよいか、の規定である。「一座一句物」から「一座五句物」まである。その一例を挙げると。一座一句物：「若葉」「鶯」「鈴虫」「昔」「村雨」など、一座二句物：「暁」「春風」「今日」「故郷」「老」など、一座三句物：「神」「落葉」「薄」「鹿」「独」などである。

「去嫌」は、去ることを嫌うのではなく、一緒にいることを嫌ってある距離に去ることで、ある種類に分類される語同士を使用する場合、どのくらい離さなければならないか、の規定である。個々の単語ではなく、ある範疇に属する語同士にたいしてである。

「句数」は、ある範疇に分類される句をどれくらいつづけて詠むことが許されるか、の規定である。『連歌新式』には、「春・秋・恋」は五句、「夏・冬・旅行・神祇《じんぎ》・釈教《しゃくけう》・述懐・山類《さんるい》・水辺《すいへん》・居所《きょしょ》」は三句つづけることができる、とある。

宗祇の連歌史観によれば、三賢の後、連歌は半世紀にわたって停滞したが、室町時代中期に宗砌《そうせつ》を先頭とした智蘊《ちうん》・能阿・行助《ぎょうじょ》・心啓・専順《せんじゅん》・宗伊《そうい》の七賢が登場して全盛期を現出した。宗祇は宗砌没後、専順に師事し、さらに関東では心啓にも教えを受けた。宗祇は武将で歌人の東常縁《とうのつねより》から『古今和歌集』の解釈を伝授されるなどして、古典学の権威にもなった。応仁の乱が終息して文化への関心が高まったこともあり、上流貴族はもとより天皇までが連歌の指導者として宗祇を敬重するにいたった。宗祇の出現後、兼載《けんさい》流などの傍流はあったが、連歌師はほとんどが宗祇の系統から輩出した。門下には肖柏《しょうはく》・宗長・宗碩《そうせき》などがいた。ところで、宗祇が山口の大内氏を訪れたときの、宗祇の営みについて詠まれた次の和歌が、笑話集『醒睡笑《せいすいしょう》』に載っている。

都よりあきなひ宗祇下りけり言の葉めせといはぬばかりに

宗祇は言葉の商人と思われていたのである。公家の三条西《さんじょうにし》実隆が染筆した色紙や短冊を地方下るときもってゆき、礼金を貰うなどをしていた。さらに大名に実隆の所領の年貢の催促をすることもあった。連歌師は地方に文化をもたらし、都に経済をもたらしていたのであった。

応仁・文明の乱などで京都は疲弊したことなどから公家も安全な地方へと下った。連歌師も地方へ赴き、地方の文化・文学が繁栄するようになった。心啓は応仁の乱を避けて、一四六七年に下向し、晩年は相模国大山山麓の石蔵（現在の神奈川県伊勢原市）に隠棲し、一四七五年、そこで没した。宗祇は、東は関東・越後など、西は九州まで出かけ、人生の半分を旅に費やし、一五〇二年に宗長、宗碩に伴われて越後に赴き、その帰り美濃に向かう途次、箱根湯本の旅館で没し、駿河桃園（現在の静岡県裾野市）の定輪寺に葬られた。芭蕉が平穏の元禄期の旅であったのに比べて、戦乱期に全国を旅したことからは、真の漂白の詩人ともいえよう。連歌と連歌師は、古典教養・座敷の設定・会席の運営などで総合的に文化を支えた。

二―三　代表的な連歌の読解

連歌の長さは百韻をもって基本とし、それを重ねた千句、万句、あるいは簡略した五十句、歌仙などがある。歌仙は藤原公任《きんとう》の選んだ三六人の歌聖のことであるが、その名称にちなんで三十六句のことを歌仙と称した。

連歌は懐紙と称される用紙に書き付ける。懐紙は長い方を上にして、水平に真ん中で二つに折る。百韻では四枚で、最初の面を初折《しょおり》、以下、二折《にのおり》、三折《さんのおり》となり、四枚目は名残《なごり》折《のおり》という。折られた内側には書き付けない。二つに折ってから表面と裏面に書き、四枚だから八面に書く。百句を次のように分けて書く。

初折	表	八句	裏	一四句
二折	表	一四句	裏	一四句
三折	表	一四句	裏	一四句
名残折	表	一四句	裏	八句

この四枚を水引とよび紙製の紐で右を綴じて、百韻一巻となる。

連歌の名作として名高い、宗祇と肖柏《しょうはく》・宗長との三人による「水無瀬三吟百韻」の初折表の八句と名残折裏の八句を読解することにする。後鳥羽上皇の離宮のあった水無瀬殿において、上皇の法楽のため詠んだものである。

水無瀬三吟百韻

（初折表）

雪ながら山もとかすむ夕《ゆうべ》かな　宗祇
行く水とほく梅にほふ里　肖柏
川かぜに一むら柳春みえて　宗長
舟さすおとはしるき明がた　宗祇
月は猶《なお》霧わたる夜にのこるらん　肖柏
霜おく野はら秋はくれけり　宗長
なく虫の心ともなく草かれて　宗祇
垣ねをとへばあらはなる道　肖柏

（初折表）は連歌が綴じられたときに、一番上にくることから、その連歌の顔にあたる。発句と脇の関連は深く、第三は距離を置いて、四句目から八句目は内容を軽くするのが妥当とされていた。発句は『新古今和歌集』所収の、後鳥羽院の和歌の本歌取りとなっている。

見渡せば山もと霞む水無瀬川夕べは秋となにおもひけむ　後鳥羽院

この歌は、夕べは秋に限るとなぜ思ってしまったのだろうと、春霞の夕べの情景を讃えている。発句は客が詠む。脇は会席の主催者である亭主が挨拶の心をもって詠み、季は同じにして、発句よりきわだった詠み方はしない。発句、残雪の水無瀬山の麓は霞におおわれた夕べである。脇句、雪解水が遠くから流れて来る里で、梅が匂っている。第三、川風にひとむらの柳がゆれ、春めいている。第四の「しるき」は、はっきりとしている、の形容詞「しるし」の連体形である。舟の棹をさす音がはっきりと聞こえ、ときは明け方である。第五、月はまだ残っていて夜であり、霧が立ちこめている。第六、霜が野原をおおい、秋は暮れてしまった。第七の「心ともなく」は、心なくで、非情ということである。鳴く虫などにかまわず、非情にも草は枯れてゆく。冬へのアプローチである。第八の「とへば」は人の存在を暗示している。垣根のある閑居を訪ねてゆくと、道は草が枯れ土があらわになっている。里の風景から人の営みへの感懐へと推移している。山麓の叙景から閑居の詩情への変転でもある。

宗祇

（名残折裏）

忘るなよ限《かぎり》やかはる夢うつつ　宗祇
おもへばいつをいにしへにせむ　宗長
仏たちかくれては又いづる世に　肖柏
かれしはやしもはる風ぞふく　宗祇
山はけさいく霜夜にかかすむらん　宗長
けぶりのどかに見ゆるかり庵《いほ》　肖柏
いやしきも身ををさむるは有りつべし　宗祇
人はおしなべみちぞただしき　宗長

第一の「限」は、死への最後の時ということで、「や」は反語である。忘れるないでほしい、あなたとの恋が夢なのか現実なのか区別がつかなくなっている私でも、最後のときまで私の心は変らないことを。第二、思えば、いつから前を昔としてよいやら。第三、もろもろの仏は、入滅しては、後世に出現する。ということは、いつを昔ということはできない。第四、枯れてしまった林でも、やがて春風が吹く。「かれしはやし」は、釈迦入滅のときに枯れた沙羅双樹の林のことであるが、後に仏が出現してくるときにはよみがえったことに応じている。場面を春に転じている。第五、今朝は山が霞んで春めいているが、幾度も霜の夜を重ねたことか。第六、上がっている煙がのどかに見えている草庵がある。

第七、身分はいやしくても、立派に身を正している人はいるにちがいない。挙句、人は一般的に正しい道を歩んでいる。この句は『新古今和歌集』所収の、次の後鳥羽院の和歌を本歌取りしている。

おく山のおどろが下《した》もふみ分けて道ある世ぞと人に知らせむ

「おどろ」は藪で、藪の中まで踏み分けて行き、どのような所にも道はある世だと知らせよう、といこととだ。もっとも名高い連歌とされる「水無瀬三吟百韻」には事前の打ち合わせがあったとして、真の連歌の醍醐味とはズレがあると、国文学者の綿貫豊昭は論じている。

この二つの三吟（「水無瀬三吟百韻」と「湯山三吟」）はたしかにすぐれた文芸性をたたえています。宗匠としての宗祇の配慮がすみずみまでゆきとどいている上に、肖柏や宗長がそれぞれの個性を発揮した、よみごたえのある作品といえましょう。早くから注釈が試みられていることからも、連歌の模範とされていたことが知られます。しかし、連歌のおもしろさは、数人ないしは十数人のすぐれた連衆を揃えた一座で、もっとも発揮されるものです。三吟では、ほぼ句順がきまってしまい、意表をついた付句など出にくいのです。それに、この二つの三吟は、宗祇の指導のもとに展開していて、あるいははじめから模範的な百韻を残そうとする意図があったように思われます。それに対して、同じく宗祇が宗匠としてのさばきを見せている百韻でも、「新撰菟玖波祈念百韻」は、すっかり趣を異にしています。これは『新撰菟玖波集』の撰進に当って、その成就を祈念するために興行した百韻で、明応三年の旧臘《きゅうろう》に宗祇の発句が三条西実隆に示され、翌四年正月四日に、宗祇が実隆邸に出向き、実隆の脇句をもらいうけて来てそれに兼載が第三を付けるところから一座となるのですが、宗祇、兼載以下、玄宣、玄清《げんせい》、友興、長泰、宗長、恵俊《えしゅん》、宗仲、宋忍、慶卜・正佐・宗坡《そうは》・盛郷・宗宣といった面々が参加しての晴れの興行といえましょう。特に宗祇のあとをついで北野連歌会所の奉行となり、その関係もあって、宗祇とともに『新撰菟玖波集』の撰者にもえらばれた若い兼載が、宗祇の向うに廻して、堂々と切りこんでいる姿が目立ちます。それを受けて立つ老巧な宗祇の句さばき、特に両者が付け合っているところには、緊張感がみなぎっています。（『連歌とは何か』）

一一行目の「旧臘」は、昨年の一二月のことである。結末が「ただしき」という格言的な内容であるのは、打ち合わせがあってのことといえよう。

（初折表）では、前句と付句の断絶をともなったつながりが、詩情を生成している。また情景と場面の推移がドラマをかもし出している。和歌の詩情と伝統美にもとづく物語的な絵巻となっている。（名残折裏）では、前句を受けて謎解き的あるいはロジック的な進展といった妙趣があり、そこに教訓的なことまで織り込まれいる。理屈っぽい展開で、古典主義的な文学的な価値があるといえる。次に、「新撰菟玖波祈念百韻」の（初折表）と（名残折裏）を読解することにする。

新撰菟玖波祈念百韻

（初折表）

あさ霞《がすみ》おほふやめぐみ菟玖波山《つくばやま》　宗祇

新桑《にひくは》まゆをひらく青柳　西（三条西実隆）

春の雨のどけき空に糸はへて　兼載

しろきは露の夕暮の庭　玄宣

たち出でて月まつ秋の槙《まき》の戸に　玄清

さ夜《よ》ふけぬとやちかきむしの音《ね》　友興

しらぬ野の枕をたれに憑《たの》むらん　長泰

やどりもみえず人ぞわかるる　宗長

発句、筑波山を朝霞がおおっている、それは大君の恵みがこの世をおおっているしるしといえよう。脇句の「新桑まゆ」は新しい桑で育った繭で、繭に眉を掛けている。美人のアレゴリー（寓意）である柳眉を連想することから、美人の眉を思わせる美しい新芽を青柳が出している、である。万葉集の和歌を本歌取りしている。

　筑波嶺のにひくはまゆの衣《きぬ》はあれど君が御衣《みけし》はあやに着欲しも　詠み人しらず

新桑で作った絹の衣は素敵だけれど、あなたの衣を身につけたい、ということだ。

第三の「糸はへて」は糸を延ばしてで、青柳の芽が延びてゆくこと表している。春雨の降るのどかな空の下、柳の芽がすくすく延びている。第四の「しろきは露」は糸に貫かれた白露ということである。降る雨の糸に貫かれた白露、夕暮れの庭にて。第五、立待《たちまち》の月の出を待っている、槇の戸のあたりで。第六、もう夜は更けたと、戸の近くで虫が鳴いている。第七の「しらぬ野」は旅の道中のことである。旅での野原に寝ていると、虫が私を誰かととりちがえて鳴いているようだ。第八、宿も見あたらず、たまたま知り合った人とも別れてしまう。

下層には和歌や風習・風俗があり、それとの相互作用から新しいイメージが立ち上がってくる。人が登場しても、場面と一体となっているだけで、ドラマ的な演出はない。それは幽玄的な詩境といえよう。

（名残折裏）

すさまじき日数をはやくつくさばや　慶卜
ながらへはてむわが身ともなし　宗坡
君いのる人はとほくとたのむ世に　長泰
しまのほかまで浪《なみ》よをさまれ　宗祇
行く舟にあかでぞむかふ明石方《あかしがた》　兼載
夜ふくるままにきよき灯《ともしび》　宗長
天津星《あまつほし》梅咲く窓に匂ひ来て　友興

鶯なきぬあかつきの宿　玄清

第一の「すさまじ」は、荒涼としている、で秋を表している。荒涼としていて、心のはずまない日々を早くやり過ごしたいものだ。第二、いつまでも生き永らえることのできるわが身ではない。第三の「とほく」は久遠ということであり、君の齢《よわい》をいつまでも久遠にと頼みかける世であっても。前句の生き永らえないと言っていることへのイロニーである。第四、波風の荒い遠い島のはてまでも、波よ静まってくれ。第五、行く舟を飽きることなく眺め、明石潟の景に対している。第六、夜が更けるにつれて、沖の漁火が澄んで見えてくる。第七、漁火に見えていたのは天の星であり、近くで梅の咲く窓には匂いがただよっている。挙句、鶯が鳴いた、暁の宿で。鶯の初音に、新しい撰集のできる喜びがこもっている。

室町時代から戦国時代にかけての支配者だった守護大名・戦国大名は、単に趣味・教養などとしてではなく領国支配のためにも、文武両道を志した。「座の文芸」として組織内の団結や他の組織との親睦に、連歌は都合よかったのである。

明智光秀は一五八二年六月二日の本能寺襲撃の直前に、中国方面出陣の戦勝祈願のため五月二日に山城国愛宕山五坊の一つ成徳院で連歌の会席を催した。連歌師の里村紹巴《じょうは》・里村昌叱《しょうしつ》が出席していて、そのときの連歌が、愛宕百韻である。（初折表）について読解する。

愛宕百韻

（初折表）

ときは今天《あま》が下《した》しる五月哉　光秀
水上《みなかみ》まさる夏の庭　行祐《ぎょうゆう》
花落つる池の流れをせきとめて　紹巴
風に霞を吹き送るくれ　宥源
春も猶《なお》鐘のひびきや冴えぬらん　昌叱
かたしく袖は有明の霜　心前
うらがれになりぬる草の枕して　兼如
聞きなれにたる野辺の松虫　行澄

発句の「とき」は光秀の血筋である土岐、「天が下しる」は天下をとる、ということである。脇句、川上から流れてくる水音が高く聞こえる、ここは夏の庭である。第三、花が散っている池からの流れをせきとめている。第四、風が霞を吹き送ってくる夕暮。第五、春となって、鐘のひびきが冴えわたっている。第六、「かたしく袖」は、ひとり寝の袖であり、その袖には有明の霜がふりかかっている。第七、うらがれになった野原で旅寝して。第八、幾夜も旅寝をしてきて、聞きなれている野辺の松虫の声である。

発句は謀反の心の内を明けた、とされているが、綿貫豊昭は、発句については紹巴のフィクションであろうとしている。

これは連歌師の紹巴が事後、さかしら顔で作り事を言いひろめたのであろう。光秀は発句や挙動で、おのれの心中の秘事を漏らすような浅薄な男ではない。

（『連歌とは何か』）

連歌は盛んになるにつれて、式目が煩雑化した上に、強制力をもつようになり、自由な表現が難しくなっていった。

二—四　俳諧の成立と貞門派・談林派の台頭

連歌が和歌の伝統から大きく外れることはなく雅語の枠組みの中で表現していたのに対して、連歌の部立の中の一部門であった「俳諧之連歌」は、当時使われていた言葉で、その時点での現代風の内容を詠み込むことを推し進めていた。俳諧には滑稽・戯れ・機知・諧謔という意味があることから、俳諧とは滑稽・諧謔の連歌ということであった。俳諧は連歌の式目を踏襲していたが、はるかに規定がゆるやかであったことから、徐々に俳諧が連歌を押し退けていった。庶民的な自在さが、支持されたともいえる。さらに、江戸期に文芸が俗語基調になったことからも、俳諧は連歌にとって代わり文芸の中心となり、連歌の部立の一つである「俳諧之連歌」ではなく、俳諧と呼ばれるようになった。俗語を駆使することで、日常の中に文化を見出すことになり、また伝統的な芸術性や様式美よりも、人間性の妙趣や自然と人間とのかかわりにこだわるようになった。

最古の俳諧集は、編者未詳の『竹馬狂吟集』（一四九九年）とされている。宗祇の『新撰菟玖波集』（一四九五年）とほぼ同時代であり、連歌の最盛期にすでに俳諧が余技として行われていたのである。その後に俳諧の祖とされる山崎宗鑑（一四六五年）と荒木田守武（一四七三年）が登場し、天文期（一五三二〜五五年）の頃に江戸期の俳諧のベースとなる作風の俳諧を成立させた。宗鑑が編さんした『犬築波集』（一五二四年）は、最初の俳諧集ともされてきた。連歌の正統に対して「犬筑波」と卑下する気持は、宗鑑にはなかったが、江戸時代になって古活字本として刊行されるとき『犬築波集』という名になったのであった。荒木田守武は伊勢神宮の祠官でもあったが、連歌を宗祇・宗長・兼載に学んだ。俳諧集『独吟百韻』（一五三〇年）や『守武千句』（一五四〇年）を詠んだ。

松永貞徳

京都文壇の大立者であった松永貞徳は、門弟に俳諧中興の祖にかつぎ上げられ、貞門派を立ち上げた。貞門は、俳諧は俳語（俗語や漢語）を詠みこんだ連歌だと規定していた。彼は式目を作り、作法書も出した。印刷があらゆる分野に利用されるようになったことは、近世文化の大きな特徴である。俳書は次々に刊行され、貞門俳諧はまたたく間に全国にひろがった。江戸初期には、連歌はなお盛んに行われていたことが、貞門俳諧の急速な全国的な普及の下地になっていた。他方、貞門派は連歌の式目を踏襲しながら、縁語や掛詞を駆使しつつ、和歌や故事・俗諺《ぞくげん》をもじって句を作ることがほとんどであったことから、新興町人層には物足りなくなっていった。

西山宗因は、肥後国八代の城代・加藤正方に仕え、正方に感化され連歌に親しみ、京都へ遊学し、里村昌琢《しょうたく》のもとで連歌を学んだ。主家が改易となり、連歌師として立つことを決意した。正保四（一六四七）年に大阪天満宮の連歌所の宗匠に任ぜられ、町人に連歌を指導するようになり、全国に門人をもつようになった。浮世草子の作者・井原西鶴も、門人の一人である。宗因は俳諧に注目して、余技として俳諧もはじめた。連歌で鍛えた作句法で、軽快流暢な句を作り、制約に縛られた貞門流にくらべて、奔放な作風を推し進めた。この新風調はしだいに三都（京・大阪・江戸）で受け入れられるようになった。この作風は談林派と呼ばれるようになるが、それは後年のことで、宗因は別号の西翁・梅翁などをもっていたことから、西翁流・梅翁流・宗因流と、宗因個人の名を冠して呼ばれていた。一句の意味や付合の縁語的なつながりを大事にする貞門派と、一句の不合理な意味と謎解き的な付合に価値を見出している宗因派とは、当然ながら論争をともなった勢力争になった。貞徳は承応二（一六五三）年にこの世を去ったが、門弟はそれぞれの結社の発展をはかっていた。

西山宗因

松尾芭蕉は寛永二一（一六四四）年、伊賀国の上野の生れである。藤堂藩（津藩）三二万石の本拠は津であった。伊賀上野は城代が治めていて、その下の侍大将に藤堂新七郎家は就いていた。松尾宗房、後の芭蕉が一九歳のときとされているが、俳諧好きの藤堂新七郎家の嫡男・良忠に出仕する。良忠は俳諧好きであったことから、芭蕉も俳諧を学びはじめたようである。俳号は蝉吟《せんぎん》である良忠の俳諧の師は、貞門派で京都在住の北村季吟《きぎん》であったことから、芭蕉も季吟の指導を受けたとされている。季吟は貞徳に俳諧を学び、歌学者として古典の注釈書も書いている。芭蕉二三歳のとき、良忠は二五歳で病没する。二九歳となっていた芭蕉は、とり組んできた貞門俳諧はそのうち行きづまると見通すとともに、俳諧で身を立てることを決意した。そして寛文一二（一六七二）年、伊賀上野から宗因派が勢力をひろげていた江戸に移住した。この間の芭蕉の活動はほとんど分かっていないが、ときどきは上京して季吟の指導を受けていたと考えられる。江戸では神田上水道工事の差配と帳簿付けの仕事に就いた。芭蕉は藤堂藩に伝わってきた土木工事の知識をもっていて、藩の口利きがあって、幕府が進める事業の要職に就けたと考えられる。のちに刊行された江戸後期の国学者・喜多村信節《のぶよ》の考証随筆『筠庭雑録《きんてい》』には「桃青江戸に来たりて、本船町の名主小沢太郎兵衛（卜尺と号す）が許にしばらく居しかば、日記など記させたるが多くありしとなり。其頃の事にてもあるにや、水道普請にかゝれる事見えたり」と、延宝八（一六八〇）年の「役所日記」の一節を引用してある。「桃青」はのちの芭蕉である。

芭蕉の江戸出府とほぼ同時か、その後のことであるが、上方とくに京都の俳諧師が、新興都市の江戸に活躍の新天地を求めてやって来ていた。芭蕉は少しずつ江戸の俳壇で名が知られるようになり、作風は貞門派から宗因派に移っていった。江戸の俳諧師の仲間との付き合いもひろげていった。のちに芭蕉の一番弟子になる其角が入門してきたのはこの頃であった。

延宝三（一六七五）年、大阪の宗因は、磐城平《いわきだいら》七万石の藩主で俳人でもある内藤風虎《ふうこ》に招から江戸に下ったとき、談林軒の俳号であった田代松意《しょうい》のグループの歓待にたいする挨拶句として、次の句を詠んだ。

されば爰に談林の木あり梅の花　宗因

「されば」は、さて、であり、「談林」とは、僧の学問所のことである。ここは俳諧の修行の場にふさわしい、というものだ。この句を発句として、俳諧集『談林十百韻《とっぴゃくいん》』が江戸神田鍛冶町で巻かれた。『談林十百韻』は好評をはくし、西は長崎から東は仙台まで、評判になった。ここから談林派の呼称がはじまったのである。

『談林十百韻』の会席に前後して、江戸本所（現在の墨田区）の真言宗大徳院で、端書に「延宝三卯五月東武にて」とある百韻が巻かれた。この会席に芭蕉は連なることができた。桃青の俳号が、ここで文献上はじめて出てきた。

いと涼しき百韻

延宝三卯五月東武にて

いと涼し大徳也けり法の水　　宗因
軒《のきば》を宗と因《ちな》む蓮池　　蹤《しょうかく》画
反橋のけしきに扇ひらき来て　　幽山
石壇よりも夕日こぼるる　　桃青
領境《りやうさかひ》松をのこして一時雨《ひとしぐれ》　　信章《のぶあき》
雲路をわけし跡の山公事《くじ》　　木也

――以下略――

発句にある「大徳」は、大徳院と高僧の意とをかけ、亭主である蹤画への挨拶としている。脇の蹤画は、大徳院主で「宗と因む」に客としての宗因への挨拶の返しになっている。幽山は内藤家出入りの重頼門の宗匠である。信章は後の山口素堂のことで、これ以後、芭蕉とも親交を深めた。素堂は漢詩文の素養が深く、芭蕉にも影響を与えた。素堂の代表作「目には青葉山ほとゝぎす初鰹」はひろく知られているが、葛飾派の祖である。小林一茶もこの派で活動したことがあった。この後、芭蕉は積極的に談林派に傾倒していった。次の句は延宝四（一九七六）年の作、湯島天満宮に奉納した俳諧の発句である。

此梅《このうめ》に牛も初音《はつね》と鳴きつべし　　桃青

「此梅」は天満宮の梅の花であり、その花にたいしては、鶯はもとより、牛も初音を上げるであろう、ということだ。天満宮の境内には梅と牛はつきものである。また、「梅に鶯」は平安時代以来の組合せであるが、牛をもってきたことに談林的な妙味がある。天満宮にたいする挨拶句にもなっているが、宗因の別号が梅翁であったことから、宗因への挨拶の心づかいもあった。

貞門派を侵食していた談林派の全盛期は、延宝元（一六七三）年から天和元（一六八一）年までであった。談林の極端な浮世趣味は、徐々に飽きられることになり、高踏的な文人趣味、漢詩文調が好まれるようになった。さらに、延宝八年に放漫財政の四代将家綱から綱吉に代わると、弾圧政治がはじまり儒教的な秩序が重んじられ、享楽的現実を謳歌する談林派の俳諧は一挙に凋落したのだった。芭蕉はこの情況を踏まえて談林派からの脱却をめざし、独自の作風を築きはじめたのであった。

俳諧は「俳諧之連歌」という部立の一つであった。よって式目があり、その最も基本的なものが『連歌新式』であった。時代が進むにしたがってさらに規則は細かくなった。近世の初期には、いろは引きの、つまり辞書のような式目書の『無言抄』というのが作られ、規則は煩雑となり、強制力をもつようになった。ところが、俳諧の最初の式目として、松永貞徳が連歌の式目を緩和した形の『俳諧御傘《ごさん》』を刊行した。様式的には自由になっているといえるものの、貞門・談林は式目順守の方針であった。対して、芭蕉の蕉門は細かくはこだわらないスタンスであった。『無言抄』、『俳諧御傘』などで違いはあるが、基本的には次のような規定がある。

発句は一巻をひきいる大切なものとして、特別な制約を受ける。季語をいれることと切字（「や」「かな」「けり」など）をいれるなどである。発句は付合によりイメージを生成するのではなく、それだけで独立した境地を創出しなくてはならない。一句の独立性を明示するのが、切字なのである。表の句（百韻では発句以下八句、歌仙では六句をいう）には、神祇、釈教（仏教）、恋、無常（死）、人名、地名などを詠まない。発句には、この制限はない。第三は、留字（「て」「に」「にて」「らん」「もなし」など）でとめる。

打越にたいして類似・類想・単なる言い替えのような句は詠まない。前後の句、あるいは離れている句の材料（文字、かな使い、テンポ）を再度使うのは避ける。

春・秋の句は、同季五句去り（同季をもう一度出す場合）、句数（同季の範疇に分類される句をつづけて詠む）は三句から五句までつづく。夏・冬の句は、同季二句去り、句数は一句から三句までつづく。恋の句は、なるべく一巻に一回いれるのが望ましいが、いれなくてもよい。恋の句は、三句去り（恋の句をもう一度出す場合）、句数は二句から五句までつづく。貞門・談林時代までは、恋の詞とされているものがあって、その詞を用いていれば恋の句になったが、蕉門では、恋の詞があっても、恋の感情や行動がなければ、恋の句にはならず、恋の詞がなくても、恋の感情や行動があれば、恋の句となった。神祇・釈教は、三句去り、句数は一句から三句までつづく。国名・名所は、二句去り、句数は一句から二句までつづく。

連歌・俳諧では月と花は、「景物《けいぶつ》の尤《ゆう》なるもの」としてとりわけ尊重されてきた。歌仙一巻に出す花・月の句数は、「二花三月《にかさんがつ》」といって花は二回、月は三回詠む。その出す場所は「定座《じょうざ》」と呼ばれ、一応決まっている。花の定座は、一七句目（裏一一句目）と三五句目（名残裏五句目）である。月の定座は、句の流れによって移動させてもよい。花・月の句を出す場所は、蕉門ではこだわっていない。

二―五　俳諧の付合と長さ

俳諧も連歌と同じように付合ということによって文芸として成り立っている。連歌が和歌の伝統を壊さない付合であったのに対して、俳諧では伝統的な様式や価値観を破る付合が求められた。貞門では縁語・掛詞でのつながりが、談林では不合理なつながりが重んじられた。芭蕉の蕉門では、言葉遊び的な妙味の付合ではなく、詩情を生み出すような付合が推し進められた。

前句と付句とは意味や情趣でつながっていなくてはならない。前句からの進展として付句がある。しかし付句は前句の説明ではない。前句につき過ぎれば説明となり、詩的な妙趣が失われる、また詩的進行が行き詰まることもある。前句と断絶するような独り合点の付句では、進展が遮られる、また俳諧一座の共同意識や緊張感がそがれることになる。前句につき過ぎても、離れ過ぎてもいけない。初心者はつき過ぎる傾向があり、経験者は離れ過ぎる傾向があることへのアドバイスが、『去来抄』には書かれている。

文考は「附句というものは前句に附けるものである。ところが今の俳諧は前句に附かない句が多い。」といった。師翁は「句というものは附かないものは一つもない。」（句というものは、元来附く性質をもっているものだ）といわれた。

自分の考えでは、附句というものは、前句に附かなければ、それは附句ではない。しかし附きすぎるのは、良くない句である。今の作者たちは、前句に附ける事を、いかにも初歩の人のやる事のように感じて、全く附いていない句が多い。他人の作った附句を見せてもらう人も、「あの人は附句がよく分からぬ」と言われることが恥かしいと思って、よく前句についていない句を非難せず、却って能く附いている句を笑う連中が多い。これは自分の教えられた所と大きな相違である。

（岩田九郎・口語訳）

一座で前句との関連がはっきりしないような付け方がされた場合は、どのような関連があるのか質問すべきであり、また、前句との関連がはっきりしていた場合、玄人顔して笑うべきではないということである。『去来抄』には俳諧における前句に対する付句の詠み方について、貞門・談林・蕉門の違いについても書いてある。

先師芭蕉翁が、附句の心得について次のように述べられた。発句は昔からいろ〳〵に変化して来たけれど、附句は三変化しただけである。昔（貞門時代）には物附ばかりが行われ、中頃（談林時代）には心の附を専ら用いた。現在（蕉門時代）ではうつり・響・にほい・位という方法で附けるのがよいのである。

（岩田九郎・口語訳）

付句のやり方は、貞門・談林・蕉門と三度変化したと書き出している。二行目の「物附（物付）」は、前句の言葉や事柄にたいして縁のある言葉や事柄を付けてゆくことで、三行目の「心の附」は「心付」ともいい、前句の意味を受けて、その意味を面白くさせるような付け方をいう。「うつり・響・にほい・位」は、芸術的発想をともなった変化ということである。「うつり・響・にほい・位」という抽象的ないい方にもかかわらず、芭蕉はその内容を語っていない。「うつり」は微妙な変化、「響」は余情・風韻、「にほい」は詩的なイメージ、「位」は品格といったことを付合で実現することであろう。「うつり」については、常識的なつながりが連想されてくるが、国文学者の東明雅は、「自然と推移し照応する」としている。

右のいくつかの例を見ると、移りというのは、前句から付句へと自然と推移し照応するもので、それは気分・情調の場合や内容的な人物・風景の場合、あるいは語勢・句勢など表現に関する場合もあるのである。（『連句入門』）

「自然と推移」とは、常識的でありながら、屈折したつながりとなっていることであり、そこから「照応」が生み出される。これはボードレールの象徴主義でもある。『去来抄』には、次のような芭蕉の言及が載っている。

赤人の名は付《つか》れたり初霞　史邦《しほう》
鳥も囀《さえず》る合點《がてん》なるべし　去来

先師曰、移りといひ、匂ひといひ、誠は去年《きょねん》中三十棒《さんじゅうぼう》受られたる印也《しるしなり》と、去來釋曰《しゃくして》、つかれたりと有るゆえ、合點《がてん》なるべしといへるあたり、其《その》云分の匂ひ相うつり行跡《ゆくあと》見らるべし。もし發句に名は面白やと有ラば、脇は囀る氣色《けしき》也けりと云べし。

前句は山部赤人の歌「昨日こそ年は暮れしか春霞春日の山に早や立ちにけり」（『拾遺集』）がベースにある。「名は付れたり」は、名がうまく付けられているということである。「三十棒」は、禅の修行者を警《いまし》めるために棒で打つことである。この付合について、十分に修行した上での、申分のない出来である、と芭蕉は評した、ということだ。これに去来がした説明は、「付れたり」とあるので、「合點なる」と付けたことには、前句の言い方の匂いが付句に移ってゆく跡が、見られるはずだ、という。さらに、発句に「名は面白や」とあったら、脇は「囀る気色也けり」と言うべきである、としている

ここからは、「移り」と「匂ひ」は、前句の表現の強弱や緩急に照応するように付けるということであろう。「付かれたり」に「合點なる」が呼応することで、余韻を深めていて、「初霞」と「囀る」との照応からは、芸術的なイメージが立ち上がっている。さらに東明雅は、「位」については、「品位を見定めて」付けることだとしている。

位《くらい》とは、前句の中にあらわれた人物とか、事物とか、言葉とかの品位を見定めて、それに応じた素材をもって付ける手法であるが、これは逆に言えば、どんなよい句でも、前句と品位が相応してなければ、結局は悪い付句であるから、付句を吟味する基準の一つになる。（前出）

品位のある句に対しては、諧謔的なことは狙わない方がよいということになる。「うつ

り・響・にほい」は、「心付」をレベルアップしたものなのである。貞門・談林・蕉門で付け方に、それぞれ決められたやり方があったのではなく、談林にも「物付」がり、蕉門にも「物付」「心付」があった。芭蕉は理想の付け方「うつり・響・にほい・位」にこだわりすぎることなく、「物付」でも「心付」でもかまわず、座を停滞させることは避けるべきとしている。

俳諧の長さは、連歌時代には百韻（百句）が正規であり、五十韻（五十句）も行なわれた。貞門・談林時代の俳諧もその形式が継承されたが、芭蕉時代以後は歌仙（三十六句）が普通になった。芭蕉も初期には百韻をやっていたが、談林の作風から抜け出した蕉風となってからは、ほとんど歌仙となった。百韻・五十韻は一句一句に精魂をこめるにはやや長すぎたのである。また、芭蕉には独吟の俳諧はない。独吟というのは、祝賀、祈願、儀式などの特別な事情のときに行なわれたのである。

俳諧も懐紙に書きとめるが、歌仙では二枚、百韻では四枚である。一枚目を初折《しょおり》とよぶ。歌仙では二枚目を、百韻では四枚目を名残折《なごりのおり》とよび、これは最後の懐紙を意味する。歌仙については、初折表に六句、裏に一二句記す。名残折表に一二句、裏に六句記す。百韻については、初折表に八句、裏に一四句記す。二折《にのおり》表裏ともに一四句ずつ、三折《さんのおり》も同じで、名残折表に一四句、裏に八句記す。

俳諧ならびに連歌一巻の作成の進行において、作者は前句を鑑賞してから付句を詠む。それは読解・享受と創作の一体化であり、それが俳諧の醍醐味なのである。また、百韻の連歌・俳諧であっても、前句と付句は二句一章であって、その連続が百韻なのであるともいえる。したがって、連歌・俳諧の読者の側は、たえず前句と付句の関係を捉えて、あたかも作者であるかようなスタンスで読んでゆくべきなのである。宗長の連歌作法書『連歌比況《ひきょう》集』には、和歌は城攻め、連歌は合戦のごとしである、と書かれている。和歌は一人で想を練ってから作るものであるのに対して、連歌は、その状況に対応して、臨機応変に作を講じるものである、からである。

二―六　俳諧撰集『冬の日』と蕉風の成立

延宝年間（一六七三～一六八〇）、四代家綱治下の放漫な経済政策のもとで、新興町人層の上昇機運にささえられた談林俳諧は、大阪と江戸を中心に現実謳歌の作風をくりひろげていた。談林俳諧は斬新な滑稽によって俳壇を席捲したのであるが、その斬新さはマンネリ化するのも早く、高踏的な文人趣味と漢詩文調が志向されるようになっていった。延宝八（一六八〇）年、徳川綱吉の天和《てんな》の治《ち》による弾圧政策がはじまると、談林俳諧は崩壊に向かった。この年、三七歳の芭蕉が江戸市中に編入されていなかった深川に転居した。宗匠の職を失うに等しかった。翌年、門人の李下《りか》から芭蕉の株が贈られ、それが繁茂して、この居宅は芭蕉庵と呼ばれるようになった。延宝九年に京都の菅野谷高政が編集した『ほの〴〵立』の巻頭に「当風」として三句が掲載され、その中に桃青の号で次の句があった。

　枯枝に烏《イ》のとまりたりや秋の暮

天和元（一六八一）年の池西言水・編『東日記《あずまのにき》』にも、この句が改変されて掲載されている。

枯枝に烏《からす》のとまりたるや秋の暮

元禄二（一六八九）年、俳諧撰集『曠野《あらの》』に収められるときに、さらに改変されている。

かれ朶《えだ》に烏のとまりけり秋の暮

この方が談林的な調子が薄れているだけでなく、「けり」にすることで、ふと烏に気づき、秋の暮を実感したことになる。いずれにしても、実景の写生句ではなく、水墨画の題である「枯木寒鴉《かんあ》」を、発句で表現したものとされている。『古今集』では、屏風から和歌を詠む屏風歌というのが盛んであったが、そういった詠み方の句であろう。この句の「枯枝」は、季題にある「枯木」ではなく、枯死した枝なのである。まだ季題を探求するというステージにはなかったのである。しかしながら、面白さを狙った談林の作風とは対峙した静寂の境地を立ち上げている。これは漢詩の境地であり、この閑寂の境地の探求が談林の高笑いの妙味への反省を促したといえる。芭蕉は江戸のみでなく京都俳壇でも気鋭の俳人として知られるようになっていった。

天和二（一六八二）年、京都の大原千春は、江戸に下り、帰京後に『武蔵曲《むさしぶり》』を編集し、刊行した。その中に次の句があり、ここではじめて「芭蕉」の号が用いられた。

茅舎《ぼうしゃ》ノ感

芭蕉野分して盥《たらひ》に雨を聞《きく》夜哉

芭蕉

前書の「茅舎」は、茅葺の家である。この句は字余りで漢詩文調である。「芭蕉野分して」の字余り漢詩文調の語調による強い言い回しが、台風に大きく揺れる芭蕉をクローズアップしている。屋内では雨漏りを受ける盥に水滴が落ちる音がしきりに聞こえているのである。

　この年の一二月二八日、江戸駒込大円寺を火元とする大火が起こり、芭蕉庵は類焼した。翌春、芭蕉は門人の高山傳右衛門繁文（俳号麋塒《びじ》）を頼って甲斐国の谷村（現在の都留市）に赴き五月まで逗留《とうりゅう》した。この間に其角が編集を進めていた『虚栗《みなしぐり》』が六月に刊行された。まだ漢詩文調や字余りの句が目だつが、談林の不合理な意味や謎解き的な付合からは抜け出し、発句を自然詩とすることを志向するようになっていた。漢詩や水墨画における自然の捉え方から、自然にたいして老荘的な無の境地やコスモス的な空間を創出できるようになりつつあった。次の句は『虚栗』の代表句である。

　　憶フ二老杜《ろうと》ヲ一

髭風ヲ吹《ふい》て暮秋歎《ぼしうたん》ズルハ誰《た》ガ子ゾ

　この句は、『虚栗』のというより漢詩文調の代表句である。前書の「老杜」は、杜甫の別名である。「髭風ヲ吹て」は、漢詩の倒置法である。杜甫の詩が下地にあるが、前書からも髭の主は杜甫であり、芭蕉である。杜甫も芭蕉も、仕官を強く目ざしたものの、旅の詩人として人生を全うした。芭蕉は杜甫を敬愛していたのである。そのことが、芭蕉の談林から蕉風への進展を下支えしていたといえる。次の句も、『虚栗』の代表句である。

世にふるもさらに宗祇のやどり哉

この句は宗祇の「世にふるもさらに時雨のやどり哉」を本歌取りしたものであるが、応仁の乱のころ信濃の仮寓で詠まれたもので、戦乱の中で「世にふる」ことは苦しいことであるが、さらに時雨が降り、この仮の宿をわびしくしている、といった意味だ。宗祇の句は二条院讃岐の和歌「世にふるは苦しきものを槙の屋にやすくも過ぐる初時雨かな」(『新古今集』)を踏まえている。芭蕉の句は「宗祇のやどり」とすることで、「時雨」を意味している。山本健吉は宗祇と芭蕉の句について内容の重なりと違いについて、次のように論じている。

ただ一語の相違に、この句の俳諧化の手際があった。「宗祇の宿り」「時雨の宿り」「假の宿り」の間に、おのずから相通うものがこめられていて、一語の置換えで原句のような和歌的・抒情的・詠嘆的な境地に流れることから、この句を救っている。一応宗祇の詠歎を継承しながら、一言の俳言の存在が、詠嘆を客体化し、俳諧化するピリオッドたる役割を果たしている。(『芭蕉—その鑑賞と批評』)

最終行の「ピリオッド」は終止符であり、和歌的な流れを終わらせるということである。
漢詩文調は天和年間に限られていたので天和調、また代表的撰集から武蔵曲調や虚栗調などと呼ばれた。談林調からの脱却に中国古典に材をもとめたことが、漢詩文調を生み出し、さらに漢語は俳語であることから、俳諧性にこだわらない作句法が育ったのである。このことが蕉風への進展の下地となったといえる。天和四年二月に、貞享《じょうきょう》と改元される。俳壇に流行した漢詩文調は急速に衰退しはじめた。

『野ざらし紀行』の旅は、蕉門俳諧が談林調と漢詩文調から抜け出す転機となった。貞享元（一六八四）年八月に四一歳の芭蕉は、江戸深川の芭蕉庵を発《た》って足かけ九ヵ月にわたる長い旅に出た。昨年亡くなった母の墓参をするためであると同時に、俳諧師として実績をあげたのだから故郷に帰ってもよいであろうとの思いもあった。これが『野ざらし紀行』の旅である。

野ざらしを心にしむ身哉

江戸を出立するときの句である。「野ざらし」は風雨に晒されて白骨化した骨であり、死をも覚悟した決意表明のようでもあるが、このような悲壮感は当時の紀行文を書くときの常套的な表現でもあった。この年の六月、大阪天満で井原西鶴の二万三千五百句独吟の大矢数《おおやかず》が興行され、俳壇の話題を一身に集めていた。芭蕉にはこれに対抗する算段はあったであろう。

江戸からまず伊勢に直行して神宮に詣で、九月はじめに郷里の伊賀上野に帰ってから、大和に向かい、そこから山城・近江を経て美濃に行き、大垣に滞在してから桑名、熱田と訪れ、名古屋に入った。芭蕉が江戸へ戻る途中で尾張を通るときいて、名古屋の、貞門流の俳諧を学んでいた連衆が、芭蕉を招待して会席が催された。そのとき俳諧「冬の日」が巻かれた。芭蕉は四一歳で、名古屋の連衆とは初対面であったとされている。このときの連衆は、野水《やすい》、荷兮《かけい》、重五《じゅうご》、杜国《とこく》などであった。野水は呉服商、重五は材木商、杜国は米穀商で、名古屋の富裕層であった。三人は三〇歳前後の若旦那であったのに対して、荷兮は医師で、彼らよりすこし年上であり、また俳歴も古かった。「冬の日」の内容は、風狂的趣向や異国趣味の作風で新造語も使われ、蕉風への過渡的な作品であり、その第一歩であったとされている。一方、東明雅は、蕉風として高いレベルにあると論じている。

ことに「狂句こがらしの」の巻では、自分らの持っているものすべてを出して芭蕉にぶつかっている。荷兮は、このグループの指導者として、新しく現われた芭蕉に対して、いささか特殊な感情があったように感じられる。この「狂句こがらしの」の巻を読んでいくと、芭蕉対荷兮の、表面には出ないけれども、極めてきびしい対決がひそかに行われているように思われる。したがって芭蕉もまた彼の力一杯のものを出さざるを得なかった。これが「狂句こがらしの」の巻の見所であり、また『冬の日』が全体を通して、きわめて高い水準の作品となり得ている理由であると思う。

(『連句入門』)

「冬の日」の（初折表）から読解する。

冬の日

(初折表)

狂句こがらしの身は竹斎《ちくさい》に似たる哉　芭蕉
たそやとばしるかさの山茶花　野水
有明の主水《もんど》に酒屋つくらせて　荷兮
かしらの露をふるふあかむま　重五
朝鮮のほそりすゝきのにほひなき　杜国
日のちり〳〵に野に米を苅《かる》　正平

発句については、『野ざらし紀行』に「名護屋に入《いる》道の程《ほど》諷吟ス」として、この句が出てくる。会席で連衆から発句を請われて、道中で詠んだこの句を出したのであった。「竹斎」は、仮名草子本（烏丸光広作）の題名で当時のベストセラー。やぶ医者・竹斎が下男を連れて諸国行脚をする和製ドン・キホーテ物語。芭蕉は自らのやつれた姿を竹斎の風狂になぞることで、俳諧にかける意気込みを伝えたのだ。この「狂句」は、芭蕉の決意を示す並々ならぬ宣言であり、敢えて「狂句」という自虐的ないい方をしたととれる。「狂句」は、後に句集にいれるときに、削除したが、原本には載っている。脇句、誰であろう、木枯らしに飛び散る「山茶花」を旅笠にいっぱい着けて到着した人は。この脇句には、芭蕉に対する警戒心があると、東明雅は論じている。

〔付心〕「とばしるかさの山茶花」は前句の人の状態を描写した其人《そのひと》の付けであり、付心は会釈《あしらい》であるが、その前に「たそや」と前句の人をいぶかる意の語が付いているので、この脇句全体としては、前句に対する向付の形になっている。笠に山茶花をあしらったのは挨拶である。

〔付味〕発句の「狂句こがらしの」と続いた一種の切迫した気分、また木枯の荒涼の余情を受けて、脇句も「たそや」「とばしる」という激しい語感をもって受けている。余情の性質からみて、響の付けである。（前出）

第三の「主水」は禁中の水を司る役の官名であるが、古来から説が分かれている。乾裕幸・白石悌三は、大工の棟梁の通り名だとしている。

「誰そや」という前句の問いかけに応じ、残月の早朝、酒屋普請の現場を指図する棟梁の姿を描出した返答の付句。「有明の」は「木枯の」と同じく、「に」に通じる「の」の用法であるが、当時京に「有明」という富田屋醸造の銘酒があり、趣向として「酒屋」に響かせてある。「主水」は、これも当時京に代々「中井主水」を襲名する御所方の大工頭《かしら》があり、棟梁の通り名として用いたらしい。人名なら表六句の法にふれ、打越の「竹斎」とも障るが、通り名ということでかわすつもりなのだろう。

（『連句への招待』）

乾裕幸・白石悌三は、「有明の」は「有明に」の意味で、「主水」は大工の棟梁の通り名だとしているが、ここでは「有明の主水」という風流人の仮名と考えることにする。「酒屋」は酒を造る酒屋とも、酒を売る店ともいえるが、読者それぞれのイメージに合った方をとることになる。有明の主水なる者に、酒屋で酒の仕込をはじめさせる。第四の「あかむま」は赤馬で駄馬のこと。酒を仕込んでいる作業場の前で、頭についた露をふり払っている赤馬。第五、赤馬が露をふり払っているその向こうに、やせ細って匂いも無い朝鮮渡来の芒が風にゆれている。第六の「日のちり〱」は日が消えようとしている意味で夕暮をさす。夕暮まで野原で稲を刈る人がいる。

　俳壇に名をあげたのは、芭蕉より先にむしろ荷兮の方であったことからは、ここでは芭蕉と荷兮とはライバル関係であったといえよう。貞享三（一六八六）年刊行の『春の日』の編者も荷兮であるが、当時、芭蕉は江戸に居たが、『冬の日』の評判がよいので、その続編として出されたとされている。さらに、元禄二（一六八九）年刊行の『阿羅野』も、荷兮の編であった。

『野ざらし紀行』の旅は、九月六日に伊賀上野に帰ったことで終えた。芭蕉は伊賀上野で越年、翌年の貞享二（一六八六）年は奈良・京都・大津に滞在し、三月に大津を立ち、熱田・鳴海で会席を催してから、名古屋から木曽路・甲州路を進み、四月、江戸に戻った。その翌年の貞享三（一六八七）年春、衆議判（一座の衆議によって勝負を決める）による蛙の句の二〇番句合が興行され、そこで芭蕉庵での作句である蛙の句が披露された。

古池や蛙飛びこむ水の音

古池は芭蕉庵の近くにあった門人の杉山杉風《さんぷう》の生簀のよ

深川の芭蕉像

うな池だとされている。貞享三年三月の水田西吟《さいぎん》・編『庵桜《いおさくら》』には発案の「古池や蛙飛ンだる水の音」が所収されていた。「飛ンだる」には談林的なコミカルな動きがイメージされ、「飛びこむ」のオーソドックな形に直したのである。「古池」は見えていない芭蕉庵で詠んだとされていて、「水の音」から心象に「古池」があらわれたのである。「古池」と「水の音」の取合せから、コスモス的な空間が立ち上げってきている。和歌の伝統では、鶯や蛙は声について詠まなければならなかったところを、飛びこんだ音を詠んだのは、革新的な作句法であったのである。

二―七　紀行文『笈の小文』の旅

芭蕉四四歳、貞享四(一六八七)年八月、鹿島へ月見の旅をする。その後に『鹿島紀行』を書いた。この年の一〇月、帰郷の旅に出る。これが『笈の小文』の旅である。其角邸での餞別会席で詠まれた発句が次の句である。

旅人と我が名よばれん初しぐれ

一〇月に江戸を出立、東海道を下って、鳴海(現在の名古屋市緑区)・熱田・名古屋と赴き、名古屋の門人・越智越人《えつじん》をともなって東海道を吉田(現在の豊橋)までわざわざ引き返し、渥美半島を南下し、伊良湖岬に流謫の坪井杜国を訪ねた。『笈の小文』にそこのくだりは、次のように書いてある。

三川の国保美《ほび》といふ所に、杜国がしのびて有《あり》けるをとぶらはむと、まづ越人に消息して、鳴海より跡ざまに二十五里尋《たづね》かえりて、其夜吉田に泊る。

荷兮とともに高く詩的資質を芭蕉に認められていた杜国の流謫について、国文学者の尾形仂は次のように書いている。

杜国、通称坪井庄兵衛は、尾張藩御用の米商人で、名古屋御園町の町代をも勤めたが、貞享二年（一六八五）空米売買の罪で、八月、尾張藩領追放となり、三河の畠村からさらに保美村に移って、蟄居生活を送っていたのである。畠も美保も、渥美半島の南端に近い、今の渥美町内にあたる。この杜国の追放処分は、史家によれば、藩財政打開のため尾張藩の内命を受けて行った空米取引が、幕府のきびしい取締りに触れ、藩の犠牲となって罪を蒙ったものだという。（『芭蕉・蕪村』）

空米取引とは現在の先物取引のことで、米相場を安定させるためには必要な取引ではあった。空米取引の「空米」を、「帳合米」といったが、享保一五（一七三〇）年に幕府はそれまで禁止していた帳合米を公認した。このことにより、江戸時代の中盤から後半にかけて米相場は見事に安定した。畠村（現在の田原市福江町）の潮音寺には、杜国墓碑と芭蕉・越人・野仁《のひじん》（杜国）の師弟三吟句碑がある。蕉風の起点となった『冬の日』おいて、杜国が詠んだ句をふり返ることにする。

第一歌仙の第一一

影法《カゲボウ》のあかつきさむく火を焼《たき》て　　芭蕉

あるじはひんにたえし虚家《カライエ》　杜国

第一歌仙の第二一

ぬす人の記念《かたみ》の松の吹《ふき》おれて　芭蕉

しばし宗祇の名を付《つけ》し水　杜国

第二歌仙の第二三

道すがら美濃で打《うち》ける碁を忘る　芭蕉

ねざ〴〵のさても七十　杜国

第三歌仙の発句。

つゝみかねて月とり落す霽《しぐれ》かな　杜国

第四歌仙の第一四

血刀かくす月の暗きに　荷兮

霧下りて本郷の鐘七つきく　杜国

第五歌仙の第八

暫くはれて富士みゆる寺　芭蕉

寂として椿の花の落《おつ》る音　杜国

第五歌仙の第一五

江を近く獨楽庵と世を捨《すて》　重五

我《わが》月出《いで》よ身はおぼろなる　杜国

杜国の付句には詩情を彷彿した場面とともに、ロマン主義的な個性と哀愁がある。芭蕉は杜国を自分の郷里に来るようにさそった。そうして年が明けて春になったら、一緒に吉野の桜を見にいこう、須磨や明石にもいこうと約束した。杜国の逆境に深く同情するとともに、杜国の人物を愛していたのであろう。『笈の小文』の杜国訪問のくだりは、次の句で結んでいる。

鷹一つ見付けてうれしいらご崎

杜国を励ます意味がこめられているのであろう。この句の碑は伊良湖岬の芭蕉句碑園地にある。芭蕉は一二月中旬に名古屋を立ち、途中で馬を雇って乗ったが、杖突き坂で馬がつまずき馬からころがり落ちてしまった。次の句を詠んでいる。

かちならば杖つき坂を落馬かな

歩いていれば、落馬しなかったものを、である。伊賀上野に帰郷して亡母の墓参したあと越年し、翌年の二月に伊勢に出て杜国と落ち合ったが、芭蕉だけが亡父の法要出席のために二月一七日、郷里に戻った。一九日に伊賀上野に杜国を迎えた。二人は伊賀上野藩士で門人の岡本苔蘇《たいそ》の瓢竹庵《ひょうちくあん》に滞在し、三月一九日に伊賀上野を立った。吉野・高野山・和歌の浦・奈良・大阪・須磨・明石と、杜国を伴って旅をした。江戸から須磨・明石までの旅ついての未完成紀行が『笈の小文』である。

『笈の小文』の旅終了後は、名所・旧蹟をめぐりながら山崎街道を進み、四月二三日に京都にはいった。しばらく滞在し二人で歌舞伎芝居見学などをした。杜国とは京都で別れ、杜国は伊勢を経て、海路で伊良湖に戻り、芭蕉は京都から大津を経て、岐阜に向かった。六月の長良川で鵜飼を見学して、次の句を詠んだ。

面白うてやがて悲しき鵜舟かな

神々しいほどの舟のへさきの篝火が去ってしまったあとの、放心と空虚感を語っている。背景に謡曲の「鵜飼」があったとされている。

二―八　紀行文『奥の細道』の旅と幻住庵・落柿舎滞在

『笈の小文』の旅以後の足跡をたどりながら、芭蕉の人間性と俳諧の開拓者・指導者としての営みと姿勢を考究する。『野ざらし紀行』での風狂の精神は、世俗的な秩序の愚かさや、人間性の欠如を民衆に気づかせた。芭蕉の名声は上がり、『笈の小文』の旅では、行く先々で豪華な接待を受けるようになった。芭蕉の側からすれば、社会秩序の中にまた組み込まれることになったのである。この旅での途次、大津あたりでプランがうかんだようであるが、名古屋から木曽路を通り、信州更科《さらしな》に行って名月を見ようと思ったのである。門人・知友のいない淋しい山道を歩こうというのである。越人と、荷兮が付けてくれた下男を供に、元禄元年八月一一日に岐阜を立ち、木曽路を木曽川に沿ってさかのぼった。八月一五日に更科の里に着いた。姨捨《おばすて》山上空の月を観賞した。それから長野の善光寺に参詣し、浅間山の麓を通り、碓氷峠を越えて、八月二〇日ころ江戸に帰った。

翌年の元禄二年三月、芭蕉は荷兮編『曠野』の序文を書く。『曠野』には『笈の小文』

と『更科紀行』の旅の成果が収められていた。またこの年、発展途上であった木曽路の旅の経験を踏まえて、長丁場で困難な旅をプランニングした。それが『奥の細道』の旅であった。奥州地方は東海道にくらべると、道路は不完全で、宿泊設備は不十分であった。芭蕉の依頼があってのことなのであろうが、この旅に随伴した河合曽良は、かなり念入りに、名所・歌枕・旧蹟について調べたことを備忘録に書き、全国の神社一覧である「延喜《えんぎ》式神名帳《しきじんみょう》」の抄録も作った。元禄二（一六八九）年、芭蕉庵を売り払い旅費にあて、門人の杉風の別荘に移り、三月下旬に曽良を供に出立した。『奥の細道』は純粋な旅行記ではなく、フィクションを交えて書いてあり、小説的な側面もふくんでいる。旅行後に、新たに詠んで差し入れた句も多い。訪れた主な名所・歌枕・旧蹟をたどり、そこでのエピソードや感懐を知った上で、この紀行文の意義や特徴を考究する。

三月二七日（旧暦）明け方、深川の杉風の別荘を立って船で隅田川をさかのぼり、千住大橋付近で船を降り、見送りの人びとと別れた。

行く春や鳥啼《な》き魚の目は泪

行く春への感傷は、人間だけでなく、鳥や魚も感じているとして、人びととの離別の淋しさがこめられている。留別《りゅうべつ》の句（旅立つ人があとにのこす句）となっているが、当初は「鮎の子のしら魚送る別哉」であったものを、旅行後数年たってから巻末の「行く秋ぞ」の句に対応するように改稿したとされている。俳諧の求道者を彷彿させる構成にしたといえる。千住のどの地点からは分かっていないが、千住から歩きはじめた。

芭蕉と曽良

四月一日昼ごろ、日光に着き、東照宮を拝観した。五日、黒羽《くろばね》の禅宗四大道場である雲巌寺に参詣。芭蕉の句碑があることから、現在は観光地となっている。一九日、那須町の温泉神社に那須与一を偲び、殺生石を訪ねる。二〇日、白川の関を越える。白川の関から先は陸奥《みちのく》である。江戸から白川の関までは、二四日かかっている。芭蕉は、「心もとなき日数重なるままに、白川の関にかかりて、旅心定りぬ」と書いている。五月四日、仙台に着く。九日、塩竈《しおがま》明神に参詣し、船で松島に行き、瑞巌《ずいがん》寺をはじめ名所・歌枕を見学する。一三日、平泉の中尊寺を訪ね、藤原三代を偲ぶ。この紀行文は名文として名高い。

　三代の栄耀一睡の中《うち》にして、大門の跡は一里こなたに有。秀衡が跡は田野に成《なり》て、金鶏山《きんけいさん》のみ形を残す。先高館《まずたかだち》にのぼれば、北上川南部より流るゝ大河也。衣川は和泉が城をめぐりて、高館の下にて大河に落入《おちいる》。康衡等が旧跡は、衣が関を隔て、南部口をさし堅め、夷《えぞ》をふせぐとみえたり。

一五日、尿前《しとまえ》の関を通過するが、芭蕉の通行手形が無くなっていたことにより厳しい取り調べを受けた。一七日、尾花沢の豪商・鈴木清風宅に着き、同地に滞在した。二七日、尾花沢を立って立石寺に参詣する。このとき「閑《しづか》さや岩にしみ入る蝉の声」を詠む。大石田・新庄を経て、船で最上川を下り、六月三日に羽黒神社に着く。滞在中に羽黒山・月山・湯殿山を参詣する。一〇日、鶴岡に行き、一三日に川船で酒田に着く。そこから二泊かけて象潟を見学する。二五日、酒田を立ち、北陸道を西南に歩き、七月二日、築地（現在の新潟県胎内市）から船で新潟に出、弥彦神社を参詣する。四日、出雲崎に泊る。「荒海や佐渡に横たふ天の川」の句は、この地で着想し、七日に今町（旧直江津市、現在の上越市）での会席で発表したという。夏の日本海は「荒海」ではなく、対岸からは「佐渡」に「天の川」は横たわらない、ということは、芭蕉の心象風景なのであり、詩的フィクションでもある。北アルプス（飛騨山脈）が日本海に落ち込む絶壁になっているのが親《おや》不知《しらず》であるが、その難所を越え、一三日に市振《いちぶり》に着く。ここは越中と越後との国境の地であることから、関所が置かれていた。現在の国道八号線沿いにある長円寺には「一家に遊女もねたり萩と月」の句碑がある。芭蕉が泊ってこの句を詠んだとされている「桔梗屋」の跡地には、記念碑がたっている。ところが『曽良旅日記』には、遊女のことは書いてないことなどから、遊女のエピソードはフィクションであり、旅行中の吟ではなく、のちの元禄五〜六年頃に紀行文に差し入れたとされている。黒部川を渡り、一四日に高岡に着いたときは、かなり熱く、芭蕉は大分弱っていた。翌日の一五日、倶利伽羅《くりから》峠を越えて金沢に着く。俳諧をたしなむ人が多く、芭蕉の来訪を待っている人びとがいた。そのなかの一人である一笑《いっしょう》はすでに没していた。そこで芭蕉は、「塚も動け我泣《わがなく》声は秋の風」と悼句をたむけた。曽良は病気で寝こみ医師の診察を受けたが、快復のきざしはなかった。八日間滞在して、二四日に多くの人に見送られ金沢を立ち、小松を経て、二七日に山中温泉に着く。曽良の病気は快方に向かわず、芭蕉と別れて先に大垣まで行き、芭蕉の出迎えを依頼し、それから親類のいる伊勢の長嶋に行くことになった。

曽良と別れた芭蕉は、金沢の門人の北枝《ほくし》についてきてもらい、大聖寺・吉崎の汐越の松・丸岡の天龍寺・永平寺などを通って、八月一〇日すぎ福井に着く。旧知の俳人の洞哉《とうさい》を訪い、道案内をしてもらって敦賀に向かう。一四日夕方、敦賀に着き、気比《けい》神社に夜参する。数日後、曽良から芭蕉のおよその日程を知らされていた、美濃の門人である路通が大垣から出迎えに来た。敦賀は日本海航路の重要な拠点であったので、敦賀で陸上げされた荷物は、船で北近江に、さらに琵琶湖を渡って大津まで運ばれ、京都へと届けられた。芭蕉がとった敦賀から大垣まで行程は分かっていないが、紀行文に大まかには書いてある

路通も此みなとまで出《いで》むかひて、みのゝ国へと伴ふ。駒にたすけられて、大垣の庄に入《いれ》ば、曽良も伊勢より来《きた》り合《あひ》、越人も馬をとばせて、如行《じよかう》が家に入集る。

「此みなと」は敦賀のどこかの港である。海路ではなく陸路で伊吹山の麓を通ったと推測されている。八月二一日（新暦一〇月下旬）ころ大垣に着いた。「如行」は大垣藩士であったが病身のため致仕していた。曽良や越人も出迎えにやって来たとある。ここで、『奥の細道』の旅は終わる。

この旅では、数日滞在した場所も多くあり、現地の門人との会席開催や俳諧指導をしていたのである。テレビやラジオのない時代に、芭蕉の名声と実力は全国に知れ渡っていて、

行く先々で手厚いサポートを受けることができたことも、この旅の成功をもたらしたといえる。

訪ね歩いた歌枕・旧蹟のほとんどは、昔のおもかげを十分には残していなかった。芭蕉は人間の営みや自然の風物の中に、変るものと変らないものとがあることに考えを巡らすようになった。羽黒山に滞在中に現地の路丸《ろまる》という俳人に、そのような考えをはじめて語ったっている。路丸は滞在中の芭蕉の世話をしたことから、俳諧の教えを受けることができた。それをのちに一書に書いたのであるが、その中で芭蕉が、俳諧には「天地固有」と、また一方に「天地流行」や「風俗流行」があると語ったとある。これは『奥の細道』の旅以後に唱えはじめた「不易流行」であった。

大垣滞在中に大垣藩次席家老の戸田如水《じょすい》が、芭蕉との面会を申し出てきた。芭蕉の門人には、大垣藩士も多かったことから、会わざるを得なかった。実務家の如水は芭蕉が他国者だということで、慣例的に表座敷ではなく下屋《しもや》で会った。如水は俳諧をたしなんでいたので、芭蕉にはかなりの興味をもっていた。彼は芭蕉の印象について、日記に「心底計り難けれども、浮世を安くみなし、諂《へつら》はず、奢《おご》らざる有様也」と書いている。組織をとり仕切る如水と芭蕉との世界観の違いは明らかであるが、一般に考えられている芭蕉のイメージそのものである。如水と会った二日後の九月六日、芭蕉は大垣を立って伊勢に向かった。

大垣を去るにあたって、次の句を詠んでいる。

蛤《はまぐり》のふたみにわかれ行く秋ぞ

蛤のふたと身が別れるように、見送りの人びととの別れ難さを感じながら、私は二見浦《ふたみがうら》のある伊勢に行く、というものである。紀行文に「又舟に乗りて」とある。大垣船町から舟に乗り、水門川・揖斐川を下って長島まで行き、そこから伊勢に行き着いた。伊勢神宮の外宮の遷宮を拝し、折から来合わせた伊良湖岬の杜国・江戸の李下《りか》・伊賀上野の卓袋《たくたい》・大石田で入門した一栄《いちえい》といった門人に会ったのだった。また才丸《さいまる》や信徳《しんとく》などの他派の宗匠たちにも会った。北村季吟もこのとき伊勢参宮に来ていたが、芭蕉が季吟に会った形跡はない。保守的な季吟と新しいテーマと作句法を探究する芭蕉との間には、大きな溝ができていたといえよう、九月下旬に伊賀上野に帰郷した。伊勢から伊賀上野に戻る山中では、『猿蓑』の巻頭の句の発想を得たとされている。

『奥の細道』は芭蕉最後の紀行文となった。『野ざらし紀行』『笈の小文』より地の文の格調が高く、散文詩的な創作となっている。深川から平泉までを前半として、そこでは歌枕探訪が中心のテーマとなっている。後半は自然界の霊的体験と初対面の門人や未知の人との出会いのエピソードが中心のテーマとなっている。

翌年の元禄三年は近江の膳所《ぜぜ》で新春を迎え、一月三日に伊賀上野に帰り、三月中旬に膳所に行く。四月六日に石山の奥の幻住庵にはいった。入庵早々、「冬の日」の亭主役であった野水が来訪し、一宿して帰った。この年の三月、杜国は三四歳の若さで伊良湖にいて客死したのだった。このとき杜国の悲報が伝えられたと推測される。芭蕉は幻住庵には七月二三日まで滞在し、在庵中に『幻住庵記』を書いた。九月末に伊賀上野に帰える。

冬に京都に行ってから湖南に出て、大津の川井乙州《おとくに》宅で越年する。『猿蓑』の巻之一の最終章のタイトルは「乙刕《おとくに》が新宅にて」である。翌年の元禄四年、一月上旬、伊賀上野に帰り、三月末まで滞在。四月一八日、洛北嵯峨にある去来の別荘である落柿舎にはいり、五月四日まで滞在した。この間の日記が『嵯峨日記』であるが、四月二八日のところで、杜国客死の悲しみについて、「夢に杜国が事をいひ出して、涕泣《ていきゆう》して覚ム。心神相《あいまじはる》交時は夢をなす」と書いている。「心神相交」は、杜国と心が通じたとき、である。芭蕉が涙まで ながしたことについては、古来よりさまざまに議論されてきたが、杜国が罰せられた米空取引に、何らかの正統性が認められたためとも考えられる。いづれにしても、芭蕉の慕情の深さと杜国の人間的な魅力が偲ばれる。『笈の小文』の展開は、能の構成に倣っていると、尾形巧は論じている。

『笈の小文』の本文から「花の陰謡に似たる旅ねかな」の句が省かれたのは、その「似たる」の措辞にまだ醒めた意識の存するのをきらったからではないだろうか。すなわち、『笈の小文』本文の、虚構の行程、幻想の道行の中で、みずから「かりに名付けて風羅房《ふうらぼう》といふ」芭蕉は、あくまでも幻想の能舞台の上のワキ僧であろうとしつづけている。杜国は、その幻想の道行のワキヅレであり、シテでもあった。

（『芭蕉・蕪村』）

「醒めた意識の存するのをきらった」というのは、事実のありのままを語るのは避けたということで、フィクションを交えて現実を掘り下げようとしたのである。杜国流謫の現実を受け入れていない、ともいえる。
五月五日以降は、落柿舎を出て主に京都の凡兆宅に滞在し、『猿蓑』編集の打合せをする。六月二五日、大津に移り、義仲寺《ぎちゅう》草庵を居所とした。七月三日に去来・凡兆編『猿蓑』が刊行となった。八月には義仲寺草庵で月見の会を催した。

二―九　俳諧撰集『猿蓑』

蕉風の円熟期を代表する撰集である『猿蓑』は、元禄四年の落柿舎滞在中に編さんされたとされる。この年の七月に刊行された。編集者は去来と凡兆であるが、芭蕉が詳細に指導していることから、芭蕉の編集ともいえる。『猿蓑』の構成は、巻一～四は四季発句、巻五は四歌仙、巻六は「幻住庵記」とその付録となっている。四季発句は発句五七五の連続であり、会席で巻かれる付句からなる俳諧ではない。しかしながら、同じテーマで詠んだ句が、ひとまとまりにしてあって、ストーリー性が醸されるように編集者によって並べられている。『猿蓑』は不易流行を踏まえた「軽み」の作句法の先がけになっていた。「俳諧の古今集」と称された。

猿蓑集　巻之一

（冒頭の「冬」の章）

冬

初しぐれ猿も小蓑をほしげ也《なり》　芭蕉
あれ聞けと時雨来る夜の鐘の聲《こえ》　其角
時雨きや並びかねたる魦《いさざ》ぶね　千那
幾人かしぐれかけぬく勢田の橋　僧丈艸
鑓《やり》持の猶振《ふり》たつるしぐれ哉　膳所正秀
廣沢やひとり時雨るゝ沼太良《ぬまたろう》（郎）　史邦
舟人にぬかれて乗し時雨かな　尚白

発句は芭蕉の代表作としてよく知られている。伊賀越えの山中で時雨が降り出し、そこで猿を見かけての感懐である。二句目は付句ではないので脇句ではなく二句目である。聞くことを促されているかのように、時雨の夜、鐘の音がする。三句目の「魦」は湖の魚で、鯊《はぜ》に似ている。降り出した時雨に、動きが乱れた魦釣の船団。四句目、時雨の中、勢田の橋を数人が駈けてゆく。五句目、時雨の中の大名行列、先頭の槍持ちはなお高く槍を振り上げている。六句目の「廣沢」は京都嵯峨の東にある池で、「沼太良」は鴻雁《こうがん》の一種である。広沢に時雨がきて、一人といえる姿で雁が濡れている。沼太良という人間的な呼び方から、「ひとり」と擬人化している。七句目の「ぬかれて」は欺かれてである。船頭の巧みな言葉に乗せられて乗船したが、時雨となった。

時雨の情景とともに、そこでの人の営みが、さまざまに展開している。一座の共通の詩情が響いてくる仕組みになっている。最終章の九句についても読解する。

（最終の「乙刕が新宅にて」の章）

乙刕が新宅にて

人に家をかはせて我は年忘　芭蕉
弱法師《よろぼうし》我門《かど》ゆるせ餅の札　其角
歳《とし》の夜や曽祖父《ひじじ》を聞けば小手枕　長和
うす壁の一重は何かとしの宿　去来
くれて行《ゆく》年のまうけや伊勢くまの　同
大どしや手のをかれたる人ごゝろ　羽紅
やりくれて又やさむしろ歳の暮　其角
いね〳〵と人にいはれつ年の暮　路通
年のくれ破れ袴の幾くだり　杉風

サブタイトルにある乙刕は、近江蕉門の河合乙州のことである。「軽み」をよく理解していた門人の一人とされている。一句目では、知人に家を買わせて、その新宅で自分は忘年会にふけっている。二句目の「弱法師」は能の演目にもあるが、ここでは乞食のことである。「弱法師」が年末にやってきて民家に餅を所望する。餅をくれる家と、くれない家を区分する札を貼って歩く。当方には乞食にやる餅は無いので、貼り札はご勘弁を。三句目、家族みんなで酒盛りしながら夜を明かす大晦日、曽祖父はどこにと聞くと、寝るとは言いだせず手枕でごろ寝していた。四句目の「宿」は旅宿、または家・自宅であり、どちらともとれるが、旅宿とする。うす壁一枚の宿は、年を越すための宿であり、この壁を通過して新しい年がやって来る。五句目の「年のまうけ」は年越用意である。伊勢神宮や熊野大社では、この頃は新年を迎える準備でおおわらわであろう。六句目の「手のをかれたる」は手だしならぬ、ということで。大晦日、泣いても笑っても時間が過ぎていく、人の心などにはお構いなしに。七句目、気前よく人に呉れてやってしまって、またも、自分のものといったら、たった一枚の筵《むしろ》だけの年の暮。八句目、あっちへ行けあっちへ行け、と追い立てられて私の年は暮れていく。品行に難のあった路通ならではの句である。最終句の「くだり」は袴の数単位。年の暮れには、一年はきつづけてすり切れた袴が幾くだりあることか。年の暮れをテーマに発句が、付合のように連なっている。年の暮のあわただしさの中で、それぞれの人の営みが、詩情とともに進行している。生活をテーマにしたストーリー性を立ち上げている。

二一〇　芭蕉の江戸帰着と最後の旅

幻住庵や落柿舎に滞在した元禄四年、九月二八日に膳所より江戸への帰途につく。途中、彦根・垂井《たるい》・大垣・名古屋・熱田・新城《しんしろ》などで門人を訪ね、一〇月二九日、江戸に帰着した。日本橋橘町の彦右衛門方の借家で越年した。その年、元禄五年五月中旬、元の近くに新築された芭蕉庵に移る。九月上旬、膳所藩の医師である珍碩《ちんせき》（濱田酒堂《しゃどう》）が芭蕉庵に来て、次の年の元禄六年一月末まで滞留した。『奥の細道』の旅のあと、芭蕉は大津に滞在していたとき、珍碩の草庵である酒落堂を訪れた。そのおりに「酒落堂記」を書いて珍碩に与えたことがあった。七月中旬、病気保養のため、盆過ぎから約一ヵ月間、門戸を閉じて客との面会を避けた。

その次の年の元禄七（一六九四）年四月、素龍清書本『奥の細道』成る。五月一一日、寿貞の子の次郎兵衛を供に、江戸を立ち上方に向かった。これが最後の旅となった。寿貞は芭蕉の妻であったとも、そうではなかったとも言われているが、次郎兵衛は芭蕉の子ではなかったと思われる。

この旅で芭蕉は、名古屋の荷兮を訪ねて、「三夜二日」逗留した。野水・越人たちとも旧情を暖めるようにつとめた。尾張俳壇の指導者の荷兮は、芭蕉の門下となり、高弟として活躍していたが、芭蕉が晩年に提唱した「軽み」の理念と作句法に、荷兮は批判的となり、それに同調した野水とともに離反していた。芭蕉としては、門下に戻ってきてもらいたいとの願いもあったのであろう。出発に際しては、荷兮たちは一里半ほど同行して見送った。教祖ではなく人間・芭蕉を知ることのできるエピソードである。

五月二八日に伊賀上野に帰郷した。その後は大津・膳所に行ってから京都の落柿舎に滞在した。ここで江戸の寿貞が亡くなった知らせが届いた。次郎兵衛はまだ少年であったが、ひとり江戸に帰した。六月、野坡《やば》・孤屋《こおく》・利牛《りぎゅう》編『炭俵』が刊行となった。七月中旬に郷里の伊賀上野に戻った。七月一五日に盆会が行われ、年老い白髪に杖をついた兄や姉たちと墓参りをした。盆会にあたり寿貞追悼の句を詠んだ。

数ならぬ身となおもひそ玉祭り

「数ならぬ身」は、とるにたらない身であり、そうは思わないでほしいという芭蕉の寿貞への呼びかけである。九月八日、門人の支考と素牛、江戸から帰ってきた次郎兵衛、それに芭蕉の兄の息子である又右衛門を連れて大阪に向かった。一一日ころ大阪で、之道《しどう》（槐《え》本諷竹《もとふうちく》）と酒堂（珍碩）の「両門打込《うちこみ》の会」が開かれた。之道門と酒堂門の合同の会席である。湖南の膳所藩士の菅沼曲翠《きよくすい》は、幻住庵を芭蕉に提供した門人であるが、その曲翠が、大阪において之道と珍碩の主導権争いが起こっていることから、二人の仲のとり持ちを芭蕉に依頼してきたのだった。それに応えて、芭蕉は体調が悪かったにもかかわらず大阪にやって来た。芭蕉は湖南の風光が気に入っていて、珍碩はその湖南の出身であった。さらに珍碩は深川の芭蕉庵で芭蕉と生活していたこともあった。ところが珍碩は、協調性には欠けるところがあった。一方、之道は元禄三年に京都で蕉門に入門した大阪での最初の門人であったが、才気あふれる人ではなかった。そして、あとから大阪にやって来た珍碩が、之道の門人を奪うようなことが起こっていた。

九月九日夕方、芭蕉は酒堂の家に着くが、翌日の晩から熱が出た。それから数日は、午後から熱が出て苦しんだ。この間に前述の「両門打込の会」は開かれたが、そのときの記録はまったく残っていない。意図的にそれは消されたようだ。九月二一日の晩、車庸《しゃよう》という門人の家で会席があり、芭蕉は次の発句を詠んだ。

秋の夜をうち崩したる咄《はなし》かな

九月二六日は浮瀬《うかむせ》という料亭で、一〇人の会席があり、次の二句を示し、どちらを発句にすべきか、と言った。

人声や此の道帰る秋の暮

此の道や行く人なしに秋の暮

門人の支考は後者がよいと進言したところ、芭蕉も同じ考えであった。「所思」、思うところ、感ずるところという前書をつけた。九月二八日には、翌日の会席のために、次の発句を用意した。

秋深き隣は何をする人ぞ

体調が悪化していて、会席には出られなくなり、この句は会席に届けられた。日常の一場面であり、感慨であり、「軽み」の境地に到達していた。この句を詠んだ翌日から下痢をもよおして寝込み、容態は悪くなっていった。はじめは酒堂の家を宿にしていたが、その後之道の所に移って療養をしていた。病が快復しないので、一〇月五日に南御堂《みなみみどう》前の静かな貸座敷に病床を移し、各地の門人に急が報《し》らされた。大阪は商売の街であり、料理屋には接待するための貸座敷があった。病状は深刻であるとのことが伝えられ、京都の去来をはじめとして多くの門人がかけつけた。八日の深夜午前二時頃、看病中の呑舟《どんしゅう》という門人に墨を用意させ、「病中吟」の前書をつけ句を詠んだ。

旅に病んで夢は枯野をかけ廻《めぐ》る

辞世の句ではないが、最後の創作となった。病は深刻な容態になりつつあるが、まだ旅をつづけるつもりなのである。

一〇月一〇日の夕方から熱が高くなり病状が急変した。その夜、支考に遺言三通を代筆させ、別に兄の半左衛門宛には自分で書いたが、「御先に立ち候段《そうろうだん》、残念に思《おぼ》し召され候べく候」にはじまり「ここに至りて申上ぐる事御座《ござ》無く候」と書いた。翌日には、たまたま上方行脚中の其角が、病状を伝え聞いてかけつけてきた。その翌日の元禄七（一六九四）年一〇月一二日（新暦一一月二八日）、午後四時頃、芭蕉は永眠した。膳所の義仲寺に埋葬するようにとの遺言があり、その夜、川舟に乗せて伏見まで送り、翌一三日に義仲寺に運び入れた。翌一四日には曲翠が来たが、泣きくれて、供の者に助けられて退出した。真夜中の一二時頃に埋葬したが、折よく昼間からの雨はやんでいた。門人の焼香八〇人、伝え聞いて来た会葬者三〇〇余人であった。芭蕉は体調不良にもかかわらず、之道と酒堂の仲をとり持つために大阪にやって来たが、二人が仲直りすることはなかった。芭蕉が之道の家に病床を移してからは、酒堂は見舞いにくることはなく、葬儀にも出なかった。その後の大阪の蕉門については、之道中心に発展し、酒堂は故郷の膳所に帰り、俳壇の表舞台から姿を消した。

芭蕉の没する前年の七月に、去来と凡兆が編集した『猿蓑』は刊行された。没した年の六月には、志田野坡・小泉孤屋・池田利牛の編集で、「軽み」を代表する俳諧撰集である『炭俵』が刊行された。九月に大阪にはいった芭蕉は、支考とともに『続猿蓑』の編集をほぼ終わらせた。四年後の元禄一一年に服部沾圃《せんぽ》の編集で『続猿蓑』は刊行となった。芭蕉は最晩年にいたっても、さらに俳諧の高みをめざし創作と普及に奮闘していたのだ。旅をしながら門人を指導するとともに、自らの作風の革新や詩境のレベルアップに邁進しつづけた俳諧人生であった。

二―一一　中興期俳諧の蕪村と化政期の一茶

元禄七（一六九四）年の芭蕉没後は、各地の蕉門は独自の作風で活動していたが、俳壇は堕落と混迷におちいってゆくことになった。明和・安永・天明（一七六四～一七八九年）の期間を中興期俳諧と呼ばれているが、ここでの中興とは、俳諧中興ではなく、蕉風中興の意味である。現状の反省と批判にもとづき新しい作風を目ざした。

与謝蕪村は享保元（一七一六）年、淀川の河口に近い摂津国の東成《ひがしなり》郡毛馬村（現在の大阪市都島区毛馬町）に生れた。どういう事情か二〇歳の頃、江戸に出て、元文二（一七三七）年、蕉門の其角や嵐雪に師事していた早野巴人《はじん》に入門し、執筆《しゅひつ》（会席の記録係り）もつとめた。巴人は一〇年間の在京から江戸に戻ってきた頃に、蕪村が入門してきた。巴人は日本橋の石町《こくちょう》に庵《いお》を構え、このとき号を宗阿《そうあ》とした。すぐ近くに有名な「時の鐘」があったことから、庵を「夜半亭」と命名した。

蕪村は江戸へと去った後、故郷を訪れたという記録はなく、故郷から遠ざかる事情があったようだ。安永六（一七七七）年、六二歳の蕪村が作った発句・俳文集『新花摘《はなつみ》』の、次の冒頭の六句は出生の秘密を暗示しているかのようだ。

灌仏やもとより腹はかりのやど
卯月八日死んで生まるる子は仏
衣更身にしら露の初めかな
衣更母なん藤原氏《うぢ》なりけり
ほととぎす歌よむ遊女聞こゆなり
耳うとき父入道よほととぎす

この一連の発句から、尾形仂はその事情を、次のように推測している。

そう思って、改めて『新花摘』冒頭の六句を見直してみますと、懐胎・死産・生命・母・父のイメージをたたみこんだその配列の中には、蕪村と母との関係を暗示する一連の謎が隠されているような気がしてまいります。蕪村の母は、腹は借り物といわれるような日陰の存在で、初夏のころ、死産をして亡くなったのではなかったでしょうか。

（『芭蕉・蕪村』）

住んでいた京都から何度か大阪・池田・兵庫の門人を訪れるために淀川を上下しているにもかかわらず、一度も故郷の毛馬に立ち寄った形跡はない。芭蕉が故郷と密接に結びついていたのに対して、蕪村は悲劇的な故郷喪失者であった。

寛保二（一七四二）年、巴人が夜半亭で病没したのを機に、二七歳の蕪村は巴人の門人をたよって結城・下館を中心として関東を放浪したのち、奥州一円も行脚し『奥の細道』の芭蕉の足跡をたどった。『歳旦帖《さいたんじょう》』とは歳旦（元旦）開きに門弟の発句や俳諧を集めた句集であるが、延享《えんきょう》元（一七四四）年二九歳にして、宇都宮の露鳩《ろきゅう》という知り合いに依頼されて、『宇都宮歳旦帖』をはじめて編集したとき、蕪村の号を用いた。宝暦元（一七五一）年三六歳のとき、在留二〇年ほどとなる関東をあとにして、中山道を通って京都にいき着いた。とりあえず、巴人門の長老弟子・宗屋《そうおく》を訪れ挨拶をした。京都にはわずか四年住んだだけて、丹後に移住した。それから四年後には京都に戻った。それからまもなく蕪村は妻帯し、与謝の姓を名乗るようになる。明和三（一七六六）年、五一歳には妻子を京都に残して讃岐に赴き、そこに滞在して、専ら画業に精を出した。讃岐から京都に戻った明和五（一七六八）年、五三歳から俳諧に専心するようになる。明和七（一七七〇）年、五五歳にして蕪村は、巴人の没後空白となっていた夜半亭を継承し、夜半亭二世として俳諧宗匠となった。京都では転居をくりかえしたのち、安永二年（一七七四）年、仏光寺烏丸西へ入町（現在の下京区仏光寺通烏丸西入南側）に庵を構え、晩年までの二〇年近くをここで過ごした。

蕪村

蕪村の俳詩「春風馬堤曲」は、全三二行、一八首からなり、発句体・漢詩の絶句体・漢文訓読体・自由な和詩体からなっている。「馬堤」は、大阪郊外、淀川の毛馬堤《けまづつみ》を、漢詩風にしたものである。序文においてストーリーの前置きが書かれている。故郷の村に老人を訪ねるために歩いて、馬堤を過ぎた所で、藪入りで帰省する娘さんに出会う。数里行くうちにその娘さんと親しくなり、娘さんになり代わって藪入りの心情を述べることにした、というものだ。次の句は、二句目である。

春風や堤《つつみ》長うして家遠し

堤上の故郷につながる道を遠望して、望郷の想いを直截的に語っている。大阪市都島区毛馬町河川敷公園に、この句の句碑がたっている。

蕪村とともに中興期俳諧を代表する加藤暁台《きょうたい》は、享保一七（一七三二）年、尾張の生れで、芭蕉を追慕し『冬の日』を重んじ、安永元（一七七二）年に俳諧集『秋の日』を刊行した。その翌年、蕪村グループは高井几董《きとう》編集の俳諧撰集『あけ烏《からす》』を刊行した。序文で蕉風復興運動を宣言した。

今や不易の正風に眼を開くるの時至れるならんかし。既に、尾張は五哥仙に冬の日の光を挑《かか》げんとす。神風やいせの翁とももてはやし麦林の一格も、今は基地にして信ぜざるの徒多し。加賀州中に、天和延宝の調に髣髴たる一派あり、平安・浪華のあいだにも、まことの蕉風に志す者少なからず。

「既に、尾張は五哥仙に冬の日の光を挑んとす」は、暁台の『秋の日』を指している。暁台は蕪村グループと交遊し、蕪村とともに中興俳諧の中心となった。

天明三（一七八三）年、暁台は芭蕉百回忌の取越追善俳諧を行ったが、中興俳諧は下降線をたどっていった。この年の一二月に蕪村は没した。次の句が最後となった。

しら梅に明《あか》る夜ばかりとなりにけり

寛政《かんせい》二（一七九〇）年、暁台は蕪村門の江守月居と共に二条家に召され、花の下俳諧宗匠の免状を受けた。俗の文学であることで特徴を際だたせてきた俳諧が雅の領域に組み込まれたのである。新興文芸としての活気を失うことになった。その二年後、暁台は没し、蕉風復興の運動は終焉するにいたった。

寛政（一七八九年）期頃から、俳諧人口は全国的に増大した。そのベースには、貨幣経済の進展から民衆層も、十分な貨幣を所有するようになったことがある。民衆層が文化芸能を享受するようになったことにともない、俳諧は趣味化・ゲーム化した。俳諧を一巻仕上げるには力量のある連衆が揃う必要があり、時間も費用もかかる。それに対して発句は一人で、都合のよいときにできる。中興期の頃から発句の手引書もあらわれてきた。俳諧入門では付句の練習からはじめるが、近くに宗匠がいない場合は、宗匠が出した前句に句を付けて添削指導を受け、付句に点が与えられ、その高さを競うようになった。この前句付俳諧から派生したのが雑俳である。雑俳にはいろいろな種類があり、前句付の他に、下句付、狂句、折句などがあった。俳諧仲間（連衆）を必要としない雑俳は、人びとの遊戯心と知的好奇心を満たすことで、都市とその周辺で流行していった。寛政期を過ぎて文化期にはいった頃から爆発的に流行し出したのが月並句合《つきなみくあわせ》であった。人びとの興味が発句に移ったのである。付合主義から発句主義に転換したということだ。月並とは、和歌・連歌・俳諧などの会合が毎月一定日に催されることから、月ごとにあることを意味していた。ところが、この月並は毎月不特定多数の人びとから投句を受けるものであった。主催者が題（四季の語による）を出し、人びとがその題で句を作り入花料（一句につき八文から二〇文）を添えて投句、宗匠が選をして、入選句の刷物を入選者に送付し、高点者には景品をだすということが行われた。

一一代将軍の徳川家斉の在職中と、さらに将軍職を家慶《いえよし》に譲り大御所として幕府の実権を握っていた時代が、大御所時代とも呼ばれる化政（文化・文政）期（一八〇四〜一八三〇年）である。品位の落ちる貨幣を大量に鋳造したことから、商人の経済活動が旺盛になり商品流通が進み、生活は豪奢放恣《ごうしゃほうし》となって町人文化は爛熟した。この時代に月並句合が大流行したのであったが、このとき活躍した俳諧師が小林一茶である。一茶は宝暦一三（一七六三）年、信越国境信濃国の水内郡柏原（現在の長野県上水内郡信濃町）に生れた。三歳のとき母が他界、八歳のとき父が再婚、一五歳の春、江戸に奉公に出された。多くの職を転々とし、二〇歳頃に俳諧師を目ざすようになった。芭蕉と親しかった山口素堂を祖とする葛飾派は、蕉風を名のりながら、談林的あるいは其角的な遊戯風の作風を得意としていた。一茶は二五歳のとき、その葛飾派に所属するようになり、溝口素丸《そまる》の執筆にもなった。無学の田舎青年が素丸に認められるまでになるには、それなりの忍耐と努力をしたはずである。天明末から寛政《かんせい》初頭にかけて、同派の宗匠である小林竹阿《ちくあ》、森田元夢に

一茶

も師事、一茶号のほかに菊名、圯橋《いきょう》などの別号を名のった。寛政元（一七八九）年、二七歳で奥州を行脚、芭蕉の俳跡である松島や象潟も訪れた。寛政四年から、西国行脚で、京阪・四国・中国・九州と寛政一〇年まで、七年間の長期行脚を敢行した。これらは業俳（俳諧を職業とする者）としての行脚であった。江戸に戻ってから、寛政一一（一七九九）年、三七歳のとき、亡師・竹阿が名のった二六庵号を正式に名のることが認められた。しかし、宗家とトラブルがあったようで、三年ほどで放棄した。その後、葛飾派を離れ、夏目成美《せいび》のグループへ参加した。帰郷中の享和元（一八〇一）年、父が六九歳で病死した。一茶はその病床にあって、すべての財産を継母および義弟と一茶が折半するとの遺言を、父から得た。遺言の内容を義弟に示して江戸に戻った。文化元（一八〇四）年、「一茶園月並」を主催する。しかし、思ったほどは句が応募されてこなかったようで、二、三年でやめてしまう。文化九（一八一二）年、信州に帰る。翌年に遺産問題は解決した。門人とともに弟子を勧誘して社中（同門の弟子で構成される組織）を結成し、北信濃一帯を巡回して俳諧を指導した。帰郷後の俳名は高まるいっぽうとなり、文政五、六年の俳人番付「正風俳諧師座定」では、別格トップの「勧進元」にまで登りつめた。このときの一茶の作風は、蕉風亜流の化政俳壇において著しく個性的で人気化したのだった。しかし、これらの俳風は一茶一代限りのものであった。一茶は高名な俳諧師であったにもかかわらず、後継者を指導育成しなかったことから、一茶門から優れた後継者が出ることはなかった。

二―一二　俳諧から俳句への進展

連句という名称は、江戸時代にもあったが、発句以外の句の連なりにたいして使われていた。江戸時代には、「俳諧之連歌」つまり俳諧が一般的な用語であった。明治二五年からはじまた正岡子規の俳諧の革新運動において、当初は無定義に俳句の呼称が使われていたが、やがて発句を独立させて俳句と称するようになった。そこで、俳諧を連句ということが一般化した。乾裕幸・白石悌三は、俳諧を俳句と連句の分けたのは、近代文芸への転換であったと論じている。

連句とは、ふつう五・七・五で完結する俳句に、このように七・七の〈脇〉を付け、さらに五・七・五の〈第三〉を付けるというふうに、長句・短句を交互にくりかえしてゆく文芸形式をいう。俳句はその発端の長句が独立した形式であるから、古くは〈発句《ほっく》〉と呼ばれ、そう呼ばれるかぎりは、つねに誰かによって七・七で応接される期待と可能性を秘めるものであった。発句がその期待を封じることによって〈俳句〉という近代文芸に生まれかわったとき、切り捨てられた可能性の形式に与えられたのが〈連句〉という名称である。したがって、連句はその可能性が生きていた時代に、一般に〈連句〉と呼ばれたことはない。俳句が〈発句〉と呼ばれた時代に、連句は〈俳諧〉と呼ばれていた。(『連句への招待』)

現代での連句は、俳諧成立期から江戸期までの俳諧と、明治以後から現代につづく連句とをふくみこんだ名称となった。ここからは俳諧のことを、連句と呼ぶことにする。

連歌は、和歌的な非日常の芸術的境地や伝統的な美の典型を探求している。対して連句は、和歌の大和言葉による「雅の世界」の詩境を打ち破りつつ、見慣れた風景や生活の一コマに諧謔の詩情やドラマ的な妙趣を見出している。井本農一・今泉準一は、連句は絶えずフィクションであることを建前としている、と指摘している。

このような作例を挙げると、読者は、連句は客観写生かと思われるかもしれない。連句の中には客観写生のような句が多いのは事実である。しかし注意すべきは連句の情景描写はいわば虚構であて、事実の忠実な描写ではない。稀には事実の模写もあるかもしれないが、全体がフィクションであることを立前とする。(『連句読本』)

感懐を語っていても、それは作者ではなく、登場人物なのである。フィクションとして理解し合うのが連句の約束ということだ。連歌よりも「座の文学」としてのスタンスが強化されているといえる。ただし、発句は一人称として詠んでよい。登場人物ではなく作者の感懐や語りであってよいのだ。和歌・連歌は多くの場合が抒情詩であるのに対して、連句は叙事詩的である。他方、それぞれの句についてはフィクションではなく、個人の体験をベースにした句もあり、フィクションとリアリズムとのからみ合いが、新たなイメージを生み出しているのである。

ロマンティズムは個性の主張・自然讃美・霊的世界の創出などであるが、近代文学のベースでもある個性の主張は除くとして、和歌の伝統を継承している連歌は保守的なロマンティズムであり、和歌の伝統からの脱却を図っている連句は、風俗や人の営みをテーマにしているリアリズム的なロマンティズムといえる。付合によるコラージュということは両者に共通しているので、両者は芸術的あるいは形而上学的なイメージを生成する象徴主義的な文芸でもある。

連句のはじまりの句が発句であるが、発句は連句の全体を統一する役割をになっていた。発句が独立した一句であるには、発句独自の詩的内容をもっていなくてはならなかったが、連句は協同作成の文学であり、一座の興が重んじられていたことから、個人としての主体性までは盛りこめてはいなかった。そこまで追求するほどの近代文学的なスタンスは、業俳・遊俳（他に職業があって俳諧を趣味としている者）を問わずなかったのである。ところが、個性的な詩情を探求しようとする志向も徐々に芽生えてきたのである。そこで発句を特別なものとして、連句から独立させることも起こった。これを地《じ》発句というようになり、従来からの発句は立《たて》句というようになった。

連歌・連句の参加者を連衆《れんじゅう》というが、発句は連衆への語りかけを想定して詠まれているのに対して、地発句は個人的な詩境を追求している。発句は共同体意識をベースにした詩情を、対して地発句は近代的な個人的オリジナリティの詩情を追求している。ここで個人的オリジナリティには普遍性や芸術性をともなっていなくてはならない。芭蕉のひろく知られた名句のほとんどは、厳密には俳諧のなかの発句・地発句である。芭蕉が『奥の細道』の旅の先々で会席を開いていて、曽良の『旅日記』には直江津で会席があったと書かれている。そのとき、芭蕉は次の二つの発句を出した。

文月や六日も常の夜には似ず

荒海や佐渡に横たふ天の川

二句目は芭蕉の代表作にはいる一句であるが、このとき巻かれた連句に採用されたのは前者であった。発句としては前者が適当と、芭蕉は考えたのである。六日は七夕の前日であることから、普段とは違った趣がある、というのである。

地発句は不特定多数の読者に、個人的な詩境を投げかけるものである。一座にたいしての呼びかけではなく、世間一般に共感者は求めているのである。喜怒哀楽にかかわる人間性の妙味あるいは風物・景観の芸術性や哲学性を創出しているのである。

これまでに論じてきたことであるが、芭蕉俳諧とは、談林期は謎解き的・奇矯的であり、深川転居後は『虚栗《みなしぐり》』調と呼ばれる漢詩文調や字余りの多用が目立った。そして貞享元（一六八四）年の『野ざらし紀行』から、常識的な生き方や価値観に反抗する風狂的な思想探求や自然諷詠をくりひろげるにいたった。ここから蕉風という流派がはじまった。そこでは、次のような発句・地発句が詠まれた。

猿を聞人《きくひと》捨子《すてご》に秋の風いかに

道のべの木槿《むくげ》は馬にくはれけり

明《あけ》ぼのやしら魚しろきこと一寸
海くれて鴨の声ほのかに白し
春なれや名もなき山の薄霞
辛崎の松は花より朧にて

一句目についての紀行文には、「富士川の辺《ほとり》を行《ゆく》に、三つばかりなる捨子の哀《あはれ》げに泣《なく》あり」と書いている。「猿を聞人」とは、秋の猿の声には哀調があり断腸の思いにかられるとして、古来より漢詩や和歌などに詠まれてきたが、芭蕉はとりわけ杜甫の詩「猿ヲ聴キテ実《げ》ニモ下ス三声ノ涙（聴ㇾ猿実下三声涙）」を愛誦していたことから、杜甫あるいは他の猿の声を詩にした詩人をさす。その詩人が、捨子の泣声をどう聞くであろう、ということと、自分自身への問いかけでもある。先人の詩の談林的なもじりといえるが、少しばかりの食べ物を与えて去らなくてはならなかったという現実にたいしての自分の無力への痛切な反省も込められている。二句目には、「馬上吟《ばじょうのぎん》」の前書があり、馬に乗っていて、木槿を見かけたが、馬がぱくりと食ってしまったのだ。この世の無常観のアレゴリーであり、自らの運命にも起こりえることを暗示している。三句目は漁師が引き上げた網の中の白魚を、客観写生で詠んでいる。四句目は、名古屋に滞在してから熱田に戻り、一二月一九日に熱田の人たちと船で海に出たときの句である。日暮れた後に沖の方が「ほのかに白し」と見えているとともに、「鴨の声」も白く感じているのである。霊的な境地のロマン主義といえる。五句目には、「奈良に出る道のほど」という前書が付いている。春になったことへの旅人の感懐で、山への親しみがこもっている。季重なりであるが、「名もなき」の畳みかける調子からも、春が伝わってくる。最後の句には、「湖水眺望」の前書がある。堅田の本福寺の住職である千那の、大津にあった邸宅での作とされている。「朧」は、ぼんやりとかすんださまであるが、「花」よりも「朧」に見えている「松」の方が味わいがあるというので、幽玄の境地を創出している。「にて」は状態を示す格助詞であり、断定していないことで、余韻が強められている。

『奥の細道』において名所・歌枕・旧蹟を訪れて詠んだ発句・地発句では、和歌の伝統や仏教の世界観や歴史上の出来事と、目の前の情景や場面との重層構造によって、芸術的やコスモス的なイメージを創出している。

田一枚植ゑて立ち去る柳かな
五月雨の降り残してや光堂
夏草や兵どもの夢のあと
雲の峰幾つ崩て月の山
暑き日を海にいれたり最上川
あか〳〵と日は難面《つれなく》もあきの風

一句目は、西行が歌に詠んだという柳の下での句で、田植えを眺めていると、いつの間にか田植えを終えて帰っていった、である。歴史上のエピソードと情景との重なりが、重厚な場面へと飛躍させている。西行も同じ田植えの風景を眺めとの感慨もある。二句目は、栄華を偲ばせるものが、風雨にことごとく朽ちている中で、光堂は老朽化をまぬがれていた、である。三句目は、周知のように藤原三代の栄華と源義経の活躍の虚しさを語っているが、「夢のあと」という無常観は、仏教の世界観である。四句目は月山での作であり、雲が動くとともに、月山が現れたのである。月山は湯殿山・羽黒山とともに出羽三山の一座であり、山岳信仰の山として知られている。そのことが一段とこの句に霊的な趣をあたえている。五句目は、川船で酒田の港に下り、そこで泊ったときの作である。日和山《ひよりやま》からの入日を眺め詠んだとされている。「暑き日」は、暑い一日、あるは暑い太陽であるが、それを「海にいれたり」は「最上川」であり、自然の運行という大景である。最後の句は、倶利伽羅《くりから》峠南面の谷を越えてから、金沢付近で詠んだ句である。強い日差の中でひんやりとした秋風に癒された心地になったのである。「秋の風」は寂寥感を突きつけてくるという和歌の伝統を踏まえたうえで、それに逆行している。

　このように遺跡・歴史上の出来事やエピソード・和歌の伝統・仏教の世界観に下支えされた作句法がくりひろげられた。そこから転じて、晩年にいたって芭蕉は、「軽み」の理念と作句法を提唱して、日常のなかの詩情や人間探求を優先させた。

　　行く春を近江の人と惜しみける
　　うき我をさびしがらせよ閑古鳥
　　塩鯛《しおだい》の歯ぐきも寒し魚の店《たな》

一句目の「近江の人」とは、近江の風光に磨かれて風雅を身につけた人ということである。「ける」は「けり」の連体形であるが、余韻を強めている。二句目の「閑古鳥」は郭《かっ》公《こう》のことで、郭公の声からコスモス的な静寂が立ち上がってくる。最後の句は、魚屋の店先で歯ぐきのむき出しの塩鯛を目にして、一段と寒さが厳しく感じられた、というものだ。『奥の細道』の旅は、西行の旅の足跡をたどりつつ、その歌枕を中心に訪れている。このことからも、西行を敬愛していたことを知ることができる。西行と藤原定家との和歌にたいするスタンスは逆行していて、西行は宗教志向で、人間性の探求と新しい抒情創出に邁進しているのに対して、藤原定家は芸術志向で、革新的な美の探求と象徴主義的あるいは陶酔的な境地創出を図っている。むしろ、芭蕉は藤原定家のスタンスを、継承していた。それは人間不在の芸術至上主義・感情に流されない語り・虚構的な構成・象徴主義的な空間などである。『奥の細道』では、和歌の伝統や仏教の世界観や歴史上の出来事と、情景や場面との重層構造からなる「重み」と呼ばれる作句法にもとづき、わび・さびの境地をふくめた芸術的なイメージあるいはコスモス的な空間を立ち上げている。

『奥の細道』の旅の終了後は、日常や風俗から詩情や芸術性を掬いとる「軽み」の理念と作句法へと転じ、その作句法が底流となって現代俳句の客観写生へと継承された。他方、芸術性・哲学性が飛躍的に進歩した蕉風俳諧は、芭蕉の才知だけではなく、貞門・談林の作風をベースに進化したものである。その貞門・談林の俳諧は、連歌から派生し生み出された。俳諧は連歌よりフィクション性が強いということは、一人称から三人称の語りへと推移したのである。さらに俳諧の諧謔性は、第三者的なスタンスを生み出した。それは発見的なスタンスでもある。諧謔は笑いにつながっているが、笑い表現の深化は、第三者的な視点を育んだと、尾形仂は論じている。

笑いはそれを分析するとたんに笑いではなくなってしまうわけだが、あえてその愚を犯せば、それは古典の当世化《パロディ》と現実の雅化《サブリメーション》、それに貧寒の中にたたえられた精神の贅沢《ぜいたく》という逆説的美意識の新しい発見、の三つの複合された笑いとでもいったらよかろうか。(『俳句と俳諧』)

貞門・談林のテーマと作句法をベースに、芭蕉は和歌の主観的な抒情から離脱して、芸術至上主義的なあるは寄物陳思的なスタンスに立った詩的な境地を創出したのである。

蕉風俳諧の衰退後に中興期俳諧が台頭した。それを主導した蕪村の発句・地発句を読解するとともに、特徴と意義を考究する。芭蕉は「重み」では象徴主義的であり、「軽み」では生活を凝視するリアリズムであったのに対して、蕪村は絵画的な構成と物語的なフィクションを駆使するロマン主義であった。現実を絵画的なイメージとフィクションにより浄化しようとしているのである。次の句から、そのことが分かるであろう。

白梅や誰がむかしより垣の外

「誰が」についてはいろいろな解釈がされてきたが、尾形仂は和歌の伝統にしたがった解釈をしている。

萩原朔太郎は垣の外に立つ女人の影を幻想しているが、和歌伝統からしたら逆だろう。庭内に咲き匂う白梅の陰にほの見えた清楚な女人の俤《おもかげ》を慕って、いったい男は、いつ、だれの昔から、こんなふうに垣の外に立つことになったのだろう、というのである。(『芭蕉・蕪村』)

引っ越し先を知らせることなく行ってしまった人が住んでいた場所で詠んだという在原業平の、次の歌と同じ発想ということである。

月やあらぬ春や昔の春ならぬわが身ひとつはもとの身にして

さらに、蕪村の発句・地発句について、読解を通して特徴と意義を考究にする。

ゆく春やおもたき琵琶の抱きごゝろ

晩春の倦怠感の加えて、障子の薄明かりの部屋や夕方の縁側で奏でられているとすると、薄暗さの中での琵琶の音色から、重たさがイメージされてくる。茄子《なす》形からは、視覚的にも重さが感じられる。

みじか夜や金も落とさぬ狐つき

「狐つき」は狐の霊にとりつかれた人のことである。一茶的なイロニーであるが、誰にでもあるであろう金にたいする執着であり、夏の夜の不気味さでもある。

夏山や京尽し飛鷺《とぶさぎ》ひとつ

山を眺めていて、視線は上空の鷺に移り、それから鷺の視点で京の街全体を見下ろしているのである。

落穂拾ひ日あたる方へあゆみ行《ゆく》

江戸時代では、「落穂拾ひ」は生活力のない未亡人や老人に許されていた。弱者は日当りに元気づけられているのであろう。ミレーの「落穂拾ひ」の絵画も彷彿してくる。

愁ひつゝ岡にのぼれば花いばら

ここでの「愁ひ」は、人との諍いなどではなく、実存主義的な人間のあり方とは、価値ある生き方とは、といった愁いである。また、ロマン主義的な愁いともいえる。

凧《いかのぼり》きのふの空の有りどころ

「きのふの空」は既に「けふの空」ではない。しかしそのちがった空に、同じ凧が揚がっている。自然界の時間の流れの中での人の営みの一場面である。

蕪村の中興期俳諧終焉後の月並句合の大流行の中で、風刺をこめた近代的な作風をくりひろげた一茶の発句・地発句についても読解を通して、特徴と意義を考究にする。一茶の真骨頂は諧謔・イロニー・風刺であるが、それは封建社会や伝統的な文化への反逆でもあった。

み仏や寝ておはしても花と銭

仏像は目を半開きにしていて、居眠りをしているように見える。それでもお賽銭が集まるというイロニーである。

花の月のとちんぷんかんのうき世かな

「うき世」はこの世のことであるが、民衆の営みのことでもある。和歌・連歌の伝統をベースにした優雅な世界が重んじられている、ことへの警鐘である。

衣替《ころもがへ》へて居《すわ》つて見てもひとりかな

あろう。

「居つて」は「居直つて」ととれるが、ひとりという孤独はどうしようもないとの覚りで

蝉なくや我家も石になるやうに

「我家」が無機質な石に変容する飛躍が詩情《ポエジー》である。「我家」は浄化されているのである。下地には「閑かさや岩にしみいる蝉の声」がある。

淋しさに飯をくふ也秋の風

ひとり暮らしの淋しさを、飯を食ふことで晴らそうとしているが、「秋の風」によって淋しさの深刻さが伝わってくる。

秋風にふいとむせたる峠かな

秋風といえば、淋しさを代表してきたが、ここでは峠での秋風の意外な冷たさあるいは熱気に思わず咳こんだのだ。

ともかくもあなた任せのとしの暮

俳諧俳文集『おらが春』には「来世についての大問題は阿弥陀如来にお願いはするものの、自分は正しいこと地道にやってゆく」といったことを書いて、この句で結んでいる。成りゆきは受け入れて、自分の力でできることに専念するということである。

蕪村により絵画性・物語性が、一茶により諧謔性・社会性が、完成域へと到達した。一茶が無名であった時代には、寛政の三大家が活躍した。文献によって選び方は違うが、一定の流派に属さず一茶の庇護者でもあった夏目成美《せいび》（一七四九〜一八一七年）、仙台の人

で江戸に出て白雄門となった鈴木道彦（一七五七〜一八一九年）、名古屋の暁台門の井上士朗（一七四二〜一八一二年）が挙げられる。文政一〇（一八二八）年に一茶が没した後、天保の三大家と称せられたのは、加賀金沢の出で京都芭蕉堂の後継者であった成田蒼虬《そうきゅう》（一七六一〜一八四二年）、加賀金沢の人で京都に出て蒼虬に兄事したのち江戸に住みまた京都に戻った桜井梅室（一七六九〜一八五二年）、熊本の人で江戸に出て道彦門となった田川鳳朗《ほうろう》（一七六二〜一八四五年）であった。天保期では芭蕉晩年の「炭俵」調の作風が慕われたが、一茶ほどの時代を先取りした作句法が推し進められることはなく、月並句合がもてはやされつづけ、それが明治期にはいってからも衰えることがなかった。

二―一三　子規の俳句革新運動と虚子の「花鳥諷詠」と「客観写生」

正岡子規は明治五年、現在の松山市の生れである。明治二三年に東京帝国大学の哲学科に入学してから国文科に転科した。大学予備門では、夏目漱石・南方熊楠《みなかたくまぐす》・山田美妙《びみょう》などと同窓であった。明治二五年、新聞「日本」に「獺祭書屋俳話《だっさいしょおくはいわ》」の連載をはじめ、明治期にはいっても盛んであった月並俳諧を俗調として排撃するなどして、俳句の革新運動をはじめた。月並俳諧とは、本来、毎月一定の日に、宗匠を中心に同行の連衆が催す会席の俳諧のことで、その成り立ちは平安期の月次歌会や、中世の月次連歌にさかのぼる。子規が排撃した月並俳諧は、このような月例の会席の俳諧ではなく、前述した月並句合であった。月並句合は雑俳から発展したもので、有志の者が発起人となり、宗匠に出題を願って、毎

正岡子規

月もしくは隔月に一般から投句を募集、宗匠が点者として点数をつけその結果を披露し、天・地・人の高点句に賞金や賞品を与え、秀句以下の入選句を小冊子に掲載し、投句者へ応募原稿とともに返送する、といったものであった。この頃はまだ、子規が用いた俳句という呼称は発句のことである、と定義されてはいなかった。子規はこの年の一二月に、新聞「日本」の記者となる。明治二六年、大学を中退した。この年に新聞「日本」に「芭蕉雑談」の連載をはじめ、ここで「発句は文学なり、連俳は文学に非ず」として連句は文学ではないと論断した。「座の文学」や「付合」ということは、近代文芸から排除されるべきと考えたのである。発句だけでなく連句の長句五七五に対しも、俳句という呼称を用いていたが、やがて季語をともなった発句・地発句が、俳句として短詩型のひとつのジャンルとなった。

高浜虚子は明治七年、河東碧梧桐《かわひがしへきごとう》は明治六年、現在の松山市の生れである。虚子は、愛媛県立伊予尋常中学校へと進学、そこで河東碧梧桐と出会う。明治二四年、虚子は碧梧桐を通じて当時二四歳の子規を紹介してもらい、子規と文通するようになった。子規より、本名の清《きよし》に由来する虚子の号を授かる。翌年の夏、帰省した子規と作句をともにする機会を得た。虚子は明治二五年に、碧梧桐は明治二六年に京都の第三高等学校に入った。翌年七月、第三高等学校の大学予科解散にともない、二人とも仙台の第二高等学校に転学を命じられ、九月に転校したが、間もなく校風の束縛を感じて退学、上京して子規宅に身を寄せた。さらに、本郷、神田淡路町と二人は、下宿も一緒であった。子規門下の俳人として世に知られるようになるのも、二人は同じ頃であった。作風は虚子が主観的であるのに対して碧梧桐は印象的であった。

明治二八年、子規は在職中の新聞「日本」の記者として、日清戦争に従軍した。五月に大連から帰る船中で喀血、神戸病院に入院した。虚子と碧梧桐はかけつけて看病した。一時は危機的な容態であったが、快復できた。子規は須磨の保養所で養生していたとき、「俳人蕪村」を、その後松山で「俳諧大要」を書きはじめる。この年の一〇月から一二月にかけて「俳諧大要」は新聞「日本」に連載され、そこで次のような写実を提唱した。

俳句をものするには空想に倚ると写実に倚るとの二種あり、初学の人概ね空想に倚るを常とす。空想尽くる時は写実に倚らざるべからず。写実には人事と天然とあり。偶然と故為とあり、人事の写実は難く天然の写実は易し。偶然の写実は材料少く、故意の写実は材料多し。故に写実の目的以て天然の風光を探ること最も俳句に適せり。

二行目の「空想尽くる時は写実に倚らざるべからず」は、写実によらなくてはならない、である。三行目の「人事の写実は難く」の「人事」とは身近な出来事や人の行いであるが、偶然目にしたそのようなことを表現しても、俳句にはなり難い、ということである。「偶然の写実」は「人事の写実」であり、「故意の写実」は「天然の写実」であり、それは題材を求めて吟行することである。自然をテーマにすることから、俳句のレベルアップに努めるべきと言いたいのだ。この写実とは空想によらない、あるいは頭脳の中だけのことを句にしないことであった。晩年になってから、写実を写生というようになったのである。

子規グループは世間の注目を集めることができたが、子規の体調は悪化していた。明治二八年一二月、帰京していた子規は、虚子を西日暮里の道灌山に誘い、茶店で正式に後継者になることを頼んだ。虚子は学問をする気はないと、これを断った。子規は俳諧を研究することで、蕪村を見つけて俳句革新の方策を理論的に導きだした。このように読書と学問を大事にしたのに対して、虚子は実作を通して新しい俳句の作句法を見つけだそうとしていた。子規はひどく落胆した。

子規が明治二九年に新聞「日本」に掲載した「俳句問答」で、宗匠が点数つける「月並俳諧」を「月並俳句」として問題点を明らかにした。子規が主導した「新俳句」と「月並俳句」との違いを、つぎのように結論づけている。

第一、我は直接に感情に訴へんと欲し、彼は往々知識に訴へんと欲す。

第二、我は意匠の陳腐なるを嫌へども、彼は意匠の陳腐を嫌ふこと我よりも少し、寧ろ彼は陳腐を好み新奇を嫌ふ傾向あり。

第三、我は言語の懈弛《たるみ》を嫌ひ、彼は言語の懈弛を嫌ふこと我よりも少し、寧ろ彼は懈弛を好み緊密を嫌ふ傾向あり。

第四、我は音調の調和する限りに於て雅語、俗語、漢語、洋語をも嫌はず、彼は洋語を排斥し、漢語は自己が用ゐなれたる狭き範囲を出づべからずとし、雅語も多くは用ゐず。
第五、我に俳諧の系統無く又流派無し、彼は俳諧の系統と流派とを有し、且つ之あるが為に特別の光栄ありと自信せるが如し。従って其派の開祖及び其伝統を受けたる人には特別の尊敬を表し、且つ其人等の著作を無比の価値あるものとす。我はある俳人を尊敬することあれども、そは其著作の佳なるが為なり。されども尊敬を表する俳人の著作といへども、佳なる者と佳ならざる者とあり。正当に言へば我は其人を尊敬せずして其著作を尊敬するなり。故に我は多くの反対せる流派に於て、佳句《かく》を認め又悪句《あっく》を認む。

ここで「我」は、「新俳句」で、「彼」は、「月並俳句」である。そして、第一の「知識」は「理想」で、第二の「陳腐」は「観念」で、第三の「懈弛」は「意味的なつながり」で、第五の「俳諧の系統と流派」は旧来の「宗匠」を意味している。「反対せる流派」であっても、佳句もあれば悪句もある、としている。「月並俳句」を逆転した「新俳句」を、目ざさなければならない、ということである。

明治三〇年に俳誌『ホトトギス』が、子規の友人の柳原極堂によって現在の松山市で創刊となった。明治三一年に、虚子は兄から三百円を出してもらい『ホトトギス』の権利を買いとるとともに、東京に移転した。このとき虚子は小説の雑誌にしたかったが、俳句中心で進むべきとする子規の方針に従った。松山版では三〇〇部が限界であったのに、東京版は一五〇〇部が売れ、さらに五〇〇部増刷したほどだった。その初号から、虚子は短編小説「浅草のくさぐさ」の連載をはじめるが、写生文を目ざしていた。動作など細かく書いてあるが、文語体のため芝居めいた動作がイメージされてリアルには見えてこない。写生文の趣はほとんどなかった。その後も俳句とともに写生文風の小説を書いていた。明治三二年に虚子は大腸カタルで入院したが、このとき碧梧桐が編集を代行した。翌年には碧梧桐はホトトギス社に入社して虚子に協力するにいたった。

明治三五年九月に子規は没した。新聞「日本」の俳句欄は碧梧桐が継いだ。ここから虚子と碧梧桐の衝突が、『ホトトギス』誌上ではじまった。情感を重視する虚子と自然主義を志向する碧梧桐とのスタンスの違いが明確になった。碧梧桐は明治三九年、三千里の旅をはじめたが、翌年の一二月に越後長岡に滞在中に、大須賀乙字《おつじ》からの一書が届き、そこには活現法と暗示法があり、暗示法に進むべきとの提言があった。碧梧桐は全国の若手と接するうちに、暗示法を指向するとともに題材の個性を重視する新傾向俳句の方向につき進みはじめた。

河東碧梧桐

子規と虚子の師弟関係は周知のことであるが、夏目漱石と虚子の親交についてはあまり知られていない。虚子は中学生のとき、子規の実家で漱石に会っているが、子規と漱石の風采は対照的であったと書いている。

漱石氏は洋服姿の膝を正しく折つて静座して、松山鮓の皿を取上げて一粒もこぼさぬ様に行儀正しくそれを食べるのであつた。さうして子規居士はと見ると、和服姿にあぐらをかいてぞんざいな様子で箸をとるのであった。

（『現代教養文庫五九七　虚子の名句』）

明治二九年に戻るが、長兄の病を看るために帰省した虚子は、子規に勧められて、松山中学の教師になっていた漱石を訪問した。漱石は書生上がりで下宿生活をしていた。そのとき、どんな話を漱石としたか記憶は残っていなかった。漱石は子規とは大学の同期生であったことから、虚子にとっては先輩のような存在であった。漱石と村上霽月《せいげつ》と即興的な神仙体の句を競作する機会をもてた。

明治三六年、イギリス留学から帰国した漱石は、熊本の五高から一高の教授に転じ、東京帝国大学の講師もかねるようになった。ところが二年もたたないうちに、学校に強い不満をもつようになり、神経衰弱とともに胃腸も悪くしてしまった。虚子は漱石を芝居や能に誘そってはみたが、あまり興味がもてないでいた。そこで小説でも書いてみることを勧めた。こうして書かれたのが「吾輩は猫である」であった。虚子は漱石の家に立ち寄り、原稿の添削をしたが、そのとき「猫伝」であった題名を、冒頭の一節の「吾輩は猫である」の方が面白いと助言した。明治三八年一月に『ホトトギス』に掲載されると、学者が書いた小説ということで注目され、文壇だけでなく、一般読者にもひろく読まれた。「猫」の出た『ホトトギス』は売行きがよく、出ないと悪いとの世評まであがった。漱石は一躍、文壇の寵児となった。明治三九年四月、『ホトトギス』の付録に漱石の「坊ちゃん」は掲載された。虚子は、『ホトトギス』を小説中心にかえていった。

　俳句では碧梧桐が虚子を圧倒するにいたった。虚子は、俳句の作句は止めてしまい、小説の執筆に没頭した。明治四一年の小説「俳諧師」、明治四二年の「三畳と四畳半」などには、自然主義への傾倒が色濃く出ていた。明治四三年には一家をあげて鎌倉市に移住した。明治四五年、ひどく腸を患って、長編小説を書く意欲を失い、また、碧梧桐派の新傾向俳句が俳壇を席捲するにいたったことを、座視できなくなり、俳壇に復帰、守旧派として「平明にして余韻のある句」というテーマをかかげた。大正二年から本格的に作句にのりだした。

　季題重視と主観写生という方法論をかかげ、その結果、村上鬼城・飯田蛇笏《だこつ》・原石鼎《せきてい》・前田普羅などの新鋭を世におくり出した。ホトトギス派の俳句がにわかに世間の注目を得て、間もなく碧梧桐派に代わって俳壇を独占するにいたった。

　昭和三年四月、虚子は大阪毎日新聞社主催の講演会で、「花鳥諷詠」ということを提唱した。この講演の内容は、六月に出版された『虚子句集』（春秋社刊、明治二五年から昭和三年までの二三四三句収録）の自「序」に掲載された。そこでは「花鳥諷詠」を次のように書いている。

　　花鳥諷詠と申しますのは花鳥風月を諷詠するといふことで、一層細密に云えば、春夏秋冬四時の移り変りに依つて起る自然界の現象、並にそれに伴ふ人事界の現象を諷詠するの謂であります。

「花鳥風月」は、動植物の実態や自然の景観のことである。それを諷詠するとは、「花鳥風月」だけでなく、「人事界の現象」をも諷詠することである、としている。人の営みも自然をベースにしていて、人の営みを詠んでも、そこに自然との係わりも織り込まれているということである。昭和の虚子は「花鳥諷詠」をかかげることからはじまった。「花鳥諷詠」とともに「客観写生」を提唱しだした。「客観」を冠して、写生文ではなく俳句に適した写生を目ざしたといえる。「花鳥諷詠」と「客観写生」の軌道の上に邁進することになった。その後、ホトトギス派から水原秋櫻子、阿波野青畝《せいほ》、山口誓子、高野素十の4Sをはじめ多くの新進気鋭の俳人が輩出するにいたった。

高浜虚子

写生に主観を交えた作句法に向かった水原秋櫻子は、昭和六年に俳誌『馬酔木』に評論「自然の真と文芸上の真」を発表し、「ホトトギス」を去った。昭和一一年に、虚子は横浜港から日本郵船の貨客船箱根丸に乗船し、ヨーロッパを外遊した。横浜港に見送りにきた碧梧桐は、外遊の経験があることから、外国のエチケットについていろいろと注意を与えた。この外遊では、上海、シンガポール、アデン、カイロを経てフランス、ベルギー、オランダ、ドイツ、イギリスと巡り各地で講演をした。現地での作句では代表句となるような名句はできなかった。俳句は日本の湿った風土で育ったことから、ヨーロッパの乾いた気候には合わなかったのであろう。昭和一二年、碧梧桐は六三歳で病没した。このとき虚子は、「たとふれば独楽のはじける如くなり」の弔句を送っている。第二次世界大戦中の昭和一九年から信州の小諸に疎開し、四年間ほど暮らした。昭和二九年には文化勲章を受賞する。昭和三四年、虚子は八六歳で鎌倉市の虚子庵（自宅）で永眠する。理念として花鳥諷詠を、作句法として客観写生を提唱したことで、大衆を読者としてだけでなく実作者へと導き、俳句の文学性を高めるとともに大衆化を推進した。

二—一四 「取合せ」と「一物仕立て」

一七文字の俳句あるいは発句・地発句が詩として成立しているのには、「取合せ」が大きなはたらきをしている。「取合せ」は、異なる二つ以上のものやことを並べ、照応や対比をさせることであり、それにより新しいイメージの生成や省略にたいする補足や題材の意味の深化がもたらされる。ここでのものやことの一方は、季語である。「取合せ」とは、連句での長句と短句の付合を五七五のなかでやっているのに等しく、二章一句あるいは二物衝撃とのいい方もある。「即かず離れず」が理想とされているが、これは連句の付合の理念であって、一般論である。付きすぎると、陳腐なイメージや説明や因果関係になってしまう。離れすぎると、意外性だけで見えてくるようなイメージは立ち上がってこない。他方、付く方に傾いていても、情感の重なりが、芸術的や哲学的な境地を深化せているのであれば、適切な「取合せ」といえる。ものに託して感想や感慨を語ることも、この「取合せ」にはいる場合もある。離れている方に傾いていても、意外性が斬新なイメージを生み出すこともあり、この場合は二物衝撃である。モダニズムの詩法であるコラージュとほぼ同じである。コラージュでは、幾つもの関係ないものを組み合わせて、新しいイメージを出現させる。付合により鍛錬された技量が、発句・地発句あるいは俳句での「取合せ」に活かされたのである。

「取合せ」とは逆に「一物仕立て」は、一つの素材について本質や実態を詩的に掘り下げる作句法である。基本的には上五または中七で切れることはないが、次の句のように切れていても、論理的なつながりがあれば「一物仕立て」にはいる。

白藤や揺りやみしかばうすみどり　　芝不器男

内容的な断絶がないにもかかわらず、リズムの切れから「取合せ」的なイメージが立ち上がってくるのである。

咲き満ちてこぼるる花もなかりけり　　高浜虚子

「咲き満ちて」で軽く切れ、そこからどうなるのか謎めいている。満ちている危うさではなく、ゆるぎない満開の景がひろがることになる。

初蝶来何色と問ふ黄と答ふ　　高浜虚子

三段切れであるが、切れのごとに次はどうなるのかという緊張感的な妙味がある。「一物仕立て」は、五七五にある種の論理的なつながりがある。他方、「取合せ」は断絶から新しいイメージを生成する作句法である。「一物仕立て」は、連句の前句から制約をうける付合でのイメージ優先へのアンチテーゼ的な作句法となっている。『去来抄』には、芭蕉が「取合せ」と「一物仕立て」について、次のように語っていることが書かれている。

先師芭蕉翁は「発句は上の五文字から下まですら〳〵と滞りなくいゝ下すのを、上位のものとする。」といわれた。洒堂《しゃどう》に教えられて「発句はお前のように二つも三つもの事物を取り集めて作るものではない。金を打ちのべたようにつくるのがよい。」といわれた。また或る時師翁は「発句は物を取合わせれば出来るものである。そのよく取合わせるのを上手といゝ、わるく取合わせるのを下手というのである。」ともいわれた。――以下略――（岩田九郎・口語訳）

洒堂は「取合せ」を得意としていたので、「金を打ちのべたようにつくる」として「一物仕立て」を勧めた。「取合せ」と「一物仕立て」を、発句の内容によって使い分けることを説いている。

二―一五　あとがき

俳諧というと松尾芭蕉・与謝蕪村・小林一茶、俳句の黎明期というと正岡子規・高浜虚子・水原秋櫻子の名が、すぐに浮かんでくるが、俳諧と俳句の成立には、連歌の完成者の宗祇、俳諧の始祖とされる山崎宗鑑・荒木田守武、民衆文学として俳諧を完成させた松永貞徳・西山宗因が重要な役割を果たしていたことを知っておくべきであろう。その方が、俳句の詩としての奥深さを知ることができるだけでなく、実作や鑑賞にも役立つはずである。和歌においては、「雅の世界」にもとづく美・観念を真実に転換する詩境・象徴主義的な世界など、の創出がくりひろげられたが、連歌・俳諧（連句）では、付合による新しいイメージの生成・感情や感傷を抑えた第三者的な視点の世界・ドラマ的な詩境など、の創出が推し進められた。和歌や現代の短歌では、上句で外の世界を表現して、下句で感想・心境・考えなどを表現する、のが基本的な作法である。他方、俳句では感想・心境・考えなどの表現は抑えることになる。連歌・俳諧（連句）は、前句を発想のきっ掛けとする、あるいは付合によりイメージを生成することから、感情や主観的な主張を抑えた作句法が育ったといえる。

近代文学は一九世紀のロマン主義からはじまったとすると、そこでは個人的オリジナリティの創出が大きなテーマとなっていた。他方、連歌・俳諧は共同作成の文学で、「一座の興」を重んじるということは、反近代文学的であった。明治二六年「芭蕉雑談」において、子規は「発句は文学なり、連俳は文学に非ず」と連歌と連句をきり捨てた。付句は前句の影響下にあり、さらに前句にも付句の影響が被さってきている。これは個人のオリジナリティの世界ではないということで、近代文学の世界からは外されたのだった。他方、連歌・俳諧（連句）では会席の参加者の主導権争い的なオフェンスとディフェンスがくりひろげられているにもかかわらず、結果としては一つのまとまりのある作品が仕立てられる。現代という個人主義と欲望追求の時代へのアンチテーゼとなりえるといえる。そこにも新鮮な面白さと深さがあり、それが現代を見直す芸術観や思想に行きつくこともある。また、俳句を詠むにあたって、客観写生を深めていける資質の人もいれば、そうでない人もいる。そうでない人には、連歌的な古典情趣や俳諧的な諧謔・イロニーを探求してゆくことも、ひとつの活路といえる。連歌・俳諧と俳句とのズレを認識することでも、俳句の実作や鑑賞がより発展的で深いものになるといえる。

《参考文献》

廣木一人：連歌入門、三弥井書店、二〇一〇
綿貫豊昭：連歌とは何か、講談社、二〇〇六
島津忠夫：連歌集、新潮社、一九七九
安東次男：連句入門、講談社、一九九二
東明雅：連句入門、中央公論社、一九七八
井本農一、今泉準一：連句読本、大修館書店、一九八二
井本農一：芭蕉―その人生と芸術、講談社、一九六八
井本農一：芭蕉入門、講談社、一九七七
宮脇真彦：芭蕉の方法、角川書店、二〇〇二
山本健吉：芭蕉―その鑑賞と批評、飯塚書店、二〇〇六
中村俊定・校注：芭蕉紀行文集、岩波書店、一九九一

岩田九郎：去來抄評解、有精堂出版、一九五一
中村俊定：芭蕉の連句を読む、岩波書店、一九八五
乾裕幸、白石悌三：連句への招待、和泉書院、一九八九
中村俊定・校注：芭蕉七部集、岩波書店、一九九一
麻生磯次・訳注：奥の細道　他四編、旺文社、一九七〇
尾形仂：芭蕉・蕪村、岩波書店、二〇〇〇
尾形仂：俳句と俳諧、角川書店、一九八一
櫻井武次郎：俳諧から俳句へ、角川書店、二〇〇四
櫻井武次郎：連句文芸の流れ、和泉書院、一九八九
大平浩哉：芭蕉・蕪村・一茶、有堂朋、一九六八
矢羽勝幸：信濃の一茶、中央公論社、一九九四
金子兜太：小林一茶、講談社、一九八〇
小林一茶著・黄色瑞華訳：おらが春　父の終焉日記、光文堂出版社、一九七九
村山古郷、山下一海・編：俳句用語の基礎知識、角川書店、一九八四
鈴木忍・編、俳句　二〇一四年三月号、KADOKAWA、二〇一四
中村草田男・編：正岡子規　俳句の出発、みすず書房、二〇〇二
清崎敏郎・編著：現代教養文庫五九七　虚子の名句、社会思想社、一九六七
白井奈津子・編：俳句　二〇一六年三月号、KADOKAWA、二〇一六

三　象徴から「軽み」への蕉風俳諧とその後

三―一　はじめに

松尾芭蕉は俳聖として国内で崇められているだけでなく、俳句の愛好者が世界中にひろまっていることから海外でも最も尊敬されている日本人の一人でもある。しかしながら江戸期において、俳句の前身である俳諧は、武士や町人の教養をかねた遊戯的なものとしか見なされていなかった。明治期にはいってからも文学としての評価は上がらなかった。

わが国の近代詩は、明治期になって書かれはじめた自由詩のことであるが、それは北村透谷や島崎藤村のロマン主義からはじまり、蒲原有明、北原白秋などの象徴主義へと移っていった。象徴主義はフランス一九世紀のボードレールからはじまったとされている。象徴主義がわが国に紹介されてから、芭蕉俳諧は象徴の詩として、注目されるにいたった。他方、象徴という語は、わが国の伝統文化のなかにはなかった翻訳語であり、象徴主義の本質を見誤り、わが国古来のわび・さび・幽玄の文化芸術も象徴主義であるとする企てが推し進められた。結果として、芭蕉俳諧は西洋文化にも対抗できる象徴主義の文芸として、民族主義の高揚に利用されることになった。

芭蕉といえども江戸に下って来たときは、遊戯的な談林派の宗匠《そうしょう》として出発したが、『野ざらし紀行』にいたって、談林の作風から脱却し、芭蕉の流派である蕉風がはじまった。『奥の細道』において芸術的・哲学的な作風は頂点を極めた。しかしながらそれは「重み」と呼ばれる象徴的なイメージを生成する作句法であった。そこから俳諧の文化芸術としての幅を拡げ、深さを増すために「軽み」という理念と作句法に転じてゆく。実作を通して、「軽み」を探求しながら、そのレベルアップを図り、最晩年の『炭俵』にいたって完成の域に達した。

芭蕉の俳諧がヨーロッパの象徴主義とどう違っていたかを知るとともに、芭蕉が象徴の境地をどのようにして築き、そこから「軽み」の理念と作句法へと心変わりしていった推移と修錬の過程をたどり、さらに「軽み」はどう後世にも引き継がれ進化してきたかを、蕪村、一茶さらに虚子の理念や作句法の特徴を思索しながら探究することにする。

三―二　芭蕉の遍歴

芭蕉は寛永二一（一六四四）年の生れで、俳諧を芸術域へと高めた道程においてだけでなく、生活の上でも紆余曲折の波乱を経験した苦労人であった。伊賀鉄道の上野市駅前には芭蕉の銅像が立っているが、この地の下級武士の出身であった。松尾家の家柄はというと、俸禄のない無足人級であった。無足人の呼び名は、人足に出ることを免れたことによる。兄の半左衛門は、俸禄は得ていたが、一生生活は苦しく、そこで宗匠として成功した

伊賀上野市駅前の芭蕉像

芭蕉は、経済的に援助したとされている。一九歳のときとされているが、俳諧好きの藤堂新七郎家の良忠に出仕する。この前後に貞門俳諧を学びはじめたとされている。良忠は俳諧の相手として松尾宗房、後の芭蕉を寵愛したと推測されているが、芭蕉二三歳のとき、彼は二五歳で病没する。前途がまっ暗となり、まもなく藤堂新七郎を致仕《ちし》し、兄の家の食客となった。仕官を目ざしながらも、俳諧に深いりしていった。慶安四（一六七一）年には油井正雪の事件などがあり、牢人対策が社会問題となっていたことから、失業武士の仕官は困難な情勢であった。結婚もできずに、また俳壇において芭蕉の名が世に出ることもなく、部屋住みの生活はつづく。漂泊の文人として芭蕉の原点といえる西行については、平清盛とは同僚であった北面の武士であり、家系は藤原氏北家に発していた。にもかかわらず、二三歳の若さで武士を棄て僧侶となった。人生に無常を感じたためとも、天職として歌の道に野心を抱いたためともされている。対照的に芭蕉は、仕官を諦めきれずにいた。この違いは、西行は文武両道に秀でたエリートであったということにもよる。

俳諧とはもともとは「俳諧之連歌」を略して言ったもので、正統からはずれた新奇な、笑いを帯びた連歌ということであった。俳諧の祖とされているのは、戦国時代における連歌師の山崎宗鑑と荒木田守武である。そして江戸時代初頭に、松永貞徳が俳諧を民衆詩として自立させ、連歌から独立した文芸の地位を確立した。その流派が貞門派となった。

連歌は五七五の上句と七七の下句を、何人かの仲間が交互に詠んでゆく。句を詠むとき、直前の句を前句《まえく》、これから詠む句は前句を受けているので付句《つけく》と呼ばれる。前句と付句の関係を付合《つけあい》と呼ぶ。百句（百韻）なり三十六句（歌仙）なりの一巻を制作する。俳諧もこの方式は同じである。一巻の発端の句が、発句《ほっく》である。さらに発句だけが独立して、付句がないものを地発句というようになった。ここからは、便宜的に地発句のことを俳諧とする。芭蕉以前の俳諧は、次のようなものであった。

手をついて歌申し上ぐる蛙かな　　山崎宗鑑

落花枝に帰ると見れば胡蝶かな　　荒木田守武

花よりも団子やありて帰る雁　　松永貞徳

俳諧では、滑稽や諧謔といったことが追及されていた。そのような遊び的な面白さではなく、芸術的あるいは哲学的な境地を創出するものに、俳諧を革新したのが芭蕉であった。その名は商家の丁稚にまで知れわたっていたという。ところが、芭蕉が活躍した時代においてさえ、俳諧は低俗な文芸としかみなされていなかったのである。芭蕉一九歳のときの句は、最古のものとされているが、貞門俳諧であった。

廿《にじゅうく》九日立春ナレバ

春やこし年や行けん小晦日《こつもごり》　　宗房

旧暦の一月一日は、新暦の一月二一日から二月一九日まで移動する。小晦日は一二月二九日のことで、この日が立春にあたることもある。春が来たのか、年が去ったのかと語っている。次の和歌は『古今和歌集』の巻頭としてよく知られているが、掲句はこの歌の本歌取りになっている。

年の内に春はきにけり一年を去年とやいはむ今年とやいはむ　在原元方

貞門俳諧はこのように古典をもじって使うことにより、伝統的に権威ある内容をコミカルにするという知的な妙趣をくりひろげていた。貞門派はその形式主義のため衰退してゆき、西山宗因が指導する談林派が台頭した。談林派は奇抜なパロディ、軽妙な言い回し、付合の飛躍などで、俳諧の革新を目ざした。新興都市であった江戸では旧勢力が強力ではなく、大阪で発祥した談林派が、素直に受容されることになる。貞門派俳諧を学んでいた芭蕉は、三〇歳目前の二九歳となって、俳諧で身を立てることを志し、そして伊賀の国の上野から談林派が勢力をひろげていた江戸に下ってきて、談林派として活動する。八年間ほどは神田上水道工事の差配と帳簿付けの仕事に就いていたが、仕事を止める二年前の三五歳のときに俳諧宗匠に立机《りっき》した。この頃の俳号は桃青で、次のような句を詠んでいた。

雨の日や世間の秋を堺町　桃青

堺町は、当時は芝居の盛んな町であり、雨にもかかわらず賑わっている妙趣を詠んでいる。談林派は意表をついた新奇さが売りであったので、やがて材料が尽きてマンネリズムに陥っていった。貞門派だけでなく談林派も、季語が形骸化して、季語を巻きこんだ面白さを出すことに努めていた。やがて談林派までも行き詰まったベースには、政治・経済情勢もあったと、国文学者の尾形功は書いている。

延宝年間（一六七三―八〇年）、四代家綱治下の放漫な経済政策のもとで、新興町人層の上昇の気運にささえられ、商都大阪を中心に、現実謳歌の明るい朗笑の詩をくりひろげてきた談林俳壇は、綱吉初世の弾圧政策の前に崩壊し、代わって時代の苦渋の色を反映した漢詩文調の俳諧が登場する。芭蕉が東下以来寄寓してきた江戸市中日本橋を離れて深川の草庵に映り、蕉風を創始したのはそのときのことである。

（『芭蕉・蕪村』）

綱吉を将軍に推さなかった大老・酒井忠清は失脚した。忠清と姻戚関係にあった藤堂藩への粛清もはじまった。このとき三七歳の芭蕉は、談林派に見切りをつけ、脱俗の境地に憧れ、宗匠生活を断念して隠者となることを決意し、便利のよい日本橋船町から隅田川の向こう側の深川に居を移した。身の危険を感じての隠棲ともされている。季語を軽視した、言葉遊び的な志向には疑問をいだき、季語を詩情の中心に据えることを、模索しはじめた。

次の句はこの頃の作とされている。

雪の朝《あした》独り干鮭《ひざけ》を噛《かみ》得たり　　桃青
隠者のダンディズムが込められている。芭蕉が漢文調を脱却した芸術的詩境にいたったのは四一歳のとき、はじめて作句を目的とした旅をして、『野ざらし紀行』を書いた頃からであった。この旅では、江戸を発ち東海道から伊勢に赴き、伊賀上野に帰郷してから、京都、名古屋、甲斐国を経由して江戸に戻っている。代表作には次の句がある。

秋風や藪も鼻も不破の関　芭蕉

山路来て何やらゆかしすみれ草　芭蕉

「秋風や」の句は、関ヶ原の近くの不破の関址での句であるが、『古今和歌集』の次の和歌の本歌取りである。

人住まぬ不破《ふは》の関屋《せきや》の板びさし荒れにし後はただ秋の風　藤原良経

三関《さんかん》とは、古代の畿内周辺に設けられた関所の内で、特に重視された三つの関のことで、美濃の不破、伊勢の鈴鹿、越前の愛発《あらち》、の関である。関ケ原にあった不破の関所は、平安期末には廃されたが、この関所より東が関東、西が関西とされた。歴史上の遺跡である「不破の関」を詠むことは、和歌の伝統であった。良経の和歌は、「板びさし」に荒廃の悲哀が表象されているのに対して、芭蕉の句は「秋風」と「不破の関屋」との取合せから、わび・さびの世界を立ち上げている。象徴主義では組合せによる方法を照応というが、正統な照応とはいい難い。和歌の伝統がかかわっていることからは、「重み」の作句法のはじまりといえる。「山路来て」の句は、山路を歩いて疲れてきたとき、目にした「すみれ草」に癒された心境を詠んでいる。「ゆかし」という和歌的な感傷表現にもかかわらず、「すみれ草」が即物的に現れてくる。いずれにしてもこれらの句では、和歌の伝統や作風がベースとなっている。

四一歳にしてやっと代表作にはいるような句ができたのだが、ゲーテは二五歳のとき『若きウェルテルの悩み』を、近代詩の始祖とされるボードレールは三〇歳代で、詩「不運」、「人と海」、「前世」などの代表作にはいるものを次々に書いている。四一歳はいかにも遅いといえるが、ゲーテはルソーの書簡体小説『新エロイーズ』を参考したであろうし、ボードレールには同年代の先輩に、ヴィクトル・ユゴーやゴーチェなどの文学史に名を残す詩人が身近にいたのである。他方、芭蕉には直接参考にする文芸はなく、先人もいなかったために、四一歳まで新境地がひらけなかったといえる。芭蕉は藤原定家の象徴主義的な作法を参考にしてはいるが、そこに達するには四〇歳という年月を重ねる必要があった。貞門や談林の俳諧は、定家とはかけ離れていて、むしろ『古今和歌集』に近い作法であった。芭蕉を天才として大衆を敬服させている俳諧の多くは、紀行文の白眉とされている『奥の細道』にとりわけ多い。

夏草や兵どもが夢の跡　芭蕉

この句についての紀行文には、杜甫の漢詩「春望」の冒頭が、「国破れて山河あり、城春にして草青みたり」と書かれてあって、いわば本歌取りであることを明かしている。藤原三代の栄華と源義経の活躍が一睡の夢であった無常観を表出していることは、言うまでもない。揚句に限らず、馴染み深い多くの句は、無常観やわび・さびの境地を詠んでいる。さらに、『奥の細道』のなかの幾つかの句の特徴を考察する。

閑《しづか》さや岩にしみ入る蝉の声　芭蕉

立石寺での作である。「蝉の声」に気づかされた「閑かさ」とは何であろうか。紀行文にはそのときの情景が、次のように書いてある。

梺《ふもと》の坊に宿かり置《おき》て、山上の堂にのぼる。岩に巌《いはほ》を重て山とし、松栢年旧《しょうはくとしふり》、土石老て苔滑に、岩上の院々扉を閉て、物の音きこえず。岸をめぐり、岩を這《はひ》て、仏閣を拝し、佳景寂寞《かけいじやくまく》として心すみ行《ゆく》のみおぼゆ。

「松柏」は、松と児《こ》の手柏《てがしわ》のことで、どちらも針葉樹で、「年旧」は老樹ということであり、薄暗い南画の世界である。二行目の「岸をめぐり」は、崖っぷちを歩いているのである。これらの情況から、「閑さ」とは、盆地に屹立する岩山の印象とともに、岩山の頂にある名刹の霊的な雰囲気にたいしてである。「閑かさ」と「岩」と「蝉の声」の取合せからは、人の世に対する自然の深淵さがイメージ化されていて、自然のもつ霊性やコスモス性を彷彿している。さらに「岩にしみ入る」の大胆な暗喩が、樹木にほぼ蔽われた岩山を象徴の世界へと変容させている。このような飛躍のある暗喩は、和歌においてもしばしば用いられていた。

白妙の袖の別れに露おちて身にしむ色の秋風ぞ吹く　藤原定家

「身にしむ色」は「白妙の袖」との絡みから白である。「身にしむ」は、身に沁み込むであり、この暗喩からは悲哀のイメージが美的に立ち上がってくる。

五月雨を集めて早し最上川

「集めて」は擬人法であり暗喩であるが、自然界の荘厳なパワーを際立たせ、また象徴主義的といえる形而上学的あるいは霊的な空間を立ち上げている。他方、「五月雨」と大河としての「最上川」との取合せは、山水画風であり、それは観念的でもある。

象潟や雨に西施がねぶの花　芭蕉

荒海や佐渡の横たふ天の川　芭蕉

「象潟」の句の「西施」は、呉滅亡の一因となった美女であり、「荒海や」の句の「佐渡」は、世阿弥も流された流人に島であった。揚句は歴史上の出来事の悲哀を、諸行無常の世界観と自然讃美のロマン主義とで浄化していて、重厚な趣が人びとの心を打ってきた。「荒海」と「佐渡」と「天の川」の取合せから、人の世の小ささと自然の雄大さがイメージ化されている。『奥の細道』におけるこれら一連の、圧倒的存在感のある詩境が「重み」である。この理念と作句法は『奥の細道』で頂点を極めた。この旅は元禄二（一六八九）年三月下旬に江戸を立ち、奥羽・北陸を廻って八月二一日（新暦一〇月下旬）に大垣に着き吟行としての旅を終える。それから伊勢を経由して、九月末に伊賀に帰郷する。旅前半の奥羽において歌枕・名所・旧蹟を探訪してその風化や崩れを知るうちに、風物および人工的なものの脆《もろ》さと儚《はかな》さを感じはじめた。ここで変化するものをテーマにしてゆくことを思い立ち、裏日本に入ってからもともと中国にあった不易流行の哲理に行き着いたようである。不易は守られてきた文化的価値観や様式のことであるが、流行は生活や風俗をテーマにすることである。ボードレールは美術評論『一

芭蕉（蕪村作）

八四六年のサロン』に同じようなことを書いている。

美というものは、量を測定することが度外れに難しい、永遠、不変の要素と、相対的、偶成的な要素とから成り立っており、後者は、言ってみるなら、代る代るあるいは全部まとめて、時代、流行《モード》、道徳、情熱である。（阿部良雄訳）

芸術の美とは、不変なものと、その時代のものとがある、としている。芭蕉も俳諧論として、ほぼ同じことを言っていたことが、『去来抄』に書いてある。

芭蕉の俳諧に、千歳不易の句（永久にその価値の変わらなぬ句）と一時流行の句（その時々に最も新しみのある句）というのがある。これを二つに分けて芭蕉翁はお教えになるが、その根本は一つである。千歳不易を知らなければ、詩の根本が確立しないし、一時流行ということを心得ていなければ、句の姿や調子に新しみが生まれて来ない。不易というのは、古の句として考えても、またこれから後の句として考えても、詩的価値の変わらないもので、いわば時を超越して価値のある句であるから、千歳不易というのである。また流行というのは、その時その時に応じて変化することで、昨日の風が今日は良くなく、今日の風が明日もそのまゝには用いにくい種類のもので、一時流行というのは、その時に新しく人々にみとめられる句をいうのである。

（岩田九郎・口語訳）

芭蕉の発言についての去来の解釈が書いてある。去来は「流行」とは、その時世ごとに認められたものと解釈しているが、芭蕉の「流行」というのは、日常やその時の風俗などをテーマにすることなのである。不易については、和歌・連歌の様式や価値観、あるいは仏教の世界観をベースにすることである。芭蕉は不易と流行とを目ざして、テーマと作句法の転換を図ってゆくことになる。元禄四（一六九一年）年には『猿蓑』の編集にとりかかる。編集者には去来と凡兆を指名する。次の二つ句のどちらを『猿蓑』にいれるべきかを、芭蕉がこの両名にただしたことが、『去来抄』に書かれてある。

病雁《やむかり》の夜さむに落ちて旅ね哉　芭蕉

海士《あま》の屋は小海老にまじるいとゞ哉　芭蕉

去来は「病雁」の句を、凡兆は「海士の屋」の句を推したとある。「病雁」の句は物語的であり、「雁」に旅の哀れさを重ねることは和歌的な抒情である。「海士の屋」の句の「いとゞ」は、こおろぎのことであり、写生句である。凡兆は新参者であったが、伝統にこだわらないセンスに芭蕉が期待してのことだった。「重み」から脱却し、身近なこと、これまで注目されなかったことをテーマにする志向が、この頃からはじまっていった。『猿蓑』の巻頭は、『奥の細道』の旅の後、伊勢から伊賀への山中における次の句である。

初しぐれ猿も小蓑をほしげ也　芭蕉

近代リアリズムからも寒さイコール侘しさの詩情が伝わってくるが、季節の変わり目としての初時雨には、はしゃいでいる感情があるという。ここにも和歌の伝統的な抒情から離脱するスタンスがあり、「軽み」の作句法の模索がはじまっていることが分かるが、その領域にさらに立ちいったことが、『初蝉』のなかの義仲寺での俳諧に見出せる。

明月や座にうつくしき皃《かお》もなし　　芭蕉

この句は「名月や海にむかえば七小町」を推敲したものだ。湖面に映る月から七小町の能を連想するのは止め、月をシテとして際立たせた。能の世界にたよらずに、観月の稚児の直面《ひためん》と月を対比させている。新しい俳諧とは、身辺のことを即物的に平明な言葉を使って、句へと仕立てることであった。

近藤如行《じょこう》編の芭蕉百日忌追善集『後の旅』の次の句は、元禄四年、最後の江戸に戻る途次での句である。

折々に伊吹をみては冬ごもり　　芭蕉

「千川亭に遊びて」の前書があり、「千川」は大垣藩士・岡田治左衛門の俳号で、岐阜蕉門である。千川宅にての挨拶句である。「冬ごもり」をする亭主の千川への挨拶句であり、千川の立場で詠んでいる。生活句となっている。次のような句が『猿蓑』にある。

から鮭も空也の痩せも寒の内　　芭蕉

「から鮭」も、念仏を唱えて京の町や村々を歩き回った「空也」も身近な存在である。寒さの感覚を視覚で表現することで、詩情へと転換している。「軽み」とは伝統的な美の概念の破壊と日常や平俗から、新しい文学と芸術をきり拓くことであった。その完成域に達するのは『猿蓑』の後の、最晩年の『炭俵』にいたってのことだった。

三―三　ヨーロッパの象徴主義と芭蕉の再評価

近代文明と合理主義・物質主義への反発から、ロマン主義が一八世紀末から一九世紀前半にかけてイギリス、ドイツ、フランスを中心にヨーロッパ各地に起った。フランスにおいては一八二〇年から一八四八年までの期間は「ロマン派の世代」、一八四八年から一八九〇年までの期間は「リアリズムの時代」と呼ばれている。文学運動としての象徴主義は一八八五年頃に起り、一八九〇年頃を絶頂として二〇世紀の初めに終わったとされている。

象徴表現はギリシャ時代からの伝統的な表現方法であったが、アレゴリー（寓意）との違いはほとんどなかった。しかしフランス・ロマン主義において、象徴は見えているものの背後に掴みどころのない奥深さもふくませるようになった。この段階で象徴とアレゴリーとは、あきらかに違ったものとなっていた。すなわち一般的には、アレゴリーが観念を示すのにたいして、象徴は具体的なものを自らの内面に呼応させて、観念を超えたイメージを創り出すものになった。今日、日常使われる象徴は、全体を記号で代表する表徴であることが多い。象徴主義の象徴はもっと広くて深い意味をもっている。

近代詩はボードレールの象徴主義の詩法できり拓かれたとされている。ボードレールは幼少期から人生を嫌悪していたことから、倦怠にとりつかれていた。それに近代社会との軋轢が加わり、憂鬱と恐怖の渦へと巻き込まれていった。それを打開してゆくための魂の再生こそが、象徴主義であった。その象徴主義は、照応、アレゴリー（寓意）、アナロジー（類推）、イロニー、比喩、暗喩、比較などがくりひろげられることで、生み出された。中心的な方法は、事物や事象の組合せによる照応である。外部と内面との相互作用が引き起こされ、抽象絵画的か音楽的である芸術的イメージあるいは形而上学的イメージが立ち上がってくる。外部と内面との相互作用ということは、内面が捉えた事物や事象が、感覚の中で新しいイメージに変換されることである。その詩法が明かされているボードレールの詩「照応」の、第一連と二連をここに挙げておく。

照応

自然は　一つの神殿　生きている柱が
時おり　おぼろな言葉を漏らす。
人は　象徴の森を過ぎて　そこを通り、
森は　親しげな眼差でこれを見まもる。

遠くに交じり合う長いこだまのように、
夜のように　光明のように　果てしなく、
暗くて　深い　統一のなかに、
薫りと　色と　音は　互いに照応する。

――以下略――

（佐藤朔訳）

象徴主義の照応は、一九世紀前半に注目されたスウェーデンボルグの「照応」を発展させたものであるが、ロマン主義ではしばしば扱われたテーマであった。スウェーデンボルグは一六八八年にスウェーデン王国で生まれ、霊界を探訪できたと書き残している。もともとは科学技術者で天文学にも精通していて、グライダー型の飛行機の図面を歴史上はじめて描いている。五〇歳をすぎてから神学者に転身し、霊界と宗教を探究した。自然界と霊界との間には「不連続的」という知覚できないつながりがあって、このつながりを「照応」と、彼は呼んでいる。これにたいして、ボードレールの照応は、事物や事象の組合せと内面との相互作用によって、無限と永遠の別次元空間を出現させることであった。

書き出しの「神殿」は、自然の荘厳さを象徴しているとともに、降霊の場所をも意味している。また、「自然」は原文では大文字となっているが、ここでの自然は、霊気に満ちたエリアにかぎられるということである。「おぼろな言葉」は、霊界からのメッセージであり、言葉として聞きとれなくても、イメージとして意味が伝わってくるに違いない。人は知らずに自然に感化されているのである。「象徴の森」とは何なのであろう。自然のなかにいれば、そこが「象徴の森」となるとともに、イメージ化をともなった抽象的空間が出現するのである。それは森であって森でなく、森でなくて森であり、ピカソのキュビスムのような森でもあるといえるが、自然界の深淵さ、生命感や霊的な律動を内包しているのだ。「親しげな眼差」については、家族での団欒がなかったボードレールにとっては、不気味なものであった。親しいみがあるかどうかは分かりかねるが、視線が感じられることに、親しみが湧くのであろう。

別々の感覚が同時にはたらいて、形而上学的なものを感知することが、象徴主義における共感覚であり、これも照応としている。第二連での臭覚と視覚と聴覚との共感覚が、「こだまのように」絡み合うなかで、宇宙的な空間が立ち上がってくる。詩句の「互いに照応する」の原語は「se repondent」であり、阿部良雄訳の「たがいに応《こた》え合う」、安藤元雄訳の「互いに答え合っている」は、本来の意味を重視しているといえるが、応答し合って形而上学的や霊的な世界が出現することからは、スウェーデンボルグ的な「照応」が起こっているということになる。また、共感覚に匂いが加わったことにより、垂直的な拡がりも出て、宇宙的なイメージが鮮明に掴めるのである。

明治期のわが国にこの象徴主義が移入されてから、どのように受容されたかをふり返る。先に象徴は翻訳語であると書いたが、最初に「symbol」を象徴と訳したのは上田敏だとされている。彼は明治三六年一月『明星』掲載の「仏蘭西近代の詩歌」において「象徴」という言葉を使い、明治三七年一月『明星』では、ベルギーのフランス語詩人ヴェルハーレンの詩を「鷺の歌（象徴詩）」と翻訳した。さらに明治三八年六月『明星』巻頭でマラルメの象徴詩論を紹介した。

物象を静観して、之が喚起したる幻想の裡、自らの心象の飛揚する時は「歌」成る。

（中略）その物象を明示するは詩興四分の三を没却するものなり。読時の妙は漸々遅々たる推度の裡に存す。暗示はすなわちこれ幻想に非らずや。幽玄の運用を象徴と名づく。一の心状を示さむが為め徐々に物象を喚起し、或は之と逆まに、一の物象を探りて闡明数番の後、これより一の心状を脱離せしむる事これなり。

これがわが国における象徴主義の骨子となったが、表現された事物や事象から得られた心象が、象徴詩であるとするとともに、幽玄の行き着く先が象徴であるとも語っている。藤原俊成・定家が提唱した幽玄の理念は、世阿弥によって仏教と結びつきを強くした。芭蕉の『笈《おい》の小文』には「西行の和歌における、宗祇《そうぎ》の連歌における、雪舟の絵における、利休の茶における、其貫通する物は一つなり」という一節がある。宗祇は『新古今和歌集』の幽玄を継承していて、雪舟の絵と利休の茶道はわび・さびの境地である。わび・さび・幽玄という不足の美学を標榜していたあらわれである。

わび・さび・幽玄からは、シンプルでうす暗い美の境地が想い浮ぶが、歴史の上ではどういった意味をもっていたのか、ふり返ってみる。わびもさびも、元来、ネガティブな心身の状態をあらわしていたが、中世に近づくにつれて美意識に転じた。わびは、枯淡・脱俗の美であり、さびは、深い情趣をふくんだ閑寂枯淡の美である。わびの方が、精神性が強い。わび・さびよりも幽玄の方が先行して見出されていた。藤原俊成・定家が幽玄を提唱した後、幽玄を標榜していた世阿弥（一三六三〜一四四三年？）は、寂び寂びとしたうえに、どことなく人を感心させる能をうち立てた。世阿弥が『風姿花伝』を書き終えたのは一四〇〇年頃とされている。また、室町時代中期に村田珠光《じゅこう》（一四二二〜一五〇二年？）はわび茶を提唱し、冷え枯れた境地に最高の美を見出そうとした。この境地が千利休に継承され、茶道の心の根本となった。幽玄から進展したわび・さびを近世芸術の根源として徹底させたのが芭蕉であった。和歌・能・茶道にルーツをもつ不足の美学であるわび・さび・幽玄は、明治期になってヨーロッパの象徴主義と同じものである、と見なされるようになった。

わが国での最初の象徴主義詩人とされている蒲原有明は、象徴主義の理念を実現したとされる詩集『春鳥集』（明治三八年）の自序で、「元禄期には芭蕉が出て、隻句《せっく》に玄致を寓せ、凡を練り霊を得たり。わが文学中最も象徴的なるもの」と書いている。また彼は、象徴という語を華厳経の大意である華厳玄談のなかに探したが無駄に終わっているが、この語は仏教からもってきたものと信じていたのだ。華厳経の世界観は、「全体の中に個があり個の中に全体がある」というものだ。学者や詩人・歌人は、ヨーロッパの象徴主義を、見えているものからすべてを感得できるという、この仏教的象徴へと変容させてゆくのである。

明治一五年に東京大学教授の外山正一、矢田部良吉、井上哲次郎の訳による訳詩集『新体詩抄』が刊行にいたった。文化芸術的な価値は希薄であったが、西洋の詩がいかなるものかを知らせた歴史的な意義は大きかった。明治二二年に森鷗外を中心とする新声社が訳詩集『於母影』を刊行した。掲載されたゲーテ、ハイネ、バイロンなどの詩は、ロマン主義の発芽をうながすとともに、近代の複雑な思想を探求するには、自由詩でなくてはならないことを示した。そして和歌・連歌・俳諧から短歌・俳句にいたるわが国伝統の詩歌を否定するトレンドのなかで、明治二五年、正岡子規は新聞「日本」に「獺祭書屋俳話《だっさいしょおくはいわ》」の連載をはじめ、江戸末期の月並俳諧を俗調として排撃した。この月並俳諧は月並《つきなみ》句合《くあわせ》のことであった。月並句合とは江戸・寛政期を過ぎて文化期にはいった頃から爆発的に流行し出した宗匠による評点を競う俳諧（発句）のことである。宗匠に出題を願って、毎月もしくは隔月に一般から投句を募集、宗匠が点数をつけ高点句に賞金や賞品を与えものであった。月並句合は明治期に入ってからも盛んに行われていた。子規はこの情況を打開するため、俳諧（発句）を言語芸術のひとつのジャンルとする革新運動をはじめたのである。その後、俳諧の発句の呼び名を「俳句」と変え、写生による現実密着型の俳句を推し進めた。そして、わび・さびの伝統をベースにしている、また神格化された芭蕉より、絵画的・物語的・日常的な作風の蕪村が重んじられた。

　明治の後期になってヨーロッパの象徴主義の受容とともに、新たに芭蕉が評価されはじめた。詩人の野口米次郎は、第一次世界大戦がはじまる大正三年に英国で日本文化について講演を行い、そのなかで象徴主義の視点から芭蕉はフランスの象徴詩人・マラルメに対応する詩人であると紹介し、欧米のみならず日本の文壇にも衝撃を与えた。また、歌人の太田水穂を中心としたグループは、芭蕉研究を推し進め、わび・さび・幽玄の中世美学こそが日本文化の精髄であるという大きな風潮をつくりだした。こうして、俳聖としての芭蕉の地位は不動なものとなっていった。

芭蕉には象徴的な句は多いが、もちろんそれだけではなく、叙景句から人事句まであり、前述のごとく晩年にいたっては「軽み」の詩境を目ざした。ボードレールにしても第一詩集『悪の華』を出版した頃から、リアリズムへと重点を移していった。象徴主義はヴェルレーヌ、ランボー、マラルメといった世界的詩人に直截の影響を与えただけでなく、後世の文化芸術に影響を及ぼしていることから、ボードレールといえば象徴主義となってしまっているが、実際にはリアリズムにも新境地をきり拓いている。彼の散文詩集『パリの憂鬱』では、リアリズム表現によって近代の真実を暴きだそうとした。

芭蕉が俳諧を象徴的な詩に革新したからといって、ヨーロッパの象徴主義に匹敵する象徴詩人であるというのは、国家主義的な目論見があったといわざるをえない。日本の近代詩の最高峰とされている萩原朔太郎までも、芭蕉俳諧や『新古今和歌集』を「世界に冠たる日本詩歌の象徴主義」として語っている。科学技術では欧米に劣ってしまっていても、文化芸術ではそうではないとする当時の潮流に押し流されてしまったといえよう。

三—四　象徴から「軽み」の境地へ

芭蕉の象徴主義である「重み」の狙いは、仏教の世界観やわび・さび・幽玄をイメージ的に感得する、あるいはコスモス的な空間を生成することであったが、このベースにも仏教の教義や禅の理念がはたらいている。他方、芭蕉は西行に比べて宗教性は希薄で文化芸術志向であったといえる。仏教的なことを直截に感懐してはいないものの、仏教と深くつながっているといえるのは、くり返しになるが、わび・さび・幽玄という美の概念は、禅の理念でもあるからである。

芸術上の主義ということは、伝統的な美の概念と様式をひっくり返す理念と作法をもち合わせていなくてはならない。芭蕉の「重み」という象徴主義は、そういったことに合致しているようであっても、和歌の伝統や仏教の世界観に支えられていることからは主義とはいい難い。むしろ藤原定家の和歌の方が、ボーでレールの象徴主義に相通じている。

霜まよふ空にしをれし雁がねの帰るつばさに春雨ぞふる　藤原定家

「霜まよふ」は、場所がわからなくなるほど霜がはっていることであるが、飛行路に霜がはっている、という想像である。「霜」、「雁」、「春雨」と直截的な結びつきのないものが並べられている。これは俳諧や俳句の取合せの作句法と同じで、全体として別離の淋しさがイメージ化されている。具象の組合せは、惜別と郷愁の境地を象徴化された空間へと変換したといえる。その空間は、人生の苦悩を克服する陶酔的な芸術空間なのである。これはボードレールの象徴主義のメカニズムと共通している。芭蕉は一七文字による文学上の芸術を創り出したが、和歌の伝統や仏教の世界観やさまざまな歴史がベースとなってのことだった。このことに気づいた芭蕉は「軽み」を提唱したといえよう。それは伝統からの離脱であったと評論家の山本健吉は書いている。

重みからの脱却ということは、ある意味では、芭蕉がつねに意識した詩歌の伝統の重圧からの脱却でもあった。(『芭蕉　その鑑賞と批評』)
「重み」は和歌の作法や仏教の世界観に支えられているのにたいして、「軽み」にはそのようなベースはなく、日常身辺のさりげない事柄を芸術的境地に高めることを狙っていて、現代の俳句に近づいている。

有明もみそかにちかし餅の音　芭蕉

「有明」は月が残っている夜明けで、「みそか」は大晦日のことである。夜明けから餅をついている。餅つきは恒例の行事であり、生活の一端であるが、その音には形而上学的な、また原初の生命的な響きとリズムがある。

秋の夜を打崩したる咄《はなし》かな　芭蕉

和歌の世界では、秋の夜は思索の時間であったが、ここでは打ちとけた人と人との交流の時間となっている。伝統破壊と生活のなかでの芸術性の発見が「軽み」なのである。次の和歌からは、伝統的な「秋の夜」の過ごし方や味わい方が説かれている。

木の間よりもりくる月の影見れば心づくしの秋は来にけり　詠み人知らず

「心づくし」は物思いの限りを尽くすことであり、いろいろと物思いをする秋が来たと語っている。木の間から洩れてくるわずかな明かりに、秋が表象されている。「軽み」の代表作とされているのは、次の二つの句である。感懐からの人間探求をうち出している。誰もが頭をよぎることに、人間探求の実存主義的な境地を創出している。

此秋は何で年よる雲に鳥

万人にある年をとることへの悲哀や焦りが、北国へ帰る「雲に鳥」という季語により、自然の原理を受けいれる諦念へと浄化されている。山本健吉は覚りの心境の吐露であるとしている。

「衰《おとろひ》や歯《は》に喰《くひ》あてし海苔の砂」においては、それはまだ単なる老衰の感慨でしかなかったが、ここに至ると、そのような私の感慨を超えて、普遍的な世界観に到達している。仏教的な生々流転の思想は、芭蕉の句の下地としてつねに存在するが、この句の如きは、自由無礙の流れてやまぬ生命の実存に参入しているものと言うべきだろう。

（前出）

「雲に鳥」が、紛れて消えてゆく。人がこの世を去ってゆくのも、自然界の流れひとつなのであるといえよう。

秋深き隣は何をする人ぞ

隣家への親近感が伝わってくるが、「秋深き」からは思索による人生観の深まりが感じられる。素朴な生活からの人間味もイメージできる。日常のなかに芸術を見出そうとする、リアリズムを志向しているといえよう。伝統的なわび・さび・幽玄から離脱して、人と生活に密着した詩情に到達したのである。山本健吉は人と人とのつながりが見えてくるようだと書いている。

ただし「秋深き隣は」という言い方には「人聲や」の句と同じような、隣人と自分とのあいだの、それぞれ孤独でありながら、その孤独を通してつながり合うという共

通の場への意識がある。（前出）

詩歌の伝統とは、ものの哀れ、仏教的無常観、恋の熱情や儚さなどであるが、「軽み」とはそういった伝統や様式を革新することであった。それは観念からの脱却であり、日常や平俗のなかに芸術や哲学を見出すことでもあった。しかしながら、高弟は芭蕉の指導に従わなくなってゆく。江戸蕉門の其角や嵐雪は独自の作句法に向かい、尾張蕉門の荷兮《かけい》は保守的な作句法にこだわり、それに同調した野水《やすい》とともに離反した。教祖としてではなく、人間芭蕉としてこうした苦難に直面しながら数百年先の詩歌の礎を築こうとしたのだった。

ボードレールの象徴主義では、照応、アレゴリー、アナロジー、イロニー、比喩、暗喩などをくりひろげることで、無限と永遠の別次元空間を立ち上げている。それは宗教的であるものの、そこには全知全能の神や仏は存在しない、芸術空間なのである。一七文字でヨーロッパ象徴主義的な芸術空間を立ち上がらせるのは困難といえよう。というのは、「重み」の作句法による芸術的・形而上学的なイメージ空間は、和歌の伝統や仏教の世界観や歴史上の出来事との重層構造から立ち上がってきている。わび・さび・幽玄の不足の美学にいたっては、禅の理念と重ね合っている。ということは、芸術の理念や伝統的な美を追求する古典主義といえよう。それに対し「軽み」は、生活と人とそれをとりまく自然をふくめた外部のなかから、新しい芸術や人間性喪失を克服する思想を見出すもので、具象的、即物的、日常的というリアリズムであり、現代性をもっている。このリアリズムとは、ルネッサンスの写実主義ではなく、一九世紀の自然主義の出発点となったリアリズムである。ありままとか、様式化されていない、和歌の伝統や宗教や歴史をテーマにしていないという意味をもっている。一九世紀ヨーロッパのリアリズムは、生活や風俗から美を掬いあげ、また二〇世紀のモダニズムは、物質主義・合理主義の弊害や社会の矛盾と混迷の暴露をくりひろげてきた。「軽み」はそのような目的へのアプローチにもなっていた。

三―五　芭蕉以後の俳諧の進化

芭蕉以後の進展がどうなって行ったかをたどる。元禄七（一六九四）年に芭蕉が没してから、俳諧は芸術的な詩情に欠けた平俗的なものに低落したが、その情況を立て直したのが与謝蕪村であった。延享《えんきょう》元（一七四四）年、二九歳にしてはじめて一書を編集したとき「蕪村」を名乗った。

明治期の正岡子規は、蕪村俳諧を写生の作句法とみなして手本にしようとしたほどである。他方、蕪村の作句法は、演出を交えた虚構美を展開していることもあり、むしろ写生の句は少ない。一例として次の句などがある。

鳥羽殿へ五六騎いそぐ野分哉《かな》　　**蕪村**
高麗舟《こまぶね》のよらで過行《すぎゆく》霞かな　　**蕪村**

ドラマ的な緊張感や奇抜さが、詩的な妙趣となっている。このように想像からの美は、伝統的な様式や宗教からの呪縛を打破することを目標としたヨーロッパのロマン主義に相通じている。次のような句は、ロマン主義そのものといえる。

愁ひつつ丘に登れば花茨　蕪村

「愁ひ」とは何か諍いがあってのことではなく、ボードレールのように人生に憂いているのであろう。和歌での「愁い」は、無常観や恋慕からのものであったが、ここでは人間存在そのものへの懐疑や不安といったものであろう。これは実存主義的な孤独感であり、それは人生に密着していることからは「軽み」に通じている。『奥の細道』を頂点とする芭蕉の二番煎じは避ける、という狙いもあったのであろう。蕪村俳諧には「重み」の句はないに等しいが、「軽み」にはいる句は多い。

蕪村俳諧は全国的にひろまることなく、一代で終焉し、その後の俳諧は言葉の遊び的なものへと戻ってしまう。ところが江戸末期に小林一茶があらわれ、俳諧のもつ諧謔性を活かし、民衆志向の人間性へのイロニーや社会風刺をくりひろげた。

痩蛙まけるな一茶是にあり　一茶

農民出身の一茶が俳句の指導者の地位を手にいれるには、さまざまなハンディーがあった。それをのり越え葛飾派の俳諧宗匠に上りつめた。弱者への励ましの応援歌であるとともに、己の存在感を示している。

一茶は文政一〇（一八二八）年に没した。名を残すような後継者はあらわれず、時代は明治となった。明治二五年に子規は、俳諧の革新運動を起こし、発句を俳句とするとともに、作句法の中心には写生をすえた。しかしながら、子規の代表作は写生句ではないものが多い。

鶏頭の十四五本もありぬべし　子規

具象でも抽象でもなく、象徴主義の照応、イロニー、暗喩などの作法は用いられていないが、象徴主義ならではの形而上学的な空間が立ち上がってきている。子規の運動を軌道に乗せ、辣腕《らつわん》をふるい現在の俳句作法の基礎を築いたのは高浜虚子であったが、始祖としての芭蕉の偉大な功績を認めてはいたものの、作風については子規と同様に蕪村を重視した。昭和三年、虚子は大阪毎日新聞社主催の講演会で、花鳥諷詠を提唱し、俳句は自然を直視する、あるいは人の営みに自然を重ね合わる文芸であるとした。その後、俳句の理念として花鳥諷詠を、作句法として客観写生をかかげ、ひろく俳壇に受けいれられるようになった。これは自然との合一を狙っていることから、ジャン・ジャック・ルソー的な自然主義といえよう。こうしてわび・さび・幽玄の象徴的作風とは、一線を画した発展が推し進められていった。次の句は、明治三九年、虚子三三歳の作である。

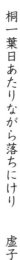

桐一葉日あたりながら落ちにけり　虚子

高浜虚子

秋には普通に見かける光景である。ゆらめきながら落ちる大きな桐の葉の輝きから生命の世界を表象的に表現している。動きのある映像の世界ともなっている。和歌の感傷的あるいは屏風絵的な美とはかけ離れている。写生句のなかには象徴的なものもあるが、「重み」のそれではない。芭蕉の「重み」的な作風の句が、大正三年のものにある。

鎌倉を驚かしたる余寒かな　虚子

古都「鎌倉」と「余寒」との取合せから、盛者必衰のイメージを立ち上げている。次は大正九年の擬人法による句である。

冬帝先づ日をなげかけて駒ヶ嶽　虚子

蕪村風の虚構を交えた作り方であるが、山麓での日々の生活のなかで、急に寒くなってきたときの、日差の鋭さを言い当てている。名山「駒ヶ嶽」の厳しさが表象されていて、「重み」のような作風であるが、日々眺めている生活における一コマということからは「軽み」である。昭和三年一一月の、東京郊外にある九品仏への吟行のときの次の句は、写生開眼の句として多く語られてきた。

流れ行く大根の葉の早さかな

虚子は昭和三四年から朝日新聞に連載された「虚子俳話」において、流れて行くことに流転を見たと自解している。

大根は二百十日前後に蒔き土壌の中に育ち、寒い頃に抜かれ、野川のほとりに山と積まれて洗はれるのであるが、葉つぱの屑は根を離れて水に従つて流れて行く。水は葉をのせて果てしなく流れて行く。こゝにも亦た流轉の様は見られたのである。

この自解は作句の数年後のもので、この句が出来たときは、大根の葉の流れて行く意外な速さに気づいたことから、自然の生命感を感じとったのであろう。ここで芭蕉の句に戻るが、『野ざらし紀行』の大津での次の句には、「湖水眺望」の前書がある。

辛崎の松は花より朧にて　　芭蕉

「朧」は、能や和歌の伝統からは月のことであるが、ここでは「松」を形容している。掲句を論ずるなかで山本健吉は、「軽み」とは「即興感偶」でもあると書いている。予備的な知識をもたずに、その場の感動を句に仕立てることも「軽み」であるとしている。この句は『野ざらし紀行』の句であることから、談林派脱却を目ざした蕉風初期の段階から、「軽み」の徴候はあったのである。

昭和一五年、日本俳句作家協会が結成され、虚子は会長に就任した。虚子は自由律には同調していなかったが、文部省の要請により自由律俳人も受けいれるにいたった。

終戦間もない昭和二一年、桑原武夫が「第二芸術論―現代俳句について」を発表したとき、人間探求派とされていた中村草田男、加藤楸邨、石田波郷などは反発し、論戦をくりひろげたが、虚子は花鳥諷詠の理念を貫くことが大事であるとして、このような議論には加わらなかった。このような虚子のスタンスは、「放言」とか「空白の思想」と批判されることもあった。西洋の近代思想や物質主義・合理主義の批判の手段に俳句を用いることはしないとの判断があったといえる。デカルトの「我思う、ゆえに我あり」からはじまった近代思想は、人間はすべてをコントロールできることに行き着くことになるが、虚子はこの思想をのり超える実存主義的な句を、昭和二一年に詠んでいる。

我生の今日の昼寝も一大事　　虚子

昭和二五年の句もそういった思想がふくまれている。

彼一語我一語秋深みかも　虚子

相手が何か言うと、自分は少し考えてから応える。考えている間に秋の深まりが感じられる。対座の場が秋の深まりの場となっている。ここには我が道をゆくの姿勢がある。二〇世紀はイズムの時代といわれたが、そのような渦には巻き込まれないということである。晩年の昭和二九年の次の句は、「重み」といえる。

明易や花鳥諷詠南無阿弥陀仏　虚子

「明易」は「短夜」のことであるが、時代の変化がいかに激しくても、文化芸術には普遍の理説があり、その一つが「花鳥諷詠」なのである。念仏との組み合わせは、観念的であり「重み」の作句法であるが、「花鳥諷詠」からは超越的な力が生み出されるとの祈りがこもっている。

「重み」の作句法は、生活やその環境とは遊離して、伝統的な精神の世界に入り込むようなところがある。そこからの脱却が、「軽み」ともいえる。その後の展開を見ると、芭蕉は自らが改革した俳諧の発展の礎を「軽み」にたくしたといえる。芭蕉が文学としてのベースを築いた俳句は、今日では象徴的作句法より客観写生というリアリズムが基調となって発展しているといえる。他方、「重み」的な句が無くなったのではなく、リアリズムを超えた内容の象徴的な秀句も多く作られている。

三―六　「軽み」とは何か

一九世紀に台頭したヨーロッパの象徴主義は、その後の文学のみならず芸術に大きな影響を及ぼしつづけた。影響力が大きかっただけに、民族主義の昂揚にまで利用されてきた。ドイツではナチス政権がドイツ主義の鼓舞にワーグナーの音楽を利用した。わが国において、芭蕉の象徴の世界は、ヨーロッパのそれに対抗できるものであると、誤った理解がなされ、国威高揚に利用された。ヨーロッパの象徴主義は、近代社会の人間性喪失の克服やキリスト教による呪縛からの解放を目論んだものであった。他方、芭蕉が創り出した象徴の世界は、『奥の細道』で完成の域に達したが、その存在感は和歌の伝統や仏教の世界観に依存したものであった。和歌や仏教や歴史にかかわるテーマで作句をつづけていると、作意や空想にのめり込むことになりがちになり、結果としてマンネリズムになりかねない。そのことを気づいた芭蕉は、「重み」から生活・風俗と人生に密着した「軽み」の理念と作句法へと、軸足を移して行った。また、「重み」は武士文化の流れを継承したものである。下級武士の芭蕉は、武士と庶民の中間的な階層であった。元禄という太平の世では、武士はサラリーマン化していたであろう。当時は文化や芸術という言葉はなかったにせよ、生活の厳しさと向かい合っている庶民こそが、文化芸術をになうほうが、その発展につながると確信したといえる。

蕪村、一茶を支えたのは「軽み」の理念であったはずであり、また彼らの作句法は「重み」とはかけ離れていることからも、「軽み」の作句法を引き継いでいるといえる。虚子の客観写生もその延長にあたる。ここで言えることは、和歌の伝統や歴史や宗教をとり込んだ作句法は、近世・近代としての文化芸術の完成度からは、何か不足したものがあるということだ。その時代ごとのさまざまな軋轢や矛盾をのりきるエネルギをもたらすのが「軽み」の境地であった。ボードレールは象徴主義の完成とともにリアリズムに創作活動の重心を移し、また、印象派の父とされているマネは、伝統のヤニ色や芝居がかったポーズを止め自然体というリアリズムを推し進めた。「軽み」はリアリズムでもあり、象徴主義からリアリズムへの推移は、芸術的な陶酔から、現実直視により遊楽志向を刷新するあるいは日常から芸術性を掬いとるという、複雑化する社会の変化に呼応した流れである。芸術とは、宗教的な崇高さや伝統的に継承された美の領域に入り込むことである、と古来より意識されてきた。ところが、ボードレールは真実暴露の美学をうち立てた。芭蕉の「軽み」もそういった革新的な芸術性を追求したものであり、それにより日常の実態は掘り下げられ、人生や生活に新たな妙趣や価値が見出されるにいたった。また、ボードレールにはバルザックの写実的な小説があり、マネにはクールベというリアリズム画家がいて、リアリズムの潮流の下地があった。それにたいして「軽み」には、芭蕉の孤独なオリジナルという苦闘があった。芭蕉の象徴的境地とヨーロッパの象徴主義との違いや「軽み」の理念と作句法を知ることとは、蕉風俳諧が未来を見据えたベースをも築いていたことを知ることにつながるとともに、現代俳句の理解を深めることにも役立つはずである。

三―七　あとがき

蕉風俳諧の中心は、非日常的な崇高さからは象徴主義的な「重み」の句ということにな る。なぜならば、象徴主義から立ち上がってくる別次元的な空間は、霊的な境地やコスモス的な安息をもたらすからである。他方、「軽み」という、生活・風俗と人生に密着した理念と作句法は、身近なものに読者の目を向けさせ、そこに芸術的な感興を湧き立たせる。「軽み」を引き継いだ写生句が、今日は主流となっている。また、リアリズムである「軽み」は、完成の域に達した後には、それを超えて象徴へと飛躍することもある。象徴主義的な作句法の秀句も多く詠まれている。写生というリアリズムだけでも、象徴主義的な作句法だけでも、芸術全体としては歪んだものになってしまう。芭蕉にせよ、ボードレールにせよ天才的な問題認識能力でそのことにいち早く気づき、「軽み」あるいはリアリズムに方向転換したのである。その苦難の経緯を知ることは、現在の作品鑑賞をより真剣なものにし、その文学と芸術と哲学の理解にも役立つであろう。文学や芸術を大衆のものにしてゆくには、リアリズムからはいる方が分かるやすい。俳句のみならず他の文学にもいえることであるが、リアリズムで修練を積んだ先に、象徴的境地への飛躍もある。象徴的境地・象徴主義と、「軽み」・リアリズムは、車の両輪として俳句にかぎらず文化芸術の発展を駆動してきたといえよう。

《参考文献》

井本農一：芭蕉＝その人生と芸術、講談社、一九六八
井本農一：芭蕉入門、講談社、一九七七
高橋英夫：西行、岩波書店、一九九三
鈴木貞美、岩井茂樹・編：わび・さび・幽玄―「日本的なるもの」への道程、水声社、二〇〇六
小林秀雄、河上徹太郎、中村光夫、山本健吉：昭和文学全集 第九巻、小学館、一九八七
山本健吉：芭蕉 その鑑賞と批評、飯塚書店、二〇〇六
山本健吉、中西進・編：日本の詩歌―柿本人麻呂、紀貫之、藤原定家、松尾芭蕉―、河出書房新社、一九七四
尾形仂：芭蕉・蕪村、岩波書店、二〇〇〇
岩田九郎：去來抄評解、有精堂出版、一九五一
佐藤朔・訳：世界詩人選 ボードレール詩集、小沢書店、一九九六
福永武彦：ボードレールの世界、講談社、一九八九
中村草田男・編：正岡子規 俳句の出発、みすず書房、二〇〇二
ボードレール／阿部良雄・訳：ボードレール批評1、筑摩書房、一九九九
ボードレール／阿部良雄・訳：ボードレール批評2、筑摩書房、一九九九
アンリ・ペール／堀田郷弘、岡川友久・訳：象徴主義文学、白水社、一九八三

大平浩哉：芭蕉・蕪村・一茶、有堂朋、一九六八
萩原朔太郎：郷愁の詩人　与謝蕪村、岩波書店、一九八八
清埼敏郎：虚子の名句、社会思想社、一九六七
小林大輔・編：ビギナーズ・クラシックス　新古今和歌集、角川学芸出版、二〇〇七
久保田淳・訳注：新古今和歌集　上、角川学芸出版、二〇〇七
久保田淳・訳注：新古今和歌集　下、角川学芸出版、二〇〇七
竹西寛子：古今集の世界へ、朝日新聞社、一九六六
小西甚一：「道」―中世の理念、講談社、一九七五
安田章生：西行と定家、講談社、一九七五
藤田真一：蕪村、岩波書店、二〇〇〇
宗左近：小林一茶、集英社、二〇〇〇
金子兜太：小林一茶、講談社、一九八〇
広本勝也：慶應義塾大学日吉紀要―言語・文化・コミュニケーション　No.40、慶應義塾大学日吉紀要刊行委員会、二〇〇八

四　小林一茶の俳諧の道

江戸期の俳諧は貞門派・談林派・松尾芭蕉の蕉風と作句法が推移した。俳諧は俗語の連歌であるとする貞門派が、知的ゲームの談林派に席捲された後、芭蕉は俳諧を芸術的や哲学的な境地を表出する文芸へと革新した。蕉風は与謝蕪村に継承されたが、その後は再び遊戯的な俳諧に戻ってしまった。江戸時代末期になって登場した小林一茶は、生活のなかの諧謔や人間性へのイロニーや社会風刺を追求した。そういった作風の裏側には、世俗的な成功に執着した俳諧師であったという内実もふくまれている。俳諧を通して自身とともに隣人を、叱咤したり、哀れんだり、皮肉ったり、また、社会を風刺したりしているのである。貴族的ではなく、武家的でもない、庶民ならではの生きざまやさまざまな批判精神を提言している。一茶俳諧の妙味は庶民性と社会性にあったといえる。

明治二〇年代になって正岡子規の革新運動において、俳諧の発句を独立させて「俳句」と称することにしたことから、俳諧を連句ということが一般化した。ここでは連句ではなく、発句について考究してゆく。一茶は宝暦一三（一七六三）年、長野県の北部、北国街道の宿場町柏原（現信濃町）の農家に生まれ、本名を弥太郎といった。農家としては中の上といったレベルであった。三歳のとき母と死別し、八歳のとき新しい母がやってくる。働き者の義母になじめなかった一茶は、一五歳の春、江戸に奉公に出される。奉公先を点々とかえながら、二〇歳を過ぎたころには、俳諧の道をめざすようになった。天明七（一七八九）年、二五歳のとき葛飾派の宗匠である二六庵竹阿《ちくあ》の弟子となる。三年後に竹阿は、西国で客死する。このとき急いで一茶が筆写した『竹阿集』には、「一茶」の印が押されている。この俳号の由来について、『寛政三年紀行』の冒頭で次のように書いている。

　西にうろたへ東に沺《さすら》ひ、一所不在の狂人有。旦《あした》には上総に喰ひ、夕には武蔵にやどりて、しら波のよるべをしらず、たつ淡《あわ》のきえやすき物から、名を一茶房といふ。

「しら波のよるべをしらず」は、岸に寄せてくる白波は、留まることを知らないということだ。「一茶房」の「房」は、そういう人であるということで、「風来房」もその例である。茶の泡のように現れては消える人間ということである。

　一茶は西国へ旅立つ。見聞をひろげるためとともに、竹阿の弟子が多かった西国で俳諧師としての実績をつみ後継者への根回しをするためであった。西国滞在は七年にのぼった。西国の旅から帰った寛政一一（一七九九）年、正式に二六庵を襲名する。しかし、農民出身の一茶が、判者と認められ宗匠としての待遇を受けるには、それから八年ほどかかった。その後も宗匠としてだけでは生活は成り立たず、巡回俳諧師として房総一円を中心に渡り歩いていた。巡回俳諧師は訪れた先々で、歌仙（三六句の連句）を巻き、俳諧の指導をすることにより、礼金を頂戴する。それで生活は何とかやりくりしていた。武家か有産の商家でないと、俳壇での出世は容易なことではなかった。

一茶の金銭への執着があらわれた事件が、遺産問題である。帰郷中の享和元（一八〇一）年、父が六九歳で病死した。一茶はその病床にあって父よりすべての財産を、継母および義弟と、一茶が折半するとの遺言を得た。遺言の内容を義弟に示して江戸に戻った。この折半には、一茶が江戸へ去った後、父親と義弟が新たに開墾した田畑までふくまれていた。一茶には俳諧師としての収入があるのだからと、義弟は受け入れなかった。遺産相続はこじれにこじれる。なんとか折り合いがつくと、さらに一茶は自分の相続分の家と田畑を継母達が勝手に使っていたのだからと、その使用料まで要求する。文化九（一八一二）年、五〇歳の冬、一茶はふるさとに帰り、借家住まいをして遺産交渉を重ね、翌年ようやく和解する。すべての問題が解決し、江戸での生活を清算し、故郷に戻ったときはすでに五一歳になっていた。帰郷定住した。門人とともに加入者を勧誘して社中を形成し、北信濃一帯を巡回して俳諧を指導した。

五二歳で、母方の縁者である二八歳のきくと結婚し、三男一女をもうけるが、四人とも死亡する。そしてきくが亡くなると、後妻にゆきをめとるが、三ヶ月で離婚。そのあとヤヲと結婚した。

文政一〇（一八二七）年閏《うるう》六月一日、柏原宿の大半を焼く大火に遭遇し、一茶は母屋を失い、焼け残った土蔵に移り住んだ。この年の一一月一九日、六五歳の生涯をとじた。

一茶は不遇や生活苦を嘆いた句を多く詠んでいるが、経済的には庶民として平均以上の暮らしを営んでいた。江戸の俳諧師として如才なく世渡りをして生計を立てていたのである。幼くして母親と死に別れ、継母とは不仲であった。そういった不幸な生い立ちや、世俗的成功への願望が、俳諧に反映していることから、不遇な俳諧師のイメージにつながったといえる。

一茶の代表句を通して作句法・文芸上の意義・思想などを論考してゆく。

我と来て遊べや親のない雀

一茶は継母に育てられたことなどから、疎外されることが多かった。そんな境遇が、親からはぐれた子雀への思いやりとなっている。俳諧俳文集『おらが春』ではこの句は、六歳弥太郎の作となっている。弥太郎は一茶の幼名であるが、想い出話であることを強調するためのフィクションであろう。

痩蛙まけるな一茶是にあり

東京都足立区の炎天寺には、この句の句碑がある。一茶が住んでいたこの辺りは、武蔵国竹の塚で、交尾期に雄蛙を戦わせる蛙合戦が行われていた。「是にあり」は、合戦での武将の名乗りである。一茶は痩せた蛙の方を応援しているのである。農民出身の一茶が俳諧の指導者の地位を手に入れるには、さまざまなハンディーがあった。それをのり越え葛飾派の俳諧宗匠に上りつめた。弱者への励ましの応援歌である。また、自分の名前を詠み込んでいることに自己顕示的な白々しさはなく、己の存在感を突きつけている。

やれ打つな蝿が手をすり足をする

蝿が手足をすっているのは、打たないでくれと頼んでのことではないのは、言うまでもない。しかし、そう見える。蝿にも愛情の眼差しを向けたとき、そう見えてきたのである。一茶がもっていたすべての生きものへの関心、思いやりがにじみ出ている。

雀の子そこのけ〳〵御馬が通る

俳人の金子兜太は次のように解釈している。

> 北国街道柏原宿は伝馬《てんま》の馬が多い。道ばたでは、巣立ったばかりの雀の子が、ちょんちょんはねている。それを自分の分身のように、一茶は見ているから、おもわず、そこのけそこのけ、という呼びかけのことばがでてしまうのだ。（『小林一茶』）

「伝馬」は宿場間の乗り継ぎの馬である。居住が街道沿いであったことにこだわった解釈といえる。一方、詩人の宋左近は次のように、違った捉え方をしている。

> 一茶の生きていた文化文政の頃は、江戸の末期近くですが、まだまだ幕藩体制にゆらぎはきていません。つまり、大名の世です。しばしば殿様は江戸や自分の領地を行列して通ります。それに出あった町人たちは、道の両側にひれ伏して見送らなければなりません。うろうろしていては、「そこのけそこのけ」と供廻りの武士から交通整理（?）をされるのです。まして、雀などは…。
>
> いいえ、町人などは、雀など以下であるかもしれません。一茶は怒っているのです。
>
> （『小林一茶』）

一茶の弱者の立場を代弁した作風からは、宋左近の句評に惹かれる。大名の行列が来たとき、人の世の仕組み、階級制度を知らない雀に対してもそれを押し付けているかのように見えたのだ。権力の傲慢さを皮肉っているのである。文学は民主主義推進の原動力にもなってきたのだ。一茶の文芸もそのような志向の黎明期をになっている、といえよう。

づぶ濡れの大名を見る炬燵かな

柏原の一茶の家は、北国街道沿いにあったので、家の中から大名行列を見て詠んだものであろう。この句からも大名、上層階級への反発心がうかがえる。づぶ濡れになってしまえば、大名の権威も感じられなくなってしまうのである。また、「づぶ濡れの大名」と「炬燵」にはいっている自分との境遇逆転のイロニーでもある。

梅が香やどなたが来ても欠茶碗

客を身分や財力で区別することなく、誰がやって来ようと、欠茶碗でもてなすと言っている。啓蒙思想である。

名月を取ってくれろと泣く子かな

幼児に「月を取ってくれろ」と言われて困っている一茶がいる。子への細やかな情愛が伝わってくるが、「泣く子」は一茶自身の想い出ともいえる。

是がまあつひの栖《すみか》か雪五尺

一茶は五〇歳のとき故郷の柏原に戻った。江戸での人間関係に嫌気がさしたためか、郷愁にかられてのこと、と考えられる。「是がまあ」は、十分ではないがというより、照れ隠しである。粗末な家といえども、故郷に家をもつことができたのである。しかし雪に埋もれた厳しい自然環境である。にもかかわらず、掲句からは故郷に戻れた安堵感が彷彿している。

目出度《めでた》さもちう位也《くらゐなり》おらが春

「ちう位」は柏原の方言では、「いい加減」とか「たいしたことはない」ということであり、新年を迎えたといっても、「ちう位」ということは、目出度くもないというイロニーである。この句は俳諧俳文集『おらが春』の第一話冒頭の句である。この俳文集は、一茶五七歳のときのもので、発句を交えた日記体の随想である。執筆中に、長女さとが亡くなったことから、そのこともふくめての一年間の出来事と説話から構成されている。未刊のままであったが、一茶が没して二五年後に、白井一之《いっし》が刊行したとき、この句から表題を付けた。人の営みの空しさ、哀しさ、可笑しさ、楽しさが語られている。

一茶は自然を詠んだ句も多く残している。彼の生れ育った柏原宿は黒姫高原にある。黒姫山が大きく座し、飯綱山、妙高山と居並ぶ。自然に対しては鋭い感性と観察力をもち合わせているのは、これらの山々を日々眺めながら一茶は育ったことが影響しているのであろう。

我里はどう霞んでもいびつなり

この童話風なあどけなさは、黒姫高原山麓の風土によるといえる。

俳諧寺の一茶像

菜の花のとつぱづれなり富士の山　一茶

「とつぱづれなり」は、ずっと端の方の意味である。一茶の視点では、富士山はいつも雄大な山というわけではない。端正な幾何学形状であるけれど、遠方の富士山よりも菜の花に親しみと美しさを感じているのである。伝統的な価値観や美意識の破壊ともいえる。

木曽川に流れ入りけり天の川

雄大で神の世を彷彿している天の川を、木曾川と合流させることで、身近なものへと引き寄せている。

蘭の香や異国のやうに三ヶの月

蘭の香とともに見慣れた三日月に異国の風趣を感じている。一茶の異国への憧れも見えてくる。一茶は人一倍に好奇心が強かった。

雪ちるやおどけも云えぬ信濃空

古里の雪に、空に悲哀がこみ上げる。自然の情景も、己の境遇を抜きにしては考えられないのが、一茶の気質であり、作風なのである。

俳諧を職業としてさまざまな人や仲間の間を渡り歩き、より裕福な生活と名声を追い求めた。小市民的な成功への営みといえる。その営為のなかでの喜びと挫折の日々であった。芭蕉は象徴主義的な境地や宗教的な世界観をイメージ化する、あるいは日常の中から芸術性を掬いとる作句法を創り出した。蕪村も絵画的・物語的・日常的な作句法で芸術的な境地を追求して、その理念を継承した。俳人の長谷川櫂は、一茶俳句の特徴を次のように総括している。

日常語の使用と個人の心理描写。どちらも芭蕉や蕪村の俳句にはなかった特徴である。芭蕉や蕪村の俳句には『源氏物語』や西行の歌をはじめ王朝、中世の古典文学がちりばめられているので、古典を学んだ人でなければわからない。また心理描写も古典文学の型を踏まえていた。一茶の俳句はこの二つの点で古典から自由である。同時にそれは一茶俳句が近代文学の領域に進んでいたことの何よりも証拠でもある。

(『ビギナーズ・クラシックス　小林一茶』)

芭蕉の「軽み」もリアリズムということからは、近代文学の先駆けといえる。一茶の風刺・イロニーは、「軽み」を発展させた結果といえるであろう。心理描写については、『おらが春』や『父の終焉記』などで、内面の表白が私小説的になされている。庶民の喜怒哀楽を表現した、はじめての文芸であった。

一茶は日常生活や社会の慣習やしきたりなどに新しい題材を捜し、「花鳥風月」といった伝統的な美意識や価値観の再現にとらわれない表現を推し進めている。一茶の俳諧は、人間の生き方にこだわったものであり、俗世的成功を執拗に追求するなかでの悲哀、諧謔、あるいは励ましであった。そういった人生観を俳諧で詠むようになったはじまりが一茶である。さらに、民衆の財力がパワーアップした文化文政時代に対応した社会風刺と体制へのイロニーの詩情をくりひろげた。この流れは、西東三鬼・秋元不死男などの社会派や中村草田男・加藤楸邨《しゅうそん》などの人間探求派を生み出す源流となった。また日常語を使いこなす作句法は、自由律俳句の種田山頭火や尾崎放哉に引き継がれた。
一茶は、求道者の芭蕉、芸術家の蕪村とは、異質の俳諧の境地をきり拓いた。人間味のある作句法は、文芸に素養のあるインテリ階層だけでなく、幅広く人びとの共感をえられる文芸に、俳句をおし上げたといえる。

《参考文献》

立木成芳・編：俳句　第67巻7号、KADOKAWA、二〇一八
矢羽勝幸：信濃の一茶、中央公論社、一九九四
金子兜太：小林一茶、講談社、一九八〇
宗左近：小林一茶、集英社、二〇〇〇
小林一茶著・黄色瑞華訳：おらが春　父の終焉日記、光文堂出版社、一九七九
大谷弘至：ビギナーズ・クラシックス　小林一茶、KADOKAWA、二〇一七

五　俳句を分類すると――写生派・社会派・人間探求派――

五―一　はじめに

連歌から派生した俳諧は、戦国時代の山崎宗鑑と荒木田守武が祖とされている。江戸初期の松永貞徳は和歌や故事・俗諺《ぞくげん》をもじる作句法を確立して、俳諧を全国にひろめた。この貞門俳諧に対抗して、西山宗因は和歌から継承した伝統的な美意識から脱却した奔放の作風を談林俳諧として、俳諧の言語遊戯化をさらに推し進めた。江戸では談林の宗匠として活動していた松尾芭蕉は、談林俳諧が崩壊にむかいはじめた頃、芸術的あるいは哲学的な境地を創出する文芸へと、俳諧の革新を図った。さらに江戸期末期の小林一茶は、生活のなかの諧謔や人間性へのイロニーや社会風刺をテーマとする作風を生み出している。

近代俳句は正岡子規、高浜虚子が提唱した写生の作句法に基づき成立した。子規・虚子の俳誌『ホトトギス』は俳壇の主流となりつつあった。子規没後の昭和初期、虚子は「花鳥風月」を諷詠する「花鳥諷詠」を指導理念として、俳句に適した写生として「客観写生」と提唱した。「花鳥諷詠」と「客観写生」に傾倒した俳人を写生派と呼ぶことができる。昭和初期に『ホトトギス』から水原秋櫻子、阿波野青畝、山口誓子、高野素十の4S

と呼ばれた新進気鋭の俳人が輩出し、ホトトギス派が俳壇を席捲した。このような情勢に迎合するのではなく、社会情勢などに呼応して、「花鳥諷詠」の自然中心ではなく、社会や人をテーマにした俳句、感懐・感情を表白した俳句を詠むことを目ざした俳人も登場してきた。虚子の「花鳥諷詠」に対極するスタンスは、かつては新興俳句と見なされたが、新興俳句でも季語、五七五の定型の枠にとどまったものが、昭和一〇年代に社会派や人間探求派として台頭するにいたった。

写生派は、「花鳥風月」で表象された自然をテーマに俳句を詠むことである。社会派は社会にかかわるテーマを、人間探求派は人間にかかわるテーマを詠むことである。社会派、人間探求派も写生が作句法の基本にはなっているものの、写生にこだわった表現を拠ることはむしろ少ない。写生派では、写生を極めることが、俳句としての完成につながっている。

ここでは、写生派・社会派・人間探求派を流派として、それぞれの台頭の経緯・特徴・意義などを論考してゆく。他方、写生派・社会派・人間探求派の俳句を、流派としての俳句ではなく、流派的な内容と特徴をもった俳句としている場合もある。写生派の同人誌に所属している俳人が、社会派や人間探求派の俳句を詠むこともあり、その逆もある。

五―二　写生派

小林一茶が活躍した頃から、月並《つきなみ》句合《くあわせ》という俳諧のゲームのようなことが大流行した。

それは、毎月、主催者が題（四季の語による）を出し、人びとがその題で句を作り入花料を添えて投句し、宗匠が選をして、入選句の刷物を入選者に送付し、高点者には景品をだすという、現代の俳句大会とよく似た形式のものであった。俳諧はますます遊戯的なものとなってしまい、この状況は明治期になってもつづいていた。そこで、正岡子規は月並句合を中心にした月並俳諧を「月並俳句」と批判し、俳諧の発句を俳句と呼ぶとともに、俳句の文学性や芸術性をとり戻すために、写生による作句法を提唱した。子規は文章についての写生について、次のように書いている。

実際の有のままを写すを仮に写実といふ。又写生といふ。写生は画家の語を借りたるなり。（「日本付録週報」の「叙事文」明治三三・三・一二）

文章による写生は口語文の確立に大きな役割を果たした。子規は俳句にも写生の方法を提唱したが、俳句における写生の表現法は曖昧なものであった。子規は写生論として明治三五年の随筆「病牀六尺《びょうしょう》」において、「写生といふ事は、天然を写すのであるから、天然の趣味が変化して居るだけ其れだけ、写生文写生画の趣味も変化し得る」として、理想を模索するのではなく自然を素材にすべき、と論じている。他方、子規の残した俳句には、写生による名句は少ない。子規は若くして他界してしまい、この作句法を継承し、今日の俳句繁栄のベースを築いたのが、高浜虚子であった。

虚子は「花鳥諷詠」を指導理念とした。俳句は滑稽や閑寂を目的とするものではなく、「花鳥風月」を吟詠するもので、人事の葛藤は小説に譲り、「花鳥諷詠」として自立すべき、と主張した。「花鳥諷詠」とは、素材は花鳥で、人間とかを中心に詠わないことで、人間を詠うときも、梅や鶯を詠うように詠うことであった。「花鳥諷詠」を実践する作句法が「客観写生」であった。「客観写生」については、昭和一八年までの座談での俳談・雑談の集録である『虚子俳談』に、次ぎのように書いている。

客観写生という事は花なり鳥なりを向うに置いてそれを写し取る事である。自分の心とはあまり関係ないのであって、その花の咲いている時のもようとか形とか色とか、そういうものから来るところのものを捉《とら》えてそれを諷《うた》う事である。だから殆ど心には関係がなく、花や鳥を向うに置いてそれを写し取るというだけの事である。

しかしだんだんとそういう事を繰返してやっておるうちに、その花や鳥と自分の心とが親しくなって来て、その花や鳥が心の中に溶け込んで来て、心が動くままにその花や鳥も動き、心の感ずるままにその花や鳥も感ずるというようになる。花や鳥の色が濃くなったり、薄くなったり、また確かに写ったり、にじんで写ったり、濃淡影凡《すべ》て自由になって来る。そうなって来るとその色や形を写すのではあるけれども、同時にその作者の気持を写すことになる。

「客観写生」とは「写し取る事」で、そこでは「自分の心とはあまり関係ない」と言ってから、最終行では「作者の気持を写す」と論断している。対象を凝視しているうちに、心に見えてきたものを句に仕立てるのである。無心で対象と向かい合い、そのものの特徴や背景との関係といった情況などを把握した上で、主観的な表現も加えてもよい、というのである。「客観写生」で完結することもあるが、逆に主観からはいることは、避けなくてはならない。はじめから凝った表現を考えると、言葉遊び的になってしまうということでもある。考え出したことには、理屈や観念がはいりやすい、また、詩情を狙った作意の色合いが表に出てくることになる。このように論考された写生にもとづく名句が、次々に生み出された。この作句法が今日の俳壇の主流となっている。次の句は、明治二八年の作である。

草枯れて夕日にさはるものもなし　　虚子

擬人法であることから、主観的な写生である。枯草が伏し倒れた情景であろう。次は、明治二九年の作である。

けづるが如き山畳める如き雲の秋　　虚子

直喩の句であり、これも主観的な写生である。秋の山のシャープな山稜と、秋ならではの扁平な雲との対比から、緊張感のある情景を出現させている。明治三三年に、虚子は代表作の次の句を詠んでいる。

遠山に日の当りたる枯野かな　　虚子

この句について、昭和三四年から朝日新聞に連載された「虚子俳話」において自解している。

自分の好きな自分の句である。
どこかで見たことのある景色である。

心の中では常に見る景色である。

遠山が向ふにあつて、前が廣漠たる枯野である。その枯野には日は當つてゐない。落莫とした景色である。

虚子の原点ともいえる句である。主観を排除し、淡々と情景を描いているだけであるが、万人の心にある原風景をなしている。それぞれ人にさまざまな郷愁を抱かせる句でもある。写生句としては観念的な描写であることが、逆に象徴性を高めている。現地に佇んでの一句ではなく、幾度もこのような風景に立ち会ってきた体験が凝縮されてのものであろう。どこにでもありそうな風景を詩情へと仕立てている。現地で詠んだ句でなくても、写生表現はできることを示している。次は、明治三八年の作である。

秋風や眼中のもの皆俳句　　虚子

「秋風」の時期は俳句の題材が多く、作句の気分が乗っている、ということであろう。「皆俳句」は強引といえる主観的な詩情である。写生に行き詰まっているともいえるが、読者はそれぞれに風景のイメージが浮かんでくるともいえる。

明治三九年四月、『ホトトギス』の付録に漱石の「坊ちゃん」は掲載された。この頃から虚子は小説の執筆に没頭した。虚子の俳句は低迷するが、大正二年から本格的に作句にのりだし、大正末期から新たな写生の境地をきり拓いた。大正一四年には次の句を詠んでいる。

白牡丹といふといへども紅ほのか　　虚子

レトリック的な表現に幻想感をただよわせている。表現にひねりが加わっていることにより、スケッチではない写生といえよう。

虚子の写生の代表句として、昭和三年一一月の九品仏浄真寺（現在の東京都世田谷区）吟行での、次の句が挙げられる。

流れ行く大根の葉の早さかな　虚子

大根の葉の速さから、流れの速さを知りはっとする。何気なく見過ごしてしまうであろう流されている大根の葉から、自然の生命感を捉えている。辺りの爽やかな雰囲気までも伝わってくる。昭和六年刊行の『虚子句集』（春秋社刊）の自「序」で、この句ができた着想を書いている。

之を見た瞬間に今まで心にたまりたまつて来た感興がはじめて焦点を得て句になつたのである。その瞬間の心の状態を云えば、他に何物もなく、ただ水に流れて行く大根の葉の速さといふことのみがあつたのである。

「之」は流れている大根の葉で、それに焦点を絞り、精神を集中させた結果、一句に開花したのである。写生のやり方を、開示している。

一時期は虚子と双璧をなした河東碧梧桐には、次ぎのような写生句がある。

赤い椿白い椿と落ちにけり　碧梧桐

正岡子規が「印象明瞭なる絵画的俳句」と絶賛した句である。ぱらぱらと椿が不規則に落ちている。俳句のリズムにのせて詠むことにより、リズムカルに落ちている光景が浮かんでくる。空中の花びらも鮮明に見えてくる。
虚子の弟子が詠んだ写生の名句を幾つか鑑賞することにする。

滝の上に水現われて落ちにけり　後藤夜半

滝口の水面が波打つように変化している様子を、「現われて」と捉えたのである。また、「現われて」で軽く切れることが、スローモーション的な動きをつくりだしている。まさに、巧みな写生が映像を再現している。

翅わってでてんとう虫のとびいづる　高野素十

よく見かけてきた飛び立つ場面であるが、言葉で表現されると生命の躍動感が伝わってくる。

亀甲の粒ぎつしりと黒葡萄　川端茅舎《ぼうしゃ》

暗喩が用いられている。亀甲にいままで感じられなかった美しさが生まれている。また、黒葡萄がはちきれそうに新鮮である。

をりとりてはらりとおもきすゝきかな　飯田蛇笏《だこつ》

平がな書きにより、手にもった薄の大きく、優雅でさえある撓りが、鮮明にイメージされている。その撓りが重さの感覚として伝わってきたのであろう。植物の生命感への讃歌である。

殻の渦しだいにはやき蝸牛　山口誓子

ボリュート（渦巻）形状の殻を描写した句である。この形状は、遠心型ポンプのケーシングにも使われている工学的にも有効なものである。中心に近くなるにしたがって、曲率がきつくなり速さが感じられる。蝸牛の鈍重さとは裏腹な曲線形状の妙味といえそうである。

山口誓子

さみだれのあまだればかり浮御堂　阿波野青畝《せいほ》

浮御堂は琵琶湖畔の湖上に立てられた小さな八角形の仏堂である。身近にどんどん雨だれが落ちている。外周の廊下に立っていると雨だれに囲まれている風である。そこから琵琶湖は茫々としている。この世から抜け出したような幻想風景が創り出されている。平がな書きが、一段と優しげな幻想感を醸しだしている。

『俳諧大要』は、子規が明治二四年から『俳諧七部集』を読んで、芭蕉俳諧の真髄を論究したもである。その『俳諧大要』の中で、「写実的自然は俳句の大部分にして、即ち俳句の生命なり」と書いている。一方、「空想と写実と合同して一種非空非実の大文学を製出せざるべからず」とも書いている。空想でも写実でもない方法もあってもよいというのである。

芭蕉とその後継者とされる蕪村の俳諧に写生がどう実践されているのか、見てみることにする。

吹きとばす石はあさまの野分哉　芭蕉

この句を散文にすると、「野分があさまの石を吹きとばす」である。報告的な一文を、「石を」というところを、「石は」と主格にすることで、火山礫で荒涼した情景が歪んで見えるほど、野分が吹きまくっていることが、リアルにイメージ化されている。情景は、芭蕉の芸術論にもとづき再構成され、そこに芭蕉俳諧の小宇宙が出現している。

菜の花や月は東に日は西に　蕪村

夕日の薄っすらとした橙色を背景にして、いちめんの菜の花と月と日が描かれた大景である。誰でもが知っている名句であるが、この日と月の対照表現は、蕪村の独創ではなかった。柿本人麻呂の歌の本歌取りとして知られていることから、写生句ではない。

東《ひむがし》の野にかぎろひの立つ見えてかへり見すれば月かたぶきぬ　柿本人麻呂

蕪村が座右の書にしていたという陶淵明の詩集には、次の漢詩がある。

白日西阿（西の山）に淪《しず》み、
素月東嶺より出づ。
遥遥たる万里の輝き、
蕩蕩たる空中の景。

日月を配した構成は、同じである。蕪村の句の方には、色彩美が加わっている。この漢詩の本歌取りともいえる。

牡丹散りて打ち重なりぬ二三片　蕪村

「打ち重なり」の複合動詞での畳みかけが、豪快に地面に落ちている様子を表現している。

ほと、ぎす平安城を筋交《すじかい》に　蕪村

「平安城」は京の町のことで、こういう言い方により、碁盤の目にように路が敷かれた町並みが連想できる。「筋交」は、柱と柱との間に斜めに入れる材のことで、上空をほととぎすが斜めに横切る。抽象絵画の清涼感といえよう。

鳥羽殿へ五六騎いそぐ野分哉　蕪村

「鳥羽殿」は、平安中期、洛南鳥羽の地に造営された離宮である。野分をついて武者が、鳥羽殿へと急いでいる。大事件のはじまりのようでもある。特定の典拠はないとされているが、軍記物語の一場面である。

蕪村の俳諧は意図的な構成や虚構からできているものが多い。そこでは絵画性あるいは物語性にもとづく、芸術的や哲学的な境地がイメージされてくる仕組みになっている。虚子の俳句は、実景を重視しているのに対し、蕪村の俳諧は、構成にもとづく絵画性やフィクション性が際立っていて、写生句は少ない。南画の高名な絵師であることやロマン主義的な資質が反映しているのである。

私の写生句について、実作の現場を書いておく。

大雨に崩れず花火展がれり　整洋

田園都市線溝の口駅のホームに下車すると、二子玉川の花火大会の花火が大雨のもかかわらず、空狭しと揚がっていた。予想に反して、晴天と同じように揚がり展がっている。雨の強さにまったく歪められていない美しさがそこにあった。

残雪の高峰にうるむ昼の空　整洋

五月連休、南木曽の恵那山での句である。神坂《みさか》峠の山荘を早朝に出だし、山頂を目ざした。登路では赤石岳の主稜線がシャープに連なっていた。登路を下山した。赤石岳は見えていたものの、靄にぼやけていた。緩んだ雰囲気を、「うるむ」と抒情的な言葉を使った。

子規と虚子が提唱した写生の作句法が多くの名句を生み出してきたのは事実である。一方、写生は報告や説明だけ終わりがちである。写生の名句には写生プラスαがなければならない。写生表現に思想・哲学・絵画性・諧謔性・物語性・社会性といったことが織り込まれていなければならないということである。

五―三　社会派

社会派の俳句は、社会問題や世相をテーマとしている。社会問題を俳句でとり組むべきかどうかは、戦後に多くの議論がなされてきた。社会をテーマにした俳句は、当時の社会情勢、昭和二七年の血のメーデー事件、昭和二八年の松川事件判決、昭和二九年の水爆実験などから、自ずと作られることになった。

社会派で最も衝撃的内容のものは、戦争とは何かを伝えようとした俳句であろう。第二次世界大戦前から俳句で戦争を詠むとり組みは行われていたが、それは昭和一二年の日支事変勃発からはじめる。西東三鬼は活発に戦争俳句を発表していたが、昭和一五年の京大俳句事件で特高警察に検挙され、執筆禁止になったので、彼の戦争俳句は多くはない。京

西東三鬼

大俳句事件では、新興俳句は伝統破壊、危険思想と見なされ、「京大俳句」の会員一五人が治安維持法違反の容疑で検挙された。

機関銃蘇州河ヲ切リ刻ム　　三鬼
黄土の闇銃弾一箇行きて還る　　〃

これから先に何が起るか分からない、不気味さを感じさせられる句である。

秋元不死男も、京大俳句事件での新興俳句弾圧の犠牲となって投獄の憂き目をみた。彼は、獄中獄外のことを俳句で詠んでいる。

降る雪に胸飾られて捕へらる　　不死男
捕へられ傘もささずよ眼に入る雪　　〃
獄凍てて妻きてわれに礼をなす　　〃

狼狽することなく、理不尽な状況を世に伝えるべき第三者の目があり、また、弾圧にも屈しないという、意志が込められているといえよう。

渡辺白泉も京大俳句事件で、昭和一五年、検挙され執筆禁止になった。戦争前夜の暗部を抉り出しているような、壮絶な句を残している。

銃後といふ不思議な街を丘で見た　　白泉
戦争が廊下の奥に立つてゐた　　〃

街に突如少尉植物のごとく立つ　〃

短詩型ならではの、鋭さと緊迫感を突きつけている句である。一句目は、「銃後」の静けさや緊迫感の異常さを、「不思議」と断定して、二句目は、「戦争」が「廊下」という日常にはいり込んでいる異常さを表出している。三句目は、「植物」には優しいさがイメージできるが、それが「少尉」であるというイロニーである。掲句について、俳人の飯田龍太は「季の有無にかかわりなく、いきなり、胸に突き刺さってくる。さらに言えば、俳句という意識さえ忘れさせる激しい句だ」と書いている。戦後、白泉は高校の教員をしていたが、昭和四四年、五六歳の若さで脳溢血《のういっけつ》により亡くなっている。白泉は戦争というテーマに憤然と立ち向かい、終戦とともにインパクトを失っている。昭和四四年刊行の『瑞蛇《ずいじゃ》集』に、次のような自注を書いている。

しかし、『夜の風鈴』の一句によって、わたしは甦えることができた。五年間わたしから離れ去っていた何かが突然帰ってきて、わたしの魂と一つになったのである。

その一句とは次の句である。

極月の夜の風鈴責めさいなむ　白泉

強い主観的表現で、状況が見えてこないが、この句を龍太は、「なんともつまらない作品である」と批難してから、次ぎのように書いている。

抵抗の詩人白泉にとって、終戦が同時に詩情喪失となったということは、なんとも痛ましいことである。

だが、逆に考えると、ここに市井の純朴な感情を垣間見ることも出来よう。あれほど苦しめられた、痛みつけられた体制が、ひとたびくつがえされると、一夜にしてすべてが空々漠々。世情の忘却の波にあらわれて、悪夢を忘れ、ひたすら自由の謳歌。さらには俳句に第二芸術の刻印を押されてみると、白泉のような純度のたかい俳人にとっては、他の誰よりも虚脱のおもいが深かったのではないか。(『秀句の風姿』)

戦争という深刻な状況が、詩心を駆り立てたのであるが、戦争終結後はそれ以上のテーマが見つけられなかったということであろう。

終戦直後の窮乏の社会状況について、三鬼は次のように詠んでいる。

飢ゑてみな親しや野分遠くより　　三鬼

みな大き袋を負へり雁渡る　　〃

「飢ゑてみな親しや」に戦争の終わった明るさが表出されている。「野分遠くより」の「より」は、より遠くといった意味であろう。戦争が過ぎ去ったことを強調している。大空を渡る雁、自分たちも希望に満ちた将来へと踏み出しているのである。大きな袋とは、闇市へ買出しの人びとであろうか。次の世代に責任を負っているとの表れでもある。

戦後も原水爆実験反対、米軍基地反対、素朴な労働者の実情、毎日の生活の実態などを直視するものなど幅広く社会性のある俳句は詠まれてきたが、次第にマンネリズムへとながれてしまい、社会俳句は衰退した。しかしながら、次ぎのような佳句が詠まれた。

原爆許すまじ蟹かつかつと瓦礫あゆむ　　金子兜太

除夜いまだ「静かなるドン」読みすすむ　佐藤鬼房

瓦礫となっても蟹のように進んでいかなくてはならない。廃墟の中から立ち上がった民衆の姿である。私は長編小説『静かなるドン』は読んでいないが、ロシアの一〇月革命前後のドラマである。新たな年に変っても、社会は何も変らない。しかし、『静かなるドン』のような時代の激流は、迫っているかもしれないという緊迫感がある。除夜の鐘のボーンという響きと『静かなるドン』との共振が感じられ、この小説を読んでいるような、小説の内容が分かったようなき気分になれる一句である。

地球環境の問題がクローズアップせれている現代、登山・ハイキングも時代の潮流から社会性を帯びてきている。山の自然環境の破壊が深刻化していることや、そこは地球環境を学ぶフィールドでもあるからである。自然の素晴らしさだけでなく、多様性・危険性・数万年オーダーでの変遷の歴史などを知ることができる。

平成二五年に富士山は世界文化遺産に登録され、その正式名称は「富士山―信仰の対象と芸術の源泉」である。富士山が世界自然遺産の指定を受けられなかったのは、ゴミが多すぎたことによるという。登山者の自然保護のための行為は、身近なことからはじめなくてはならない。俳句でも自然保護についてアピールできるような句もあるべきであろう。大雪山の化雲平は、高層湿原のお花畑で、カムイミンタラ（神遊びの庭）とも呼ばれている。ここで、私は次ぎの句を詠んだ。

池塘辺に人踏み込まず得撫草《ふるっぷ》　整洋

山上の湿原は、踏み入ってはならない神の領域なのである。ここは観光地化されてはならないとの願いもあった。

科学技術が進歩しても自然災害は、それほど減少していない。自然災害の句も、社会性俳句にはいる。平成三年の島原・普賢岳の噴火災害にさいし、福岡在住の岡部六弥太は次の句を詠んでいる。

鬼相見す熔岩ドーム秋高し　六弥太

火砕流跡誰ぞ投げし盆の花　〃

澄み渡った秋空に、熔岩ドームが荒々しく浮かび上がり、その対照が悲惨さを物語っている。

平成二〇年に私は、雲仙岳・普賢岳登山で次の句を詠んだ。

普賢岳火のなき跡に風光る　整洋

普賢岳山頂は、岩の広場で平成新山を眺めるテラスといった場所であった。

平成二三年三月一一日の東日本大震災においても、さまざまに句が詠まれた、代表的な句として次の句を挙げておく。

瓦礫みな人間のもの犬ふぐり　高野ムツオ

詩人の和合亮一と歌人の佐藤通雅《みちまさ》とのパネルディスカッションのなかで、高野ムツオはこの句ができた情況を、次のように語っている。

三月二十八日に作りました。高速道路の上から海岸を見た瞬間、たくさんの瓦礫が目に入りました。〈犬ふぐり〉という言葉が私の中で生まれたのは数日してからです。

（『俳句　第六一巻　第一三号』）

人間の建造したものはことごとく廃墟となった。「犬ふぐり」は、道端・土手・野原などに咲く小さな青い花であるが、自然の生命力を訴えている。杜甫の「国破れて、山河あり」ということでもある。

みちのくの今年の桜すべて供花　　高野ムツオ

同じパネルディスカッションにおいて、「供花」を思いついた経緯について、次のように語っている。

最初の発想は、墨田川の土手の桜です。並んで咲いている様子は仏様にあげるご飯、仏飯が並んでいるように見えた。しばらくして、みちのくの桜の時期を迎えました。その桜を見て、やはり、みちのくの桜のほうがふさわしいと思った時、この俳句になりました。（前出）

この「桜」には、人びとの鎮魂の祈りが込められている。

町ひとつ津波に失せて白日傘　　柏原眠雨《みんう》

生活の場である町は瓦礫の山となってしまったが、「白日傘」はそこに立ちすくんでいる人をあらわしている。人の営みは途絶えることはないのである。

一七文字では、描写はできず、感想・感情・感懐を語ることもできないことから、災害や事件や戦争・紛争などは、俳句の題材には適さないといえる。次の句はテレビの映像をみて詠んだとされている。

津波のあとに老女生きて死なぬ　　金子兜太

映像は、撮影者が視界から画面を切り取ってできている。そこに撮影者あるいは編集者の創作的意図がはいっている。三次元の実態の二次元化は、概念化でもある。俳句の創作は、視界にあるものに対して焦点を絞ってゆくなかで、三次元で見えているものが、文字という一次元に凝縮されたものである。掲句は事実を単純に語っただけで、しかも無季である。さまざまな問題点が絡み合い、未曽有の大惨事となった。しかし、生き残った感動のみを言葉にしている。

春の星こんなに人が死んだのか　　照井翠

信じがたい犠牲者の数に「こんなに」と感情をこめて言い放った情況とほのぼのとした春の星の対比が、悲惨な現実を突きつけている。心情を直接語ることは一般論として禁じられてきたが、掲句は多くの共感を呼ぶ句として成功している。

金子兜太

俳句では第三者的スタンスで、あるいは諧謔的スタンスでもの・ことを提示して、題材を芸術的や哲学的な境地にまでおし上げている。ところが、未曽有の大惨禍に直面したとき、感情的な言葉が、文学的な価値や俳句の原理を超えて説得力もったのだった。

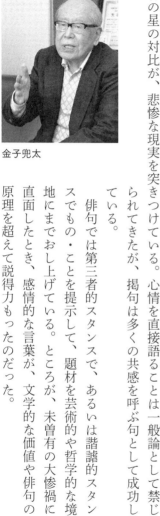

社会をテーマにした俳句も、政治、経済、社会構造の多様化とともにテーマの素材はひろがっている。地球環境の問題なども俳句で表現していかなければならない。俳句ならではの衝撃的な句が求められている。一方、社会の現状を季語に結び付けてゆくことは、古くて新しい問題である。

五―四　人間探求派

昭和五年、水原秋櫻子は句集『葛飾』を出す。大正一五年に『南風』を出していたが、これは句文集であって、純粋な句集としては『葛飾』は第一句集だった。秋櫻子は迷ったが、虚子に序文を請わなかった。

『葛飾』刊行の数日後、俳誌『ホトトギス』発行所に出かけ、そこに虚子ひとりがいた。虚子は『葛飾』の春の部は読んだとのことで、秋櫻子に「ただあれだけのものかと思いました」と批評を述べた。虚子と秋櫻子の溝は決定的なものとなり、写生万能主義の転換の流れがここにはじまった。秋櫻子は抒情をふくんだ表現を重視し、万葉調の調べを俳句にとり入れることなどを行っていた。次の名句は『葛飾』所収である。

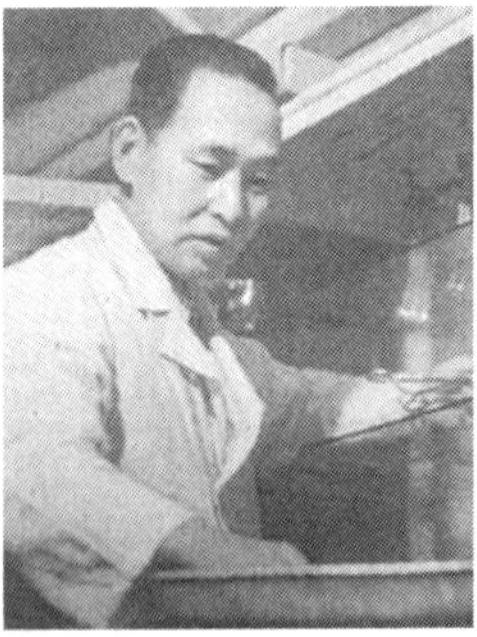
水原秋櫻子

春惜しむおん姿こそとこしなへ

法隆寺の百済観音像の句である。ゆったりとした句の調べに古代文化を連想できる時の流れが感じられる。「おん姿」の敬語表現に人間離れしたスマートさの観音像が浮かぶ。「とこしなへ」は、写生ではなく感慨であり、主観である。『葛飾』は大きな反響を呼び、初版はすぐに売り切れた。

秋櫻子は東京大学医学部在学中に俳句に親しみはじめ、昭和初期頃には山口誓子、阿波野青畝、高野素十とともに名前の頭文字を取って「ホトトギス」の四Sと称されるほどの名声を得ていたが、結社「ホトトギス」を離脱、昭和九年、「馬酔木(あしび)」を主宰して独自の俳句活動に本格的にのり出す。誌名『馬酔木』は『葛飾』の次の句にちなんでのものだった。

馬酔木咲く金堂の扉にわがふれぬ

秋篠寺を想い浮かべての空想での作とされている。金堂は本尊を安置する仏殿である。大和路には馬酔木が似合う、との思いもあった。「わが」と作者が登場するのは、そこでの作者の主観的な感懐を強調するためであろう。ここにも秋櫻子の主観主義が垣間見られる。写生と袂を分けた秋櫻子の作句法が、次世代の人間探求派の基点ともなった。

昭和一四年七月に改造社の俳誌『俳句研究』で、企画された題名「新しい俳句の課題」の座談会の出席者は中村草田男、加藤楸邨《しゅうそん》、石田波郷、篠原梵であった。司会は『俳句研究』の編集長だった山本健吉であった。この座談会のなかで健吉の「あなたがたの試みは結局人間の探求といふことになりますね」の発言があり、ここから「人間探求」というい方がはじまった、とされている。当時は太平洋戦争へとひたひたと進んでいた時代で、

「生きること」「生きていること」の実態を俳句で捉えなくてはならない情勢にあった。

草田男、波郷、楸邨は、伝統的な写生主義や水原秋櫻子の提唱した抒情主義とは別な、人間回復を志向した。昭和一〇年という時代は、表面は自由主義的な風潮をたたえながら、内情は大陸進出をもくろんだ軍備拡大が進んでいた。まだ三〇代であった三人はこうした不安の時代だから、人間のことを俳句に詠むことこそ俳句の使命と考えた。三人のなかでは年長者で先輩格は草田男で、すでに『ホトトギス』は伝統俳句の文学精神が喪失していると批判していた。

草田男は昭和四年の二九歳のとき「ホトトギス」に入会するが、東大俳句会にも入り秋櫻子の指導も受けている。昭和一一年に出版された第一句集『長子』には、次ぎの句がある。

蟾蜍《ひきがえる》長子家去る由もなし　草田男

「由」は理由で、「家」は〝俳句の世界〟の暗喩である。中村草田男にとって、『ホトトギス』を去ることが、文芸として自ずからの流れであった、としている。蟾蜍には独立独歩の風貌がある。昭和二一年、俳誌『萬緑《ばんりょく》』を主宰した。

石田波郷は秋櫻子をたよって、松山から上京した。第一句集『鶴の眼』では秋櫻子の作風に傾倒している

中村草田男

が、徐々に自己の生活に目を向けた作風に変わっていった。

袴暑し金を集めて街ゆけば　波郷

商人であろうか。袴姿の正装、暑いといっていられない姿が浮かんでくる。

加藤楸邨も水原秋櫻子に私淑《ししゅく》していたことから抒情的作風であったが、草田男、波郷と交わり、人間探求へと傾いていった。楸邨が亡くなったのは平成五年で、草田男、波郷よりも後の時代まで活動していたことなどから、人間探求派として最も多くの業績を残した。楸邨の足跡を追いながら、人間探求派の内容や意義を考究することにする。

前述の座談会での健吉の「人間の探求ということ」の発言をうけて、楸邨は次のように俳句的でないものを扱ってゆくと語っている。

現在俳壇に動いている一つの形をとった人々の傾向に比較すれば、少なくとも私の求めようとしているものなど、丁度カオスの状態だ、すでに出来上がった俳句的なものの中から一句にまとめるのではなく、今まですてられていた俳句になっていないところから切りとりたい……。（『わがこころの加藤楸邨』）

「すでに出来上がった俳句的なもの」とは、「花鳥風月」の伝統的な詩的抒情であろう。楸邨は生活や個人的感慨に密着した題材から詩精神を表出したかったのである。『俳句研究』の座談会があった年の三月に出された第一句集『寒雷』には次ぎの句がある。

鰯雲人に告ぐべきことならず　楸邨

戦争機運の高まるなかで、反戦を言葉にできないもどかしさを、社会情勢とは隔絶した鰯雲と対比させたのである。他方、別の解釈もできる。「告ぐべきこと」とは、相手を傷つけないために言ってはならないことにもとれる。ドラマの一場面になっているのである。言わないことが本当に相手のためになるのかという葛藤からの苦悶と上空の清浄な鰯雲とのコントラストが、悩みの心情を浄化している。秋櫻子は、この句を例に挙げ、「楸邨のような心境を主としていると、季語が孤立してしまう」と、内面を中心とした作句法を批判している。季語を中心としないで、季語が人事の飾りにおちいることを懸念したのである。

昭和二一年「新俳句人連盟」設立の大会に先だって、中村草田男は昭和二一年七・八月号の『俳句研究』誌上で楸邨の戦争責任を弾劾した。楸邨の主宰する「寒雷」が戦時中、軍部側に立った活動をしたとして、楸邨に過誤への深い反省と払拭を促すものであった。さらに草田男は、俳句から現実性を失わせないためには、対象に忠実な「眼」をもたなければならないとしたうえで、茂吉の「実相観入」には「眼」があるが、楸邨の「真実感合」には「眼」がない、この「眼」に加えて季題が生かされれば、一七音は片言隻語《へきげんせきご》めいていても暗示の範囲で真意が伝えられる、と付け加えた。

草田男の批判に対し楸邨は、昭和二二年一・二月号の俳誌『現代俳句』において、戦争がはじまった以上、勝ちたいと思う気持は、当時の日本人としては誰でもがもった自然の気持であろう、自分はとくに戦争協力の意図があったわけではなく愛国心にしたがって行動したまでであったが、軽率だったことは認め、深く反省はしている、その傷痕を自己に

加藤楸邨

課し、立証は、今後の作品と生き方に賭けたい、と釈明している。

戦後、楸邨はシルクロードを五回にわたり旅をしている。松尾芭蕉の『奥の細道』の旅を重ね合わせての敢行であった。一回目は、昭和四七年、バイカル湖、シベリア密林、イルクーツクから天山山脈の麓にある林檎の町アルマ・アタへ。さらにタシケントの美術館、サマルカンドの古代遺跡などを観て砂漠の町ブハラへ。

沙《すな》熱し沈黙世界影あるき　　楸邨

見渡す限りの砂の大地、そこにあるのは自らの影だけである。しかしながら、ここにも人が生き、また、通商路として人が行き来してきたのだ。シルクロードへの郷愁にとどまらず、現地に立った者でなければ分からない厳しさ、刹那さを詠んでいる。

驢馬《ろば》の耳ひたひた動く生きて灼けて　　楸邨

これらの掲句は昭和四八年に刊行された紀行『死の塔―西域俳句紀行』に掲載されている。「死の塔」はウズベスク共和国の砂漠の町ブハラにあるカリヤンの塔のことである。この塔は一二世紀に造られ、もとは砂漠の巡礼者や隊商のための灯台であったが、ある時から見せしめのために罪人を袋につめて、塔の上から投げ下ろして殺したため、「死の塔」と呼ばれるようになったという。残忍な刑罰は砂漠ならではのものだ。そのような風土での人びとの生活と歴史を探求した書であるといった意図が感じられる。この紀行には、楸邨の次の代表句もふくまれている。

日本語をはなれし蝶のハヒフヘホ　楸邨

日本語とはリズムも音感も違う異国の言葉。蝶の飛び方も、日本でのひらひらではなく、その地の言葉を反映しているかの動きであったに違いない。

二回目は、昭和四九年、アフガニスタン、インド、パキスタンと巡っている。

泉はなきカイバル越えの弱法師《よろぼうし》　楸邨

楸邨は旅先で急病におちいり四日間入院し、病臥のままカイバル峠を越えた。カイバル峠越えの車中で、楸邨は謡曲「弱法師」を思い浮かべていたという。杖をつき、ひたすら泉を求めてゆく「弱法師」。健康な人でも水がなければ、弱気になる。

楸邨は戦前にもシルクロードの旅をしている。前述したように、戦後になってこの旅行が、中村草田男から〝戦争協力〟の非難のもとになったのだ。昭和一九年、約四ヶ月間にわたる中国大陸旅行だった。陸軍報道部が、作家・詩人・俳人・歌人・美術家・作曲家などを大陸南方に送り、異郷で日本人がいかに暮らし戦っているかを、紹介しようとしたものであった。陸軍報道部にいた秋山牧車（後の俳誌『寒雷』同人会長）の勧めがあって、楸邨は俳人代表として参加したのだった。北京、蒙疆各地、ゴビ沙漠と回ってから南下して、山西、南京、蘇州、上海を経て、満州を通過して帰国した。このときの紀行俳句集が、昭和二三年に発行された『沙漠の鶴』である。この句集には次の句がある。

百霊廟

天の川鷹は飼はれて眠りをり　楸邨

大陸ならではのゆったりとした時の流れが伝わってくる。人間を探求するには、日本の風土とはまったく別の風土とそこで生活する人びとを知らなくてはならない、との深慮があったに違いない。シルクロードはさまざまな国の盛衰の歴史、古代からの文化と宗教、苛酷な風土とそろっていて、うってつけの地であったのである。戦前の汚点をもふくんだ楸邨のシルクロードの旅は、彼の俳句の幅を拡げるとともに、日本人という民族の枠を超えた人間探求の深層を極めることにつながっている。また、第二次世界大戦の途方もない破壊と人間性喪失の洗礼を受け深化したということは、人間探求派全体にいえることである。

山岳俳句にも登山者として人間の生き方を顧みた多くの句が残されている。

髭白くなるまで山を攀じ何をえん　蓼汀《りょうてい》

福田蓼汀は登山での作句を活動の中心とした最初の山岳俳人といえるであろう。山に登りつづけ、登山者の山と自然への憧憬をかき立てる、あるいは想い出を引き出す、多くの山岳俳句を残している。

上田五千石は静岡県出身で毎年、富士登山を行っていた。

山開きたる雲中にこころざす　五千石

山開きは登山シーズンのはじまりを宣言し、安全を祈願する行事である。富士山は七月一日、谷川岳は七月の第一日曜である。参加した登山者は、山での安全だけではなく、日常での安全も祈っているに違いない。また、夏山への期待感を、多くの人たちと共有したという気持もあるのであろう。私の句も一句挙げておく。

みな同じやうでそれぞれ枯木かな　整洋

自宅近くの用水路では、桜並木がつづいている。同じ高さ太さの桜でも、枝ぶりや幹の傾き方などそれぞれ違う。とりわけサラリーマンは企業の歯車として、個性を失いがちである。社員それぞれの個性が失われた企業では、製品開発や販売方法などが時代に埋没してしまい没落してゆくことであろう。個性を尊重した生き方の提言にもなっているつもりである。

写生派の俳句では自然の凝視からはいるが、人間探求派の俳句は人間の内面や境遇を注視することからはじまり、季語と取合せることで、イメージにより人生の悲哀、怒り、喜びを堀下げることがなされている。

人間探求派のような俳句の詠み方は、それまでなかったわけではなく、小林一茶の俳諧にルーツを見つけることができる。しかしながら、写生派が本流となりつつあった時代に、新たな作句法をきり拓いたという歴史的な意義があった。また、一茶の作風は、諧謔やイロニーや風刺に重点を置いていたのに対し、人間探求派の俳句は、葛藤の詩情の創出や哲学的な指針の提示という意識がふくまれていたことからも、時代に対応した踏み込みがあった。

五―五　あとがき

明治期に子規・虚子が提唱した写生の作句法から近代俳句はじまった。作句法の中心を写生とする写生派に対して、社会情勢の緊迫化、人間疎外の深刻化などに呼応して、社会派や人間探求派が台頭した。そして、社会派・人間探求派のグループも実績を積み上げ、「花鳥諷詠」の写生派のグループと勢力を争うにいたった。社会や人がテーマでは季語の意味が失われる、反対に、写生は時代遅れ、といった批判合戦へと進行した。それは今日もつづいているといえる。

「花鳥諷詠」を理念とする写生派は、自然とそれにかかわる人間を詠むことである。虚子の哲理では、「花鳥諷詠」は内面を直截表現することはなく、自然を「客観写生」するなかで自ずと感懐・感情が織り込まれてゆく詠み方である。芭蕉の俳諧（発句・地発句）は象徴的イメージの生成から、晩年は日常や風俗をテーマにした「軽み」の理念と作句法に転じた。この流れは、明治期になってから正岡子規の写生の作句法に引き継がれ、さらに高浜虚子が「客観写生」へと発展させ、俳句の大衆化のベースを築いた。ところが、写生にこだわらず社会批判や思想哲学の探求を志向した社会派、もっと身近なテーマである人間関係の軋轢や日常生活での美的価値をテーマにした人間探求派が登場した。それらは、困難をのり超える実存主義的な境地の創出や哲学的な指針の提示を推し進めたといえる。そこでは、季語は脇役へと退けられるのではなく、テーマに詩情をもたらしているのである。社会派や人間探求派の俳句も、自然のもつ芸術性・思想性・哲学性と切り離れたものではなく、「花鳥諷詠」とのつながりはある。

「花鳥風月」で表象された自然とともに、自然の運行にもとづき営まれる生活と思想および社会の実態を、詠み込むのが写生派である。それを止揚するように社会派・人間探求派が台頭した。このような分類は、俳句を理解しやすくするため、実作のレベルアップを促進するためでもあるが、文学的にも必要といえよう。

写生派・社会派・人間探求派が、競い合いその特徴を際立たせることで、俳句のブーム、大衆化を駆動してきた。社会の複雑化・システム化・IT化・AI化や工業製品の大量消費化にともなう人間性の喪失や自然破壊が進行してゆくなかで、それぞれの流派の詩的新境地の創出や社会批判の主張や人間性回帰の促進などの特徴はさらにパワーアップしてゆくのであろう。

《参考文献》

高浜虚子：俳談、岩波書店、一九九七

高浜虚子：虚子俳話、東都書房、一九六三

山口誓子：俳句添削教室、玉川大学出版部、一九八六

今秀己・編：俳句　第四四巻　第四号、角川書店、一九九五

村山故郷、山下一海・編：角川選書　俳句用語の基礎知識、角川書店、一九八四

中村草田男・編：正岡子規　俳句の出発、みすず書房、二〇〇二
藤田真一：岩波新書　蕪村、岩波書店、二〇〇〇
鷹羽狩行編：俳句実作入門2　新しい素材と発想、角川書店、一九九六
鈴木忍・編：俳句　第六一巻　第一三号、角川学芸出版、二〇一二
飯田龍太：秀句の風姿、富士見書房、一九八七
田中昭三：俳人の大和路、小学館、一九九九
石寒太：わがこころの加藤楸邨、紅書房、一九九八

六　山岳俳句の作り方

山岳俳句というと、登山活動中に詠んだ句といえそうであるが、ここでは麓の住む人びとのスタンスで詠んで句もふくめている。俳句はというより、詩一般にいえることであるが、そこには発見がなくてはならない。この発見とは、学術上や地理上の発見といった大事ではなく、今まで気づいていなかったことに気づいたとか、何でもない日常のことに感動した、といったささやかなことである。とりわけ俳句では、日常的なことを素材にすることが多い。次の句は、明治三九年の高浜虚子の句である。

桐一葉日当たりながら落ちにけり　　虚子

桐の葉がひらひらと落ちる場面は、日常的なことであるが、「日当たりながら」に発見があり、芸術的な境地を顕現している。

山岳俳句の諷詠も自然の中での活動であることから、写生句が中心となることは、誰もが認めることであろう。そこでどのような写生句であるべきか、ということになる。山里のトレッキングや低山のハイキングでは、揚句のような見慣れた光景の写生句が詠まれることが多いであろう。一方、日本アルプスの登山などでは、想い巡らしていた以上の景観が展開するのである。高山植物の咲いている様子も、野原でのものとは大きく異なっている。雪渓、雪田の隅に、岩場の崖縁に、あるいは強風に煽られながら咲いている。だからといってこれらを俳句にするときに特別な言葉や、普段使われない言葉を弄するのは、まずは避けるべきである。先人はこのような山岳景観をどのように俳句に仕立て上げてきたかをたどることにする。登山をしての山岳俳句を詠んだ第一人者は、高浜虚子に師事した福田蓼汀《りょうてい》と、福田が創刊した俳誌『山火』を継承した岡田日郎である。

日と月と左右に未明の縦走路　蓼汀

国内第二の高峰である北岳での一句である。夜明け前の切り立った岩稜の縦走路を歩いているという臨場感がり、主観的な表現を交えずに、霊的な空間を立ち上げている。岡田日郎は徹底写生を提唱し、日本全国の山岳についての俳句を残している。徹底写生とは、できるだけ想像や思い入れを排除して客観写生に徹することであり、景観・出来事・行動などを凝視して、精確に描写することである。

小梅蕙草《こばいけいそう》行者白雲まとひ来る　日郎

月山での一場面である。自注には、その時の山行《さんこう》を次のように書いている。

夏山シーズンには羽黒口月山八合目までバスが運行される。私も白衣の行者にまぎれて、ここから登った。途中には、夏スキーを楽しむ若者たちの姿もあった。頂上小屋に一泊、水月光沢《みずがっこうざわ》と呼ばれる渓《たに》の山路を下り、登山靴を脱いで湯殿詣《ゆどのもう》でもやった。

（『俳句で歩く百名山』）

小梅蕙草は高さ一メートルほどで、白い花が総状に集まっている。群落をつくることが多く、そして年によって咲いたり咲かなかったりする。小梅蕙草の飄々とした人を喰ったような外見が、行者の風貌と重なり合っている。「白雲まとひ」からは、月山の霊気が伝わってくる。

雲表の池塘を囲む雛桜　日郎

吾妻山での情景である。「雲表の池塘」から「雛桜」へとクローズアップされている。焦点が絞られてゆく中で、芸術的な景が立ち上がってくる。客観写生を提唱した高浜虚子は、代表作に意外と主観的な句が多いとされているが、岡田日郎にも、数は少ないが主観的な句はある。

雪嶺の中まぼろしの一雪嶺　日郎

「まぼろしの一雪嶺」は、目には見えていない山かもしれない。心に映ったまぼろしかもしれない。山それも雪山となるとそんな幻覚を起しやすい。客観写生に熟達した上でのフィクションであり、リアリティがともなっている。現実を超えた象徴主義的な境地ともいえる。客観写生に主観を加えた名句も多い。

水原秋櫻子は写生に抒情を加えた作風を提唱するため、昭和六年、客観写生を作句法に掲げた虚子の俳誌『ホトトギス』を去り、『馬酔木』を創刊した経緯がある。秋櫻子は山にもたびたび登り、多くの山岳俳句を残している。俳句に短歌的な抒情をとり込んだ作風は、山岳俳句には適さないように思えるが、代表作に意外と山岳俳句が多い。

啄木鳥や落葉をいそぐ牧の木々　秋櫻子

自註にこの句は赤城山での句であると書いている。

大洞の赤城旅館に一泊して、翌日の正午近く出発して、六里ほど下山路を上越線敷島駅へ向かった。うららかな秋日和で、さすがに山気が澄んでいた。前橋口と別れるあたりに、大きな水楢の木があった。その木陰で休息していると、近くに啄木鳥がきて、幹を叩く音がはっきりきこえた。大正十五年のことだ。

（『鑑賞秀句100句選　2　水原秋櫻子』）

私は赤城山群の黒檜《くろび》山登山で大沼《おの》湖畔に泊ったが、黒檜山登山口近くの赤城神社の近くに、掲句の句碑があった。「落葉をいそぐ」の擬人化は、主観的な捉え方であるが、高原や山中での自然界の生命感が伝わってくる。啄木鳥の幹を叩く音が聞こえてきての着想であったことからは、主観的写生といえよう。

夏山を統《す》べて槍ヶ岳真青なり　　秋櫻子

乗鞍岳からの槍ヶ岳である。「夏山を統べては」は、主観そのものであるが、詩的誇張である。「槍ヶ岳」の「槍」も詩的誇張である。それが誇張には思えないのが、作句法に支えられた詩の世界なのである。槍ヶ岳のある北アルプスには三千メートル以上の山は約一〇座ある。山の高さでは隣接する穂高岳の方がわずかであるが高く、薬師岳は乗鞍岳からは見えないが、どっしりとした重厚さからスケールは上といえる。しかし、日本アルプスの象徴的存在はやはり槍ヶ岳である。万人が納得できる崇高さのある尖った山容は一目でそれと分かり、人をふくめた万物を統べているごとく風格があり、周囲の山々と交響しているような観もある。乗鞍岳から槍ヶ岳まではかなりの距離があるので、濃い青色の空から浮かび上がっていたに違いない。槍ヶ岳の実体を詩的に捉えている

登山ではなく山国で生活している俳人の句として、飯田蛇笏の次ぎの句が挙げられる。

芋の露連山影をただしうす　蛇笏

直径1ミリほどの露に山影が映し出されていたのではなく、足元の露と遠景の山との対比の妙趣である。秋空を切り裂く刃先のような南アルプスの稜線に、作者は身を正すような思いに耽ける。そんなとき傍らのほぼ球形の澄んだ水玉に共鳴しているかのように、山々まで構えを正しているように見えたに違いない。厳しい連山の山容とともに飯田蛇笏の郷土への愛着も伝わってくる。山岳俳句は写生が中心であることから、「一物仕立て」が多くなるが、掲句は「芋の露」と「連山」との「取合せ」である。象徴主義的に新しいイメージ空間を立ち上げているといえる。

写生にこだわり過ぎると、作者自身を見失うことになるかもしれない。また、報告になってしまうともいえる。しかし、感情のこもった表現はさけて、写生に根ざしていることが、俳句の基本なのである。季語にともなっている季感は感情にもとづいているので、感情表現のオーバーラップをさけることになる。一方、写生を超えた写生句といわれる句もある。写生を超える作句法には、主観をいれ込むことや二物衝突の取合せをすることなどがある。そこで写生と結びついたものがないと、作意や唐突さが表立ってしまう。山の偉容に圧倒されると、主観に走りやすい。主観を抑えて見えてきた特徴を描き出したとき、

客観とも主観ともいえるオリジナリティのある表現になっているといえる。私がどのように山岳俳句を詠んできたかを、ふり返ることにする。

梅雨晴間山のぼやける山の空

一七文字の俳句では、リフレーンは避けるべきとされているが、畳みかけるリズムは、場面に高揚感をもたらし、また、イメージを立体的にするともいえる。「山の」のリフレーンが、山にいるという臨場感を高めている。リフレーンには、読者に連想を喚起するはたらきもある。

薬師岳下りからの槍ヶ岳

炎天や省略きかせ至仏山

尾瀬といえば、尾瀬ヶ原・尾瀬沼それに燧岳・至仏山である。尾瀬ヶ原を西に向かって縦断するとき、正面に至仏山を眺めながら歩く。非対称のドーム形で、深い谷や奇抜な起伏の稜線などはない。奇抜さのないシンプルに徹した山容を、「省略きかせ」で表現した。

槍ヶ岳黒光りする炎天下

薬師岳から太郎小屋への下山路では、たえず前方に槍ヶ岳が見えていた。「黒光り」そのもので、神々し風姿であった。「黒光り」は黒色と光の融合でもあった。

俯瞰する天狗山荘前の虹

後立山連峰縦走では五龍小屋に泊り、そこから歩きだし、この日に泊まる天狗山荘に着いた。夕方、山荘の前に立つと、眼下の谷間に虹がかかっていた。客観写生は発見や斬新な表現がないと、報告になってしまうが、虹を見下ろすことは稀有であり、さらに「天狗山荘」の山荘名からは、ロマン主義的な境地がもたらされる。自然の神秘が感得できるであろう。「天狗山荘」と「虹」の取合せから、霊的な空間が立ち上がってくるともいえる。

フィクションめく尖る北岳炎天

白駒池から北岳山頂エリアの肩の小屋に登りつめたとき、巨大すぎるといった三角形の北岳が迫っていた。後日、どう表現するか迷っているときに、「フィクション」というSFの空間にいき着いた。「フィクション」は、ファンタスフティックということでもある。

鎖場に倦んではならず紅葉山

奥秩父の両神山は岩峰であるが、両神山から八丁峠への縦走では、幾つもの岩峰の小ピークを越える。うんざりするほど鎖場のアップダウンをくりかえす。気合をいれて、鎖を攀じ登り、鎖を下降する情況を詠んでいる。

秋深し釈迦を目で追ふ鳳凰山

茅《かや》ヶ岳登山のために、中央本線韮崎駅から宿泊する旅館に向かうバスで、後方に鳳凰三山が連なっていた。地元の人らしき二人が、山腹に寝釈迦のように見えている箇所があり、それがどこかという会話がはずんでいた。その方向の車窓を見やったが、そのような形象は分かりかねた。

枯山路あとから来しはイラン人

奥秩父の金峰山から甲武信岳の縦走路は、白檜曽の森に蔽われた小ピークのアップダウンをくり返す体力的に厳しいコースであったが、後ろから足早に近づいてきた登山者がいた。追いつかれると、外国人であった。日本に柔道を習いにきているという日本語が話せるイラン人だった。客観写生というより、事実を語っただけであるが、イラン人であった意外性に詩情があるといえる。

芭蕉忌や起伏むだなく山並ぶ

深川の芭蕉像エリアにある江東区芭蕉記念館の時雨忌全国俳句大会に応募するために、「芭蕉忌」の句を詠もうとした。山頂に立ったときの山並みを想い出しながら、「芭蕉忌」の緊張感に呼応した山景とはどういうものか、と思案したとき、「起伏むだなく」の措辞が脳裡をよぎった。

叙景にたいして、客観か主観か、実景か想い出しての景か、は登山者、旅行者、住民であるかにより、とるべきやり方は決まってくるといえる。旅行者や住民は、想い出しての諷詠がメインとなるであろう。旅行者は山の景観に不慣れであるため、住民は見慣れているため、実景に改めて特徴を見出すのが難しいといえる。想い出しての心象風景や取合せを志向することになるが、難度の高い作句法なので、観念的な表現におちいりやすい。住民の句として、都会での諷詠が多い山口誓子に、次のような句がある。

雪嶺を雪なき伊勢にゐて眺む　　誓子

「雪嶺」は鈴鹿山地であろう。実景であるかもしれないが、写生ではない。「雪嶺」と「伊勢」の取合せから、コスモス的な空間が立ち上がってくる。次の句も象徴的である。

雪山を匐《は》ひまわるゐる谺《こだま》かな　蛇笏

「雪山」と「谺」の取合せから、霊的なイメージが突きつけている。山麓のトレッキングを回想しての句には、阿波野青畝の句がある。

今日の日を穂高に残す花野かな　青畝

「穂高」と「花野」の取合せから、ヨーロッパ・アルプス的な明るさのイメージ空間を立ち上げている。

登山者にしてもハイキングから日本アルプス、さらにはヒマラヤと、登山のレベルに応じて作句のやり方は違ってくる。登山者は現場での実景諷詠が一般的であるが、象徴主義的な俳句を目ざす場合は、想い出してのあるいは想像の諷詠になることが多い。山岳俳句だけでなく、俳句全般にいえることであるが、客観写生で修練を積んで、象徴的や心象的な詩境に進展すべきである。自然に秘められ未知や神秘を顕現するには、そういった場面に遭遇したときの実景把握の能力と集中力も必要である。山岳俳句に限ったことではないが、作句法の多様さは、観念や常識や現実を超えた世界を創り出すことになるのである。

《参考文献》

岡田日郎：俳句で歩く百名山、主婦と生活社、一九九七

岡田日郎‥俳句　日本百景・百名山、梅里書房、二〇〇九
倉橋羊村・編‥鑑賞秀句100句選　2　水原秋櫻子、牧羊社、一九九一
山口誓子‥山口誓子集　現代俳句の世界4、朝日新聞社、一九八四

七　短歌と俳句の自然詠の違い

登山をしながら俳句を作りつづけてきたことからも、抒情的な表現の多い短歌には触れることはほとんどなかった。作句に行きづまることも多く、短歌の作法も参考にしたいとは思っていた。書店でたまたま目にした商業誌『短歌研究09　一〇月号』に、テーマが「自然と短歌」であるコンテストの評論部門受賞作品が掲載されていた。購入して早速、その作品を読み、短歌と俳句の自然詠の違いについて、登山と俳句の経験を踏まえながら考究することにした。

俳句における自然詠は、客観写生が基本であることからも、自然の風景や動植物だけで完結させていることが多く、詩的な境地あるいは思想哲学は、基本的には自然の相貌や動植物の実態から導き出される。他方、作者の感想・心境・考えを直截的や暗示的に表現する短歌での自然詠は、何を表現しようとしているのであろうか。あくまでも主体は作者自身であり、自然の風景や動植物は、作者の内面にひき込まれた上で、人間的な存在、あるいは超越した存在として表現されるのであろう。そこに新たな発見があり、詩的な妙味があるといえる。五七五七七のどこかに、主観的な内容を入れるのが基本的なやり方であることからも、そのことがうかがえる。

商業誌『短歌研究09　一〇月号』に第二七回「現代短歌評論賞」作品として、山田航の「樹木を詠むという思想」が掲載されていた。このなかで次の短歌がとり挙げられていた。

俺はいわゆる木ではないぞと言い張れる一本があり森がざわめく　渡辺松男

立ったまま枯れていいるなんてわりあいぼんやりしているんだな木は　渡辺松男

山田は、「渡辺が歌う樹木は、明らかに個として生活する孤独な人間に重ね合わせられている。人間社会が個の集団であるように、森もまた木の集合にすぎないという考えなのであろう」と論じている。この捉え方からは、自然のなかに人間性や社会性を見出すことで、人間と社会の新たなリアリティが認識されている。日本人が古来より抱いている畏敬的な存在から離脱していることに発見があるといえる。他方、この評論のなかでも、「大谷雅彦は現代短歌においてあえて〈私〉を消して人間の存在しない自然情景を描出するような詠みぶりを志向している」として、次の歌を挙げている。

奥山の峰よりおこるせせらぎのしげく響きて竹群に入る　大谷雅彦

昏れてゆく数千の杉にこだまするわれのかなかなみじかき一夏　大谷雅彦

これらの短歌は例外的であるとして、「自然界の領域に属するものの強大さ、苛烈さの前に人間など脆弱なものであるという考えが根底にある。しかし人間が完全に自然の一部として帰ってゆくことはもはやできないことに気づいてしまっているのだ」と断言して、人間は自然とは一線を画した存在となってしまった、としている。作者の感情をテーマとする短歌の立場からは、こういったことにもなるのであろう。自然を人間の場にひき込むとともに、その違いの自覚にいたっているのである。次の短歌は、自然とのかかわりを根底とした若山牧水の名歌である。

幾山河こえさりゆかば寂しさのはてなむ国ぞ今日も旅ゆく　　若山牧水

実景描写はなく、古典的な調べに乗せて、山河への郷愁を歌っている。「寂しさのはてなむ国」を、自然のなかに求めるのは、日本人的といえるが、ゲーテの『若きウェルテルの悩み』のウェルテルも自然に癒される場面が多い。万葉集から新古今集にいたる和歌では、心情を自然界に重ね合わせ、癒しの領域を出現させていることが多い。

俳句については、季語がベースにあって、それに俳人の詩的な境地や感想・感懐を重ね合わせることを定石としている。中心はあくまでも自然である。高浜虚子は花鳥諷詠を理念として提唱したが、素材は花鳥であって、人間とかを中心には詠まないことであり、人間を詠むときも、梅や鶯を詠むようにすることであった。人間も自然の一部という立場から、人間にかかわることを詠んでも、自然界の原理がベースには存在しているということだ。俳句の自然詠では、霊的な妙趣やコスモス的な哲学を創出できることもある。わび、さびの追求もその手段ともいえる。短歌のような自然に密着し、そこに人間性をふくませることは、あえて避けているのである。

吹きとばす石は浅間の野分かな　　芭蕉

信州更科から江戸への帰路、浅間山麓での句である。浅間山の石は軽石なので、吹きとばされていたのであろう。「吹きとばす」の倒置法が、凄まじさを伝えている。芭蕉には感情や感想の表現は少ない。

雪渓のこゝに尽きたる力かな　高浜虚子

北海道の支笏湖での句である。「尽きたる」は感情のこもった表現であるが、情景を具象的にいい当てている。雪渓本体は凍っていても、末端は解けだして、ぐしゃぐしゃなのである。虚子は当初、主観写生を提唱していた。

戸隠の山々沈み月高し　高浜虚子

闇の中に黒々と戸隠の山々が現れていることを、「沈み」という客観写生で表現している。その上空には月が照っている。「戸隠の山々」と「月」との取合せから、コスモロジー的な空間が、立ち上がってくる。

俳句では自然の景観や事象そのものに、人間性のあり方や思想を見出そうとしているが、こうした作句法の方が、作者の感想・心境・考えを直截的や暗示的に表現する短歌より文学的にレベルが高いということではない。「樹木を詠むという思想」でとり上げている短歌では、畏敬に満ちた自然界に対して、競争や欺瞞に溢れた人間社会と同じいち面を見出していて、それは逆説的な人間肯定論につながっている。自然をより身近な存在へと引き寄せたことのなかに、芸術性や哲学性が存在しているといえる。また、ドラマティックに捉えることで、対象のもつ霊性を伝えていることもある。

丁々と木を伐る昼にたかぶりて森にかえれる木霊のひとつ　前登志夫

木を斧で打つ音で反響しなかったものがあった。それは「木霊」として森に戻ったということである。森の深さと生命感が突きつけられる。写生ではなく、フィクションの世界である。

この評論では自然をアニミズム的に捉えた短歌は、ほとんどとり上げていなかったが、そういった名歌もないわけではない。また、明治期に正岡子規が提唱した写生を継承したアララギ派からは、多くの写生をベースにした名歌が残されている。

夕焼空焦げきはまれる下にして氷らむとする湖の静けさ　島木赤彦

諏訪湖での自然詠であるが、上句で景観を写生しているというより、感動を織り込んだ描写しているといえよう。下句で「氷らむとする」と想像的表現をすることで、作者の意志がこもった表現となっている。自然を前にしたときの、臨場感と共感があふれている。

また、次の短歌に代表されるように、万葉集では広く知れわたった写生の短歌が多い。

田子の浦ゆうち出でてみれば白妙の富士の高嶺に雪は降りつつ　山部赤人

こういった写生表現は文字数の少ない俳句の方が、インパクトを打ち出しやすい。赤人の短歌は、歩いてきて突如、視界が開ける映像的な妙味がある。短歌での客観写生では、言葉が多くなり、説明になりやすい。そこで動詞を入れた映像的な描写、あるいは感情のこもった飛躍のある表現にすることにより、インパクトのある情景を創出しているのである。

俳句のような客観的な自然の捉え方が絶対的なものだ、とはいえない。短歌では、逆に自然に密着して、自然を内面にとり込むことが行われている。自然の風景や動植物の実態を歌人の内面にとり込みながら、それらの芸術性や思想性・哲学性を表出している。さらに、自然を人間的や社会的な存在として捉え、またドラマティックに表現することにより、さまざまな人間との共通点やそれとは逆の超越性や神性を見出しながら、俳句とは別の主観的視点から芸術的な境地や自然観や世界観を顕現しているといえる。

八　山頭火とは何か

八―一　はじめに

卒業しても就職しなかったり、就職しても辞めてしまう社会人が増えているというニュースを、テレビでしばしば見るようになった。働かなくては食っていけないのは、今も昔もかわらないので、アルバイトをしたり、身内の経済的な支援などで、いわゆるその日暮らしの生活をしているのであろう。生活への不安はもちろんあるであろうが、それ以上に仕事に縛られたくないため、あるいは周囲と協調できないためである。社会問題としてクローズアップされることが多いホームレスについては、大半は働きたくても職がない人たちのようであるが、働く意欲がない人もふくまれているという。

「行乞」とは乞食を行うことである。仏教では行乞を生活の手段とすることが、修行なのである。働くことが性に合わず、行乞流転《ぎょうこつるてん》の俳人として名をなしたのが、種田山頭火である。山頭火の俳句は、一般的な俳句とは異なる自由律俳句であった。

山頭火が世間的に注目されるようになったのは、戦後のことである。第一期のブームは、昭和三九（一九六四）年の東京オリンピック後の高度経済成長の頃であった。終戦から二〇年ほどがたち、生活に余裕がでてきて旅ブームが起こったことに起因したといえる。第二期は昭和四八（一九七三）年のオイルショックの頃であった。高度経済成長が迷走しだして、公害問題が深刻化したことが背景となった。近代社会の弊害からの逃避の、山頭火は指針となったのである。このときのブームでは昭和四六（一九七一）年ごろ、放送作家でタレントの永六輔がラジオ番組で山頭火を取り上げてから、テレビ・新聞・週刊誌で特集が組まれたのがきっ掛けとなったようだ。

俳句は五七五の定型であって、季語がなくてはならない。自由律俳句とは、季語はなく、五七五の定型でもない。五七五に近いこともあれば、俳句とはかけ離れた一行詩であることもある。山頭火の資質から自由律俳句の道へと進んだのは、当然の成り行きといえる。そして種田山頭火は、尾崎放哉と双璧をなす自由律俳句を代表する俳人となったのである。

山頭火は芸術家タイプであることや、幼いときの母親の自殺による被害妄想から、社会とか常識に順応できない気質になっていた。常識を逸脱した行動が多かったが、彼の俳友（俳句を通しての友人）たちは、自由律俳句の大家としてそれを大目にみていた。山頭火の魅力とともに、彼の特異な性格の背景にある生立ち、路傍無人な遍歴、俳句の特徴と意義、思想などを探究してゆくことにする。

八―二　挫折・行乞の遍歴

八―二―一　故郷から熊本への移住

山頭火は明治一五年、山口県佐波郡（現在の防府市）に生れた。JR防府駅には山頭火の銅像が建っている。山頭火の本名は、種田正一であるが、種田家は地主であった。山頭火が小学校三年とき、母屋と土蔵の間にあった井戸に母フサが、身を投げて自殺した。引き上げられた母の死体を、山頭火は目撃した。山頭火の精神を一生揺さぶることになる。父の竹治郎は酒に溺れ、女ぐせが悪かったことから、経済的な破綻に陥り、母の自殺につながってしまった。

明治二九年（山頭火一四歳、以下山頭火を略す）、山頭火は松崎尋常高等小学校を修了して、私立周陽《しゅうよう》学舎（現在の防府高校）に進学した。俳句に打ちこむようになる。その後、県下随一の名門校である山口尋常中学の四年級に編入した。山口市内に下宿した。明治三四年（一九歳）、上京して私立東京専門学校高等予科（現在の早稲田大学の前身）に入学、翌年、卒業して、早稲田大学文学科に入学した。明治三七年（二二歳）、早稲田大学を神経衰弱のため退学し、病気療養のため帰郷した。

明治三九年、父竹治郎は家屋敷を売却して、吉敷《よしき》郡大道村の酒造場を買収した。一家で移り住む。翌年、種田酒造場を開業した。明治四二年（二七歳）、山頭火は六歳年下のサキノと結婚する。翌年、長男の健が生まれる。この頃から酒を呑みあさるようになった。

山頭火は防府を中心とした弥生吟社《やよいぎん》に参加していた。そこは定期の句会と回覧句集の刊行を行っていた。明治四四年（二九歳）、弥生吟社は郷土文芸誌「青年」創刊と同時に発展解消となり、椋鳥会が発足した。山頭火のペンネームで「青年」に、ツルゲーネフの小説などの翻訳を発表する。「田螺公《でんらいこう》」の俳号で定型俳句を作る。田螺は巻貝の田螺《たにし》のことである。彼がなぜ俳号としたのかは分からないが、芭蕉は田螺をとる鳥を俳諧だ、といった。「山頭火」の雅号は、翻訳や近代文学を論じるときのものであった。古い伝統をベースにした俳諧を泥に埋もれた田螺として、近代の文学は熱く燃えあがる火山として、それを目ざすということで、「山頭火」を雅号としたといえる。

明治二五年からの正岡子規の俳句革新運動は、子規没後に河東碧梧桐《かわひがしへきごとう》と高浜虚子の二派に分れた。碧梧桐は「新傾向」から自由律へ、虚子は花鳥諷詠へと邁進した。「新傾向」は大須賀乙字《おつじ》が提唱したもので、はじめは俳句界の最近の傾向というほどの軽い意味であった。明治四四年四月、荻原井泉水《せいせんすい》が『層雲』を創刊したが、碧梧桐との勢力争いを避けて、新傾向俳句の中央機関誌というふれこみであった。翌年に井泉水は約束としての季題の無用を唱え、そして巧みな理論と実践をくりひろげ、自由律運動は『層雲』が代表しているがごとく進んでいった。大正二年（三一歳）三月、山頭火は『層雲』に投句しはじめる。五月、俳号にも山頭火を使いはじめた。『層雲』同人に、山口県出身で山頭火より二歳年下の久保白船《はくせん》がいた。彼の家は佐合島の醤油製造業であった。山頭火は七月、はじめて白泉を訪ねている。八月には個人雑誌「郷土」を創刊した。

大正三年、井泉水は季題廃止を提唱し、碧梧桐と袂を分かち、自由律俳句の推進にのり出す。山頭火も自由律俳句を作るようになる。この年の一〇月二七日、井泉水が東京から来て、山陽線田布施《たぶせ》駅に下車した。出迎えた人びとのなかに山頭火もいた。その日は一夜会という句会が催された。翌日、山頭火は井泉水を案内して防府まで同行した。そこでは椋鳥会の俳句会が催された。その後、二人は気脈が通じるようになった。

大正五年（三四歳）、種田家は破産、父竹治郎は失踪、一家は離散した。四月、山頭火は妻子を連れて、同郷の山口県出身で、文芸誌「白川及《および》新市街」同人の兼崎地橙孫《ぢとうそん》を頼って熊本市に落ちのびる。地橙孫は一八歳頃から俳句をはじめ、明治四三年には第二次全国遍歴の碧梧桐とはじめて下関で会っていて、二二歳にして碧梧桐門下の十指に挙げられていた。おそらく山頭火とは、そのころから交友があったのであろう。当時、地橙孫は第五高等学校（以下、五高とする）に在学していて、彼が中心になって「白川及新市街」を発行していた。「白川及新市街」に注目していたことも、この地を選んだ理由であった。しかし、山頭火が転居してきた二ヶ月後に、地橙孫は京都帝国大学へ入学するため去ってしまった。「白川及新市街」同人には、熊本市内で薬局を経営していた友枝廖平《ともえだりょうへい》がいた。五月、山頭火は古書店「雅楽多」を開業した。井泉水や友人たちから寄付された雑誌や書籍、自身の愛読書が並べられた。古書店は好評であったが、古書を集める手立てがなく、額縁店に転業したのであった。商品は偉人画・複製画や絵葉書・ブロマイドであった。文学と縁遠くなり、商売への興味を失い、新生活への意欲も薄れていった。店は妻に任せ、自分が額縁の行商に歩いた。

五高の関係者が中心となっていた歌誌「極光」の短歌会に、山頭火は出席していた。そこで知り合ったのが、当時五高の三部（医科）に在学していた古賀騶虞《すうぐ》である。彼は従弟の木村緑平《りょくへい》を、山頭火に引き合わせた。緑平は山頭火より八歳年下で、大牟田在住の病院勤めの内科医であったが、ときおり熊本の古賀の下宿を訪れていた。その緑平は、『層雲』同人であったので、会ったことはなくてもお互いの存在は知っていた。二人は初対面から打ちとけた仲になったわけではないが、終生の俳友となっていった。一三歳年下の茂森唯士《ただし》ともその短歌会で出会った。こうした友人たちとの交流により、仕事にも張りがでてきていた。

山頭火に立ち直りのきざしが見えていたとき、それをひっくり返すことが起こってしまった。大正七年六月、五歳違いの弟の二郎が自殺した。弟は母の死の直後、六歳で養子に出された。種田家の破産で養子先に金銭上の負担をかけたことで、二九歳のときそこから縁を切られた。一時は熊本の山頭火のところに身を寄せていたようだ。山頭火に援助できるはずもない。岩国の愛宕村の山中で縊死《いし》した。遺体が発見されたのは約一ヶ月後であった。山頭火はふさぎ込んでしまった。

大正八年、茂森は五高の下級職員から文部省に転任となり、東京へ去っていった。

八―二―二　東京への文学修行

大正八年（三七歳）一〇月、山頭火は文学で身を立てる決意から、妻子を置き去りにして上京した。まず心頼みにしていた茂森を、東京市下戸塚の下宿に訪ねた。その下宿には空室があったので、そこに住みついた。勤めの経験のない中年では仕事はなかなか見つからなかったが、東京市セメント試験場でのアルバイトの仕事に就けた。翌年、東京市麹町の双葉館に引っ越した。東京市役所の臨時雇いとして一ツ橋図書館に勤務しはじめる。その翌年には、正式に東京市事務員となった。大正九年一月号の『層雲』に載った一四句のうちの、次の句は一句である。その後、『層雲』から山頭火の名は消えた。

霧ぼうぼうとうごめくは皆人なりし

都会の人の多さを、薄気持わるくもやもやしたものと捉えている。そこには個人の存在はなく、それは群れとしておし流されている集団なのである。

大正一一年（四〇歳）、東京市事務員を神経衰弱のため退職した。その間、サキノの実家から離婚届けの用紙が送られてきたことから、印を捺し離婚が成立した。額縁などの行商で生活をつづけた。

大正一二年、病気療養として熊本に帰って行ったが、離婚していた妻が、快く迎えるはずがなく、山頭火は仕方なく東京に戻った。そして九月一日、関東大震災に遭ってしまった。その一昨日、茂森唯士は郷里で結婚式を挙げるため、熊本に帰った。彼は日本評論社の編集長になっていて、新妻との新婚生活のための新居を東京市早稲田に構えていた。その留守宅は被災をまぬがれていた。山頭火はなんとか茂森の家に、夜が更けた頃たどり着いた。その家には焼け出された茂森の友人が数人きていた。集まってきた者は、総勢九人であった。そのなかに読売新聞記者の木部至誠《きべしせい》や、京都大学を卒業して就職のために上京していた芥川という青年がいた。この大混乱の狼狽につけ込んで、朝鮮人が暴動を起こしたとか、社会主義者が暴動を策謀しているとのデマがとびかった。憲兵や警察は露骨な社会主義者の弾圧を敢行した。木部は、東京から逃れるために知人の家に預けておいた荷物をとり出かけた。それを助けるために、山頭火と芥川は付き添った。その知人が憲兵隊のブラックリストにのっていた社会主義者であったために、三人は憲兵に捕まり、巣鴨刑務所に留置されてしまった。鉄格子の向こうでは、どなり声と人を打つ竹刀の音が響いていた。茂森の弟が内務省に勤めていたので、彼のはからいで山頭火と芥川は、まもなく釈放され、木部は一ヶ月ほど留置されたようであった。釈放されたものの、鉄格子の中に入れられたショックは大きかった。さらに、瓦礫と化した東京の無残な有様と人間の酷《むご》さに、都会の虚しさを思い知らされた。九月末に熊本に帰った。

八―二―三　熊本へのUターンと出家

大正一三年（四二歳）、山頭火は一時上京したが、再び熊本に帰り、額縁店（「雅楽多」）を手伝っていた。一二月、酒に酔い熊本公会堂前で、走ってきた電車の前に仁王立ちになって、急停車させた。あわや命を落としそうになった。急停車に横転した乗客は、ふとどきな山頭火の態度に怒り、大騒ぎになった。居合わせた木庭という熊本日日新聞の記者が、山頭火を拉致して、市内にある曹洞宗の報恩寺に連れ去った。これを機に報恩寺に入門した。翌年、報恩寺にて住職の望月義庵《ぎあん》を導師に、友枝寥平を立会人として出家得度して、耕耘《こううん》と改名した。熊本県鹿本郡植木町見取の観音堂（曹洞宗瑞泉寺）の堂守となった。檀家のお布施だけでは食べてゆけず、托鉢で生活費を補っていた。報恩寺境内には観音堂で詠んだ次の句の碑がある。

けふも托鉢ここもかしこもはなざかり

山林独居の気ままな生活のなかで、大震災と政治弾圧への恐怖と無力感はうすれてゆき、中断していた作句も復活した。

松はみな枝垂れて南無観世音

精神的なショックから立ち直り、友人から『層雲』の新年号を借りて読んだ。そこに掲載されていた尾崎放哉《ほうさい》の随筆「入庵雑記」に注目した。「入庵雑記」は五月号まで連載された。自分と同じような境遇であることに、感動しつつ共感したのだった。

大正一五年（四四歳）、四月一〇日、独居生活に嫌気がきて、観音堂を去った。その三日前の七日に、小豆島の南郷庵《みなんごあん》にいた尾崎放哉が死去したが、そのことを知っての決意であったのかどうかは分からない。一四日に緑平に、ハガキで決意を伝えている。

あはたゞしい春、それよりもあはたゞしく私は味取をひきあげました。本山で本式の修行をするつもりであります。

山頭火は曹洞宗大本山の永平寺で、本式の修行に憧れていたにもかかわらず、修行僧として生きるか、俗世間と妥協するか迷っていた。本山修行は過酷すぎる。まずは九州行乞を決意し、六月一七日、報恩寺から行乞放浪の旅に出立した。修行として、座禅ではなく行乞を選んだともいえる。熊本と宮崎の県境にある馬見原から高千穂に分け入り、五ヶ瀬から高岡にいたった。九州中央部は、祖母山・傾山《かたむきさん》など一六〇〇メートル級の山々が連なっている。その近くの山間部の険路を歩いたのだ。歩きながらの風景の変化や身体の疲れからの気息が、句へと結実していった。この行程での句である。

分け入つても分け入つても青い山

高千穂神社裏手の自然参道に句碑が建っている。さらに日向灘《ひゅうがなだ》の海岸線を北上して宮崎にいたり、大分に行き着いた。八月一一日飄然と、郷里の浜竹（現在の柳川市）で開業医をしている緑平を訪れた。翌日には佐賀へと向かった。唐津に出て、海岸づたいに虹ノ松原を通って福岡にいたったようだ。関門海峡を渡り、徳山で久保白船に会った。白船の「山頭火来訪二句」は、このときの句であろう。

法衣かる〴〵と来てふかれて去るか　白船
友のうしろ姿の風を見送る

それから岩国に行き着いた。ここは弟の二郎が自殺した場所であり、弟の供養のために現場まで行ったようだ。一〇月に防府に戻った。戸籍上の名前を正一から耕畝への変更を町役場に申請した。二八日、許可の通知が届いた。

昭和二年（四五歳）、広島県の内海町で新年を迎えた。九月には山陰地方を訪れる。翌年は、新年を徳島で迎えてから、四国八十八ヵ所の札所を巡礼する。山頭火は記憶だけで、随筆「遍路の正月」を書いているが、記載の年が一年ずれている。この巡礼についての日記はないので、行程などの詳細は分からない。七月に小豆島に渡り、西光寺に五泊して、尾崎放哉の墓に詣でた。その後は、岡山に渡り、福山市内で行乞してから、山陰地方へ行った。

昭和四年、広島で新年を迎え、山陽地方を行乞した。二月、北九州を行乞してから、飯塚に息子の健を訪ねた。三月、熊本の「雅楽多」に帰り、九月にふたたび旅に出た。一一月、阿蘇・内牧《うちのまき》の塘下《ともした》温泉での九州の『層雲』同人の、井泉水を迎えての懇親会に山頭火も出席した。翌日、そろって阿蘇登山をした。井泉水は次の句を詠んだ。

コスモス寒く阿蘇は暮れずある空　井泉水

山頭火も句を詠んである。

すすきのひかりさえぎるものなし

この二句を刻んだ句碑が、内牧温泉に建っている。

昭和五年（四八歳）九月九日、南に向かった。旅立ちにあたって、それまでの日記や手記をすべて焼き捨てた。新たに日記を九月九日から書きはじめた。それが、『行乞記（Ⅰ）』である。日記は死の直前の三日前まで書きつづけられた。日記のノート一冊が書き尽くされると、大牟田の木村緑平にそのつど送った。その総数は現存するだけでも二一冊にも及

昭和5年ころ

ぶ。この旅では、八代町から佐敷に出て、球磨川づたいに人吉までやって来た。そのころには、「あはれむべし、白髪のセンチメンタリスト、焼酎一本で涙こぼす」など、文章にもユーモアが出はじめた。えびの高原を越えて都城《みやこのじょう》に着き、それから北上して宮崎に出て、日南海岸を南下して福島を経て志《し》布《ぶ》志《し》に着いた。ここで行乞をしていると、巡査にとがめられ、汽車で都城に引き返した。そこから妻・高鍋・延岡・竹田と来て、由布院に出る。ここで由布岳をほめ、湯をほめ、宿をほめている。汽車で中村まで行き、歩いて玖珠に着く。深耶馬《いんやば》の渓谷に下ってから俳友・松垣味々《まつがきまいまい》の住む中津に着いた。句会と酒びたりで三泊した。北へと進み、八幡の俳友・飯尾星城子《せいじょうし》、門司の久保源三郎、下関の兼崎地橙孫をめぐり、つづいて糸田の木村緑平を訪れた。後藤寺《ごとうじ》・福岡・大牟田《おおむた》とめぐり、一二月一五日に熊本に帰ってきた。草庵を、それが無理なら貸間を、市内を行乞しながら捜した。なんとか熊本市内春竹琴平町に貸間が見つかった。貸家二階の一室を借り、〝三八《さんぱ》九居《くきょ》〟と名づける。この名は、仏典で絶対を意味していたが、山頭火は、「私の真実」といった意味に考えていた。ここで自炊生活をはじめる。

翌年（昭和六年）には三八九居を引き払い、「雅楽多」に仮住まいする。一二月二二日、旅に出る。汽車に乗り熊本を離れ、味取に向かった。留米・二日市を通り大宰府の天満宮を参拝した。そのとき雪まじりの雨の中で、詠んだ一句である。

うしろすがたのしぐれてゆくか

その翌年（昭和七年）の新年は、福岡県長尾の木賃宿で迎えた。一昨年、八幡市の飯尾星城子宅で、宗像市の隣船寺住職の田代宗俊《そうしゅん》と出会っていた。一月六日、隣船寺を訪ねたが、宗俊は不在であった。一〇日に再び訪れた。その間、芦屋へ向かう途中の雪の降る中で、次の句を得た。

鉄鉢の中へも霰

この句がどこで詠まれたかは、はっきりはしていないが、神湊から芦屋までの行乞中に詠まれた。さらに虹の松原から唐津にはいり、近松門左衛門ゆかりの近松寺を参拝した。佐志で一泊、翌日は呼子に行き、名護屋城址を見学してから、船で片島へ渡り、佐用姫伝説の田島神社に参拝した。また唐津に戻り、武雄を経て嬉野《うれしの》温泉に着く。長崎で俳句仲間が待っているので先を急ぐ。諫早《いさはや》を経て長崎にはいる。ここで歓待され、四日間滞在する。法衣を脱ぎ、借着して、あちこち見学した。次に島原半島に向かった。島原では借金で留め置かれ六泊する。緑平からの送金で、出発することができた。諫早を経て佐賀にはいる。そこから嬉野温泉に戻ってくる。よほど気に入ったようで、ここで六泊する。さらに佐世保で六泊する。平戸では行乞中に二度も巡査に叱られる。松浦半島の海岸沿いを歩いて、伊万里からまた唐津にはいる。前のコースを逆行して、姪《めい》ノ浜から福岡へと行き、さらに進み折尾の木賃宿・匹田《ひきた》屋で、『行乞記（Ⅱ）』は終わっている。再び北九州にはいり、緑平宅へ行く。関門海峡を渡り、下関から山陽路を進み、防府を通過して、山口県内をめぐり、五月二四日に下関郊外の川棚温泉に着いた。

八―二―四　其中庵《ごちゅうあん》と風来居での独居と東日本への旅

五月は山口地方を行乞して、六月から八月末まで川棚温泉の旅館に長期滞在した。この地で造庵を目ざして手を尽くしたが、住民の賛同が得られず頓挫した。九月、山口県の小郡町に四畳半、台所と便所の一戸建てが見つかった。粗末な家ではあったが、その家が気にいり、〝其中庵〟と名づけて住みはじめた。川棚では造庵に難渋したが、小郡では事なく草庵が決まった。多くの俳人が来庵した。世間とのかかわりを断ったここで、次の句を詠んでいる。

落葉ふる奥ふかく御仏を観る

昭和八年（五一歳）の一一月四日、其中庵に井泉水を招いての句会を催した。多くの俳友が其中庵にやって来た。大山澄夫は『層雲』誌上の山頭火の句に、敬服していたことから、其中庵を訪れるようになった。当時、大山は広島逓信局に勤める役人であった。遠くから自分を慕ってやって来てくれる一七歳年下の俳友に、山頭火は感激していた。

翌年（昭和九年）にはここでの生活に厭きていた。俳友の国森樹明《じゅみょう》を二度目に訪れたとき借りた『放浪俳人　井月《せいげつ》全集』（昭和五年刊行）を読んで感動したことから、長野の伊那で没した乞食俳人の井上井月を墓参することを思いたった。墓という霊域から井月の

昭和8年其中庵

境地を体得するためでもあった。二月、北九州を旅立ち、まず糸田の緑平を訪ねてから、三月末、広島から神戸、有馬温泉を経て京都に出た。名古屋へ来ても歓待さる。数日滞在し、覚王山日泰寺にも詣でた。南木曽を目ざして中央西線に乗り、坂下に着いた。そこから歩いて清内路《せいないじ》を進んだが、清内路峠を越えた後の峠で残雪に難渋し、飯田に着いたときは急性肺炎を患っていた。飯田在住の俳友・太田蛙堂《あどう》の世話で入院した。四月に退院できたもの、井月墓参はあきらめた。飯田線から東海道本線に乗り継いで、どこにも寄らず其中庵へと帰った。

昭和一〇（五三歳）年八月、カルモチンを多量に飲んで、自殺をはかったが、未遂に終わった。一二月六日の日記に書いてある旅に出立した。

旅に出た、どこへ、ゆきたい方へ、ゆけるところまで。俳人山頭火、死場所をさがしつゝ私は行く！

七日は徳山の俳友宅に泊り、その数日後、広島の大山澄太を訪れる。彼は山頭火に、ゆっくり滞在できる場所として瀬戸内海の竹原沖の小島を勧めた。山頭火は島に渡り、そこで第四句集『雑草風景』をまとめる。昭和一一年の新年は岡山で迎えた。良寛が修行した倉敷の円通寺に立ち寄る。『雑草風景』を後援会会員や俳友に発送してから、門司に出る。三月五日、俳友たちが三等切符を買ってくれたことから、大よろこびで大連航路の客船ばいかる丸に乗り、翌日に神戸に着く。大阪に一週間滞在し、南河内まで行き、弘川寺の西行の墓に詣でる。その後は京都を訪れ、八坂の塔・芭蕉庵・知恩院・南禅寺・永観堂・銀閣寺などの、洛東をめぐり、次の日は、洛西の光悦寺を訪れ、洛南に下って、宇治の平等院に参詣した。そのときの句である。

宇治平等院三句

雲のゆききも栄華のあとの水ひかる

風の扉ひらけば南無阿弥陀仏

うららかな鐘を撞かうよ

奈良も訪れ、東大寺・興福寺・薬師寺・唐招提寺とめぐってから、伊賀上野へ行き、芭蕉遺跡を巡訪する。津を経由して伊勢神宮に参詣する。四日市では折から開催中の博覧会を見学する。名古屋を通って浜松に向かった。東海道を東上して、大船で下車した。そこから俳句仲間の自動車で鎌倉まで行き、俳友宅に泊る。翌日は、光明寺・鶴岡八幡宮・建長寺・円覚寺・長谷寺とめぐった。

層雲社から、「翌日の句会に出席せよ」という電報がきて、その品川での句会に出席した。句会には二〇人ほどが集まった。ほとんどが初対面であった。その日は層雲社に泊る。翌日は銀座を散策した。

四月一六日、東京を去り、藤沢で旅館に泊り、茅ケ崎まで歩いてから、汽車で熱海まで行き、伊東までは歩き、伊東温泉の安宿に三泊する。海岸沿いを歩き、稲取で宿に泊まった。翌日は谷津の俳人宅に泊る。さらに浜崎の俳人宅に泊ってから下田に着く。田子の浦に出て、船で沼津に行き、東京に戻った。それから『層雲』記念大会に出席した。

五月はじめになってから東京を去り、汽車で甲府に向かう。八ヶ岳の東山麓を進み、軽井沢まで行き、そこから小諸に出る。さらに北上し草津と万座の温泉で遊び、長野にいたった。

甲信国境

行き暮れてなんとここらの水のうまさは

信濃路

あるけばかつこういそげばかつこう

善光寺に詣でる。柏原の一茶の跡を訪ねる。直江津に出てから六月、新潟に良寛の遺跡をめぐった。

日本海岸

こころむなしくあらなみのよせてはかえし

砂丘にうづくまりけふも佐渡は見えない

荒海へ脚投げだして旅のあとさき

鶴岡に行き着いた。前もってハガキで連絡してあった俳友・和田光利《あきとし》を訪ねる。山頭火は光利に厚遇され、料亭で酔いつぶれる日々であったようだ。ある日、光利から借りたユカタを着て、銭湯に行ってくると出かけ、そのまま帰ってこなかったという。その後、仙台まで無事にやって来たとの、山頭火からのハガキを光利は受けとった。仙台の『層雲』同人たちは、法衣ではなくユカタ姿の貧相な山頭火にがっかりするとともに、印象を悪くしたようだ。仙台在住の佐藤露江《ろこう》は、『層雲』(昭和一六年一月発行)の山頭火追悼特集号に、「山頭火から受けた大体の感じは、句を通して想像したものよりは、はるかに俗人だといふことであつた。それだけにこの大俗人山頭火は人間的体臭に満ち〳〵てゐると思つた」と書いている。山頭火は仙台から北上し、平泉にいたる。

毛越寺《もうつじ》

草しげるや礎石ところどころのたまり水

平泉

ここまでを来し水飲んで去る

藤原三代と義経最後の地としての重い味わいのある水なのである。中尊寺では「あまりにも現代色がでている」と、山頭火は落胆していたという。日本海側へと戻り七月一日に酒田に着き、日本海岸を西下し、永平寺にいたり参籠した。

永平寺三句

水音のたえずして御仏とあり

てふてふひらひらいらかをこえた

法堂《ハツトウ》あけはなつ明けはなれてゐる

旅の達成感とともに、俗世からの脱却が伝わってくる。二〇日に其中庵に帰った。長い旅を終えた後は、庵中独座の生活であった。山頭火は作句以外に、生きる目標がもてないのである。フィクションをあやつり、描写を駆使して、芸術的あるいは哲学的な境地を創り出すのではなく、あくまでも現場での感懐を積み上げる作句法だった。

庵中独座

こころおちつけば水の音

山頭火の浮世離れした長旅とは裏腹に、この年には、二・二六事件が起こり、日独防共協定が調印された。

昭和一二（五五歳）年二月、関門海峡を渡り九州行乞に出かけた。北九州の俳友を訪ね歩き、滞在もしていた。三月一八日に糸田の緑平を訪ね、翌日は熊本のサキノのところへ行った。昨年秋に息子の健が結婚したとのことで、その話を聞きにいったようだ。息子に月々生活費を送金してもらっていることをいさめられた。三月末に其中庵に帰った。

この年の九月、下関の材木商店に就職したが、つづかなかった。一一月、湯田中温泉に出かけ、五日間ほどにわたり泥酔無銭飲食をした。山口警察署に留置される。息子の健から電報為替がきて救われた。

夭逝《ようせい》の詩人・中原中也は山口市湯田温泉の出身である。昭和一二年の没後さらに注目されるようになり、その影響もあり山口市では文学青年が競って詩を書いていた。昭和一三年七月に、詩集『山口県詩選』が出版された。山口県ゆかりの作家の作品が集められもので、山頭火の俳句もふくまれていた。七月一六日に山口市内の八木百貨店食堂で、出版記念会が開かれた。山頭火も喜んで、その会に出席した。中也の実弟の中原呉郎は山頭火に心酔していた。そんな経緯から、出版記念会のあった日は、山頭火は中原邸に泊っている。

其中庵は廃屋を修理したもので、傷みがひどくなっていた。中原呉郎ら、湯田町の青年文学グループが四畳半一間ながら、湯田町内に十分住める一戸建てを探しだした。昭和一三年一一月、そこに転居して、〝風来居〟と名づけた。

昭和一四年（五七歳）の新年は、風来居で迎える。三月三一日、東上の旅に出立した。徳山に行ってから広島の大山澄太を訪ねる。四月五日、広島の宇品《うじな》港から船に乗り、その翌朝に大阪に着いた。俳友たちとの宴会を楽しんでから、四月九日、京都にはいる。滋賀の近江から名古屋へ、そして名古屋の森有一、刈谷の池原魚民洞を訪ねた。その後、知多半島の師崎から海を渡り渥美半島の渥美町福江に着く。その街はずれには、「鷹ひとつみつけてうれしいらこ崎」の芭蕉句碑と芭蕉の弟子の杜国《とこく》の墓があり、その墓に詣でる。福江から八キロ先の、伊良湖岬まで行った。そこから豊橋に出て、豊川の鳳来寺に寄る。それから浜松に行き、天龍川を遡り、五月三日に伊那に着いた。伊那高等学校の校長で『層雲』同人の前田若水《じゃくすい》が待ち構えていて、美寿村（現在の伊那市）六原道の井月の墓に案内した。中央アルプスが近くに見えている。墓の周囲は田圃に囲まれ、数本の欅が立っている。墓地の一隅に、「降るとまで人には見せて花曇り」の小さな井月句碑があった。山頭火は持参した二合瓶の酒を墓石に注いだ。

井月の墓前にて

お墓したしくお酒をそゝぐ

伊那を出立した後は、権兵衛峠を越えて奈良井に出て、鳥居峠を越え福島にいたる。木曽路を抜けて汽車で名古屋に着く。大阪と神戸で俳友宅に泊り、五月一六日に風来居に帰った。

八—二—五　四国での終焉

野村朱麟洞《しゅりんどう》は明治二六年の松山市生れで、一九歳のとき井泉水の門にはいった。井泉水は自由律俳句の後継者にと期待していたが、大正七年、流行性感冒で二四歳にして急逝した。山頭火は朱麟洞墓参と再度の四国遍路の遂行を念願していた。そのことを大山澄太に話していったようだ。昭和一四年の春、大山は松山に出張した。逓信局の精神修養講習会を運営するためであった。その会は松山・山越《やまごえ》の龍隠寺で開かれた。松山逓信局からは、運営に加わるために藤岡政一がきていた。松山高商（現在の松山大学）教授の高橋一洵《いちじゅん》が講演をした。その会の終了後、三人は高橋宅のどんぐり庵に引き上げ、湯豆腐で一杯呑んだ。このとき、大山は山頭火が松山に来たがっていることを話した。二人は大いに山頭火に興味をもち、山頭火の松山来訪を支援することになる。

山頭火はこの年の五月に井月墓参を果たした。そこで松山の朱麟洞墓参と再度の四国遍路を遂行するときがきた。まず広島の大山を訪れてから、一〇月一日、宇品港で船に乗り、高浜港に着き、電車で松山にはいった。野村朱鱗洞墓参のため、高橋と地蔵院を訪れ、あとから加わった藤岡とともに山麓の墓地を捜したが、朱鱗洞の墓を見つからず、路傍の一基をそれと見たて、お経をあげた。この日から、山頭火はどんぐり庵に滞在する。

山頭火が滞在していると知った海南新聞（のちの愛媛新聞）が、取材にやって来た。一〇月五日の朝刊に、紹介記事が掲載された。

秋山を指してお城が見えます――これは自由律俳句を主張する層雲派のうちでも驍将《ぎようしよう》と知られる俳僧種田山頭火氏が去る一日松山に来たとき城山を見て漏《も》らした一句である。――中略――独善的なホトトギス派に挑戦して自由律俳句を主張する熱烈な闘志のある反面、雑草のやうな淋しい、しかし自由な生活を心として行雲流水の旅を心から楽しんでゐるやうな氏の風貌にどことなく本当の「人間」を見るやうな感じを受ける。

藤岡正一は山頭火の松山滞在中に朱鱗洞の墓を捜し出そうと八方手をつくしていた。近くの寺院・多聞院の近くの共同墓地で、朱鱗洞の墓碑を確認することができた。すぐに山頭火の滞在している草庵に行ったところ、山頭火は接待から帰ったところで、泥酔していた。夜の一〇時近かったが、山頭火と藤岡・高橋の三人は墓に行ってみることになった。藤岡は山頭火の荷物を負い、高橋は鈴をもち、山頭火は杖をついて、阿扶持《あぶし》共同墓地へと歩いた。雨が降りだした。墓地に着いたものの、墓石は乱立していた。マッチの火をたよりに、朱鱗洞の墓を見つけ出した。線香を立て三人はお経をあげた。それから、三人はときどき雨が降ってくるなかを、国鉄松山駅に着く。三人は待合室のベンチの横になり寝こんだ。翌朝、予讃《よさん》線の一番列車で、山頭火は四国遍路に出立した。その日は桜井駅に降り、そこの郵便局長の清水恵に接待され泊った。翌日は第六一番札所の香園寺《こうおんじ》を訪れ、住職夫婦に歓待された。高橋一洵があと追ってやって来るということで、ここに滞在する。高橋が来て一〇月一四日、二人は香園寺をあとにした。西条ではそこの高等女学校の校長に高橋は依頼されて、女生徒に講演した。山頭火も校長に話を依頼され、檀上におし上げられたが、「これが山頭火です」と、一言いって、降壇したという。三島の興願寺、六五番の三角寺、六六番の雲辺寺《うんぺんじ》と同行してから、高橋は山頭火と別れた。山頭火は讃岐路を下り、金毘羅宮に詣でてから、高松にいたり、小豆島の土ノ庄《とのしょう》に渡る。そこでは西光寺に泊った。寺より少し高所にある放哉の墓に詣でる。二度目の墓参だった。

放哉の墓前

ふたたびここに、雑草供えて

墓に護摩水《ゴマズ》を、わたしもすすり

寒霞渓《かんかけい》を観光してから、高松に引き返した。屋島に立ち寄ってから八八番の大窪寺《おおくぼでら》、第一番札所の阿波の霊山寺《りょうぜんじ》へと歩く。山頭火はここより「四国遍路」の日記をつけはじめた。阿南から福井・日和佐《ひわさ》・牟岐《むぎ》・甲ノ浦・佐喜浜・椎名と海岸沿いを歩き、一一月六日に室戸にいたった。羽根・安芸・赤岡と歩き、高知に行き着く。そこで滞在して、為替が郵送されてくるのを待ったが、来なかった。さらに越知《おち》・川口・久万《くま》まで行き、四四番の大宝《だいほう》寺《じ》を拝登する。翌日は三坂峠《みさか》に登る。そこからは道後平野を眺望できる。峠を下り、四六番の浄瑠璃寺を参拝する。森松駅から松山市内にはいり立花駅で下車して、藤岡政一宅に着いた。そこで五日間ほど滞在させてもらい、それから道後の旅館に宿泊した。気候温暖なこの地に住む気持がかたまってきた。ここを死地と思ったようである。山頭火の望んでいる閑静な場所の草庵を、高橋・藤岡・村瀬らがあちこち捜し歩いた。高橋が見つけてきた真言宗御幸寺《みきじ》境内の空屋が、道後温泉にも近いことから適当ということになった。六畳と四畳半、台所と便所があり、井戸には手押しポンプがあった。この草庵を〝一草庵〟と名づけ住むにいたった。

昭和一五（五八歳）年の新年は、一草庵で迎える。俳句仲間で「柿の会」を結成し、一草庵で初句会を催した。二月二一日、一代句集『草木塔』の句稿をまとめあげた。それは私家版での七冊の折本句集を、一冊にまとめたもので、東京の八雲書林が出版してくれることになっていた。この年四月二八日、『草木塔』は八雲書林から出版された。五月二七日、山頭火は『草木塔』を友人に贈呈するための旅に出立した。広島の大山、徳山の白船、小郡の国森を訪れてから、関門海峡を渡り北九州にはいり小郡の国森、さらに隣船寺の田代宗俊を訪ねた。境内には宗俊の建てた山頭火句碑「松はみな枝垂れて南無観世音」があっ

昭和15年松山市内

た。山頭火はそれを見入っていたという。糸田の緑平宅に行きのんびり滞在した後、若松に引き返し、六月三日、船で松山に戻った。

「柿の会」が一〇月一〇日に開かれた。高橋一洵をはじめ、出席者がそろったときには、山頭火はすでに寝込んでいたが、句会は開かれ、終了して散会した。その日の夕方、庵の入口で倒れていたところを、御幸寺の住職夫人が、見つけて床をとったのであったが、一草庵から話声がしていて、句会が開かれていると知り、さしも気にしなかった。句会は一時に終わり、一洵は帰宅して床についたが、眠れなかった。翌朝の二時に一草庵に行ってみたところ、山頭火の身体は硬直していたのだった。医者が到着したときには、山頭火の呼吸はなかった。死因は脳溢血であった。享年五九歳、〝ころり往生〟であった。

密葬が「柿の会」同人たちによって行われた。葬列には徳山から駆けつけた久保白船がいた。のちに白船は、『層雲』に「山頭火を葬る」を発表している。

おそくついて月のくもり柩と向合つてゐる　白船
もうさかづきもいらぬ仏となつて月のあをい葉

一〇月一五日、満州から健が馳せ来た。翌日、本葬がとり行なわれ、遺骨は防府にもち帰り、護国寺裏の共同墓地に葬られた。

もりもりもりあがる雲へ歩む

山頭火が『層雲』に発表した最後の一句である。

八—三　日記「行乞記（Ⅰ）」

山頭火は「行乞記（Ⅰ）」から一〇年後に、四国松山の一草庵で没する四日前まで日記を書きつづけた。「行乞記（Ⅰ）」「三八九《さんぱく》日記」「行乞記（Ⅱ）」「其中《ごちゅう》記」「旅日記」「四国遍路日記」「松山日記」「一草庵記」と書いた。山頭火は大雑把なようで、神経質で几帳面なところがあった。その日に泊った宿の宿泊費と建物・食事・居心地の総合的なランクを、冒頭に書き込んでいる。後進に役立つ資料にする目論見があったのであろう。山頭火の日記を読むことで、山頭火の人間性や世界観・宗教観・人生観を知ることができ、さらに彼の哲学性や芸術性についても探ることもできる。

「行乞記（Ⅰ）」は山頭火四八歳のときの執筆である。行乞にも、創作にも円熟期にはいっていた。行程としては、八代・都城・宮崎・延岡・竹田・由布院・八幡・門司・下関・福岡である。『作家自伝35　種田山頭火』掲載の「行乞記〔抄〕」は、「行乞記（Ⅰ）」であり、そのうちの注目すべき箇所をとり出して、行乞流転の旅をたどり、その内容を知ったうえで、旅と行乞の目的や意義なども探索してゆく。日記なので、日付からはじまっているが、その日記文で、一日の記述における省略は「——略——」「——以下略——」で示した。各日記文の後には、内容にたいしての解説とコメントを加えた。なお『作家自伝35　種田山頭火』では、日記文の文語は口語に修正してある。ルビの〔ママ〕は、原表記を生かしているということである。

昭和五年九月　九州地方

このみちや
いくたりゆきし
われはけふゆく

しづかさは
死ぬるばかりの
水がながれて

日記は、この自由詩ではじまっている。書き出しの「このみち」は、俳句の道でもある。第二連最終行の「水がながれて」は、「死」へのアレゴリー（寓意）であろう。

九月九日　晴、八代、萩原塘、吾妻屋*（三五・中）
私はまた旅に出た。愚かな旅人として放浪するより外に私の生き方はないのだ。
七時の汽車で宇土へ、宿においてあった荷物を受取って、九時の汽車で更に八代へ、宿をきめてから、十一時より三時まで市街行乞、夜は餞別のゲルトを飲みつくした。

同宿四人、無駄話がとりぐ〵に面白かった。殊に宇部の乞食爺さんの話、球磨の百万長者の欲深い話などは興味深いものであった。
＊カッコ内は宿の宿泊料（銭）と泊まり心地を上・中・下で表したもの。

放浪を宣言してはじまる。日にちの下には、宿泊料と宿の居心地などのランクが書いてある。後進の行乞やトレッキングの参考になるようなものにしたかったのであろう。四行目（日付行をいれる。以下同じ）の「ゲルト」はドイツ語で金銭であるが、自分はインテリゲンチャという自尊心が感じられる。

九月十日　晴、二百二十日、行程三里、日奈久温泉、織屋（四〇・上）
午前中八代町行乞、午後は重い足をひきずって日奈久へ、いつぞや宇土で同宿したお遍路さん夫婦とまたいっしょになった。
方々の友へ久振に——ほんとうに久振に——音信する、その中に、——
……私は所詮、乞食坊主以外の何物でもないことを再発見して、また旅へ出ました、
……歩けるだけ歩きます、行けるところまで行きます。
温泉はよい、ほんとうによい、こゝは山もよし海もよし、出来ることなら滞在したいが、——いや一生動きたくないのだが（それほど私は労《〔ママ〕》れているのだ）。

日付の行の「二百二十日」は、立春から数えて二二〇日目で、雑節のひとつである。「労れている」とは、同じパターンのくり返しの日常生活に飽きていたのである。


九月十四日　晴、朝夕の涼しさ、日中の暑さ、人吉町、宮川屋（三五・上）

球磨川づたい五里歩いた。水も山もうつくしかった。筧の水を何杯飲んだことだろう。

一勝地で泊るつもりだったが、汽車でこゝまで来た。やっぱりさみしい、さみしい。

郵便局で留置の書信七通受取る。友の温情は何物よりも嬉しい、読んでいるうちにほろりとする。

行乞相があまりよくない、句もできない、そして追憶が乱れ雲のように胸中を右往左往して困る。……

一刻も早くアルコールとカルモチンを揚棄しなければならない、アルコールでカモフラージした私はしみぐ〵嫌いになった、アルコールの仮面を離れて存在しえないような私ならばさっそくカルモチンを二百瓦飲め（先日はゲルトがなくて百瓦しか飲めなくて死にそこなった。とんだ生恥を晒したことだ！）

祝ふべき句を三つ四つ

蟬しぐれ死に場所をさがしてゐるのか
＊
・青草に寝ころぶや死を感じつゝ
毒草をふところにして天の川

・しづけさは死ぬるばかりの水が流れて

熊本を出発するとき、これまでの日記や手記はすべて焼き捨てゝしまったが、記憶に残った句を整理した、即ち、

・けふのみちのたんぽゝ咲いた

・嵐の中の墓がある

炭坑街大きな雪が降りだした

・朝は涼しい草鞋踏みしめて

炎天の熊本さらば

――略――

単に句を整理するばかりじゃない、私は今、私の過去一切を清算しなければならなくなっているのである、たゞ捨てゝも〳〵捨てきれないものに涙が流れるのである。

――略――

＊日記中「レ」「―」など何らかの印がつけられた句については、一様に「・」印を付して示した。

六行目の「行乞相」は、布施を依頼する人にたいする気持の平静や乱れのことである。いい表情で相手に対すれば、好感がもたれることからも、この言葉を重用していて、しばしば出てくる。「祝ふべき句」の最終句「しづけさは」は、冒頭の自由詩の最後の詩句で

ある。「祝ふべき句」とは、死を新天地とする旅立を祝うということなのであろう。一七行目の「これまでの日記や手記はすべて焼き捨てゝしまった」ということは、過去を忘れるということもあるが、俳句へのとり組み方や日記の内容に不満があったということでもある。ここで列記された句については、散文的でしかも日記の延長のような句が多い。日記文最終行の「捨てきれないもの」とは、心の傷であろう。現在残されている膨大な量の日記は、この「行乞記（Ⅰ）」からはじまった。

九月一五日　曇后晴、当地行乞、宿は同前。
きょうはずいぶんよく歩きまわった、ぐったり労れて帰って来て一風呂浴びる、野菜売りのおばさんから貰った茗荷を下物に名物の球磨焼酎を一杯ひっかける、熊本は今日が藤崎宮の御神幸だ、飾馬のボシタイ〳〵の声が聞こえるような気がする、何といっても熊本は第二の故郷、なつかしいことにはかわりない。
あわれむべし、白髪のセンチメンタリスト、焼酎一本で涙をこぼす！

人吉はまだ熊本県内であり、「センチメンタリスト」は、いよいよ県外に出るにあたり、感傷的になっているということである。

九月一六日　曇、時雨、人吉町行乞、宮川屋（三五・上）

きょうもよく辛抱した。行乞相は悪くなかったけれど、それでも時々ひっかゝった、腹は立てないけれど不快な事実に出くわした。
人吉で多いのは、宿屋、料理店、飲食店、至るところ売春婦らしい女を見出す。どれもオッペシャンだ、でもそういう彼女らが普通の人よりも報謝してくれる、私は白粉焼けのした、寝乱れた彼女からありがたく一銭銅貨をいただきつゝ、彼女らの幸福を祈らずにはいられなかった。――不幸な君たち、早く好きな男といっしょになって生の楽しみを味わいたまえ！

――略――

都会のゴシップに囚われてはいなかったか、私はやっぱり東洋的諦観の世界に生きる外ないのではないか、私は人生の観照者だ（傍観者であらざれ）、個から全へ掘り抜けるべきであるまいか（たまたま時雨亭さんの来信に接して考えさせられた）。

二行目の「行乞相は悪くなかった」とは、気分良く愛想よくふるまえた、ということだ。五行目の「オッペシャン」は、熊本弁で「決してべっぴんではないが気立てのよい人気者」のことである。後ろから三行目の「東洋的諦観の世界」イコール覚りということであり、自分に言い聞かせているのである。次の行の「個から全へ掘り抜ける」とは、帰納法的に人生の価値や社会の実態を探求することである。また、『華厳経』の小さな一部にも全体がふくまれるという「一即一切」を体得することでもある。

九月一八日　雨、飯野村、中島屋（三五・中）

——略——

・濡れてすゞしくはだしで歩く

・けふも旅のどこやらで虫がなく

ひとり住んで蔦を這はせる

身に触れて萩のこぼるゝよ

朝湯はうれしかった、早く起きて熱い中へ飛び込む、ざあっと溢れる、こん〳〵と流れてくる、生きていることの楽しさ、旅のありがたさを感じる、私のよろこびは湯といっしょにこぼれるのである。

刺激的な熱さに生きている喜びを感じている。肉体への刺激は、精神への刺激にもなっている。湯が溢れることに、視覚的な喜びもある。些細な現象にたいしても、生命感を見出している。このようなことが詩人の資質といえる。

九月二十日　晴、同前。〔小林町、川辺屋（四〇・中）〕

小林町行乞、もう文なしだからおそくまで辛抱した、こうした心持をいやしいとは思うが、どうしようもない、もっとゆったりした気分にならなければ嘘だ、きょうの行乞はほんとうにつらかった、時々腹が立った、それは他人に対するよりも自分に対しての憤懣であった。
夜はアルコールなしで早くから寝た、石豆腐（此地方の豆腐は水に入れてない）を一丁食べて、それだけでこじれた心がやわらいできた。
このあたりはまことに高原らしい風景である。霧島が悠然として晴れわった空へ盛りあがっている、山のよさ、水のうまさ。
西洋人は山を征服しようとするが、東洋人は山を観照する、我々にとっては山は科学の対象でなくて芸術品である、若い人は若い力で山を踏破せよ、私はじっと山を味わうのである。

三行目の「ならなければ嘘」とは、本来の「行乞」ではないということだ。行乞が辛いと思うことに、弱さを感じているのである。高原の風景の描写は観念的であるものの、内面と呼応した描写となっている。後ろから二行目の「山を味わうのである」というスタンスが、名句につながるのであろう。

十月一日　晴、午后は雨、伊比井、田浦という家（七〇・中）

――略――

今日歩きつゝつく〲思ったことである、――汽車があるのに、自動車があるのに、歩くのは、しかも草鞋をはいて歩くのは、何という時代おくれの不経済な骨折だろう（事実、今日の道を自動車と自転車とは時々通ったが、歩く人には殆ど逢わなかった）、然り而して、その馬鹿らしさを敢えて行うところに、悧巧ではない私の存在理由があるのだ。

最終行の「悧巧ではない」とは、近代の合理主義を拒否することである。便利さを求めず、原始的な行動の中から、人間性の哲学を見出そうとしているのである。

十月二日　雨、午后は晴、鵜戸、浜田屋（三五・中）

——略——

岩に波が、波が岩にもつれている、それをじっと観ていると、岩と波が闘っているようにもあるし、また、戯れているようにもある、しかしそれは人間がそう観るので、岩は無心、波も無心、非心非仏、即心即仏である。

自然界の挙動は、無心であるとしている。「非心非仏」は無の境地であり、「即心即仏」は仏に近づくことであろう。

十月七日　晴、行程二里、目井津、末広屋（三五・下）

雨かと心配していたのに、すばらしいお天気である、そこゝ行乞して目井津へ、途中、焼酎屋で諸焼酎の生一本をひっかけて、すっかりいゝ気持になる、宿では先日来のお遍路さんといっしょに飲む、今夜は飲みすぎた、とう〳〵野宿をしてしまった、その時の句を、嫌々ながら書いておく。

　　酔中野宿

・酔うてこほろぎといっしよに寝てゐたよ
　大地に寝て鶏の声したしや
　草の中に寝てゐたのか波の音

一句目の「よ」は、感動・詠嘆の間投助詞であり、詩的詠嘆であるが、「よ」という音感が「こほろぎ」への親しさをもたらしている。日記文が前書になっていることで、句の臨場感とともに映像がはっきりとしてくる。

十月八日　晴、后曇、行程三里、榎原、栄屋（七〇・上上）

――略――

よく寝た、人生の幸福は何といったとて、よき睡眠とよき食慾だ、こゝの賄《まかない》はあまりいゝ方ではないけれど（それでも刺身もあり蒲鉾もあったが）夜具がよかった、新モスの新綿でぽか〳〵していた、したがって私の夢もぽか〳〵だった訳だ、私のようなものには好過ぎて勿躰ないでもなかった。

「人生の幸福」は、「よき睡眠」と「よき食慾」とまで語っているが、深い意味はなく、行乞の辛さとは逆である幸福感なのである。俳句を生きがいとする知的幸福と動物的幸福、どちらも必要ともいえる。


十月十一日 晴、曇、志布志町行乞、宿は同前〔鹿児島屋（四〇・上）〕。

九時から十一時まで行乞、こんなに早う止めるつもりではなかったけれど、巡査にやかましくいわれたので、裏町へ出て、駅で新聞を読んで戻って来たのである（だいたい鹿児島県は行乞、押売、すべての見師の行動について法文通りの取締りをするそうだ）。

——略——

隣室に行商の志那人五人組が来たので、相客二人増しとなる、どれもこれもアル中毒者だ（私もその一人であることに間違いない）、朝から飲んでいる（飲むといえばこの地方では藷焼酎の外の何物でもない）、彼等は彼等にふさわしい人生観を持っている、体験の宗教とでもいおうか。

コロリ往生——脳溢血乃至心臓麻痺でくたばる事だ——のありがたさ、望ましさを語ったり語られたりする。


山頭火の旅行記では、しばしば志那人（中国人）や鮮人（朝鮮人）が出てくる。この時代には、全国的にそういった外国人が出稼ぎに来日していたのである。「コロリ往生」について、中国人がそのメリットを語っているようであるが、いろいろな死に方を見てきたうえでの見解なのであろう。

十月十三日　晴、休養、宿は同前。〔都城、江夏屋（四〇・中）〕

とても行乞なんか出来そうもないので、寝ころんで読書する、うれしい一日だった、のんきな一日だった。

一日の憂は一日にて足れり——キリストの此言葉はありがたい、今日泊って食べるだけのゲルトさえあれば（慾には少し飲むだけのゲルトを加えていたゞいて）、それでよいではないか、それで安んじているようでなければ行乞流浪の旅がつゞけられるものじゃない。

「キリストの此言葉」は、明日のことは心配することはない、ということである。その日暮らしに満足する生活ということであり、将来的なヴィジョンがないのではない。

十月十五日　晴、行程四里、有水、山村屋（四〇・中・下）

——略——

湯に入れなかったのは残念だった、入浴は、私にとっては趣味である、疲労を医するということよりも気分を転換するための手段だ、二銭か三銭かの銭湯に於ける享楽はじっさいありがたいものである。

入浴は体の汚れを洗い流すという日常生活のルーティンワークでもあるが、山頭火にとっては安息の場なのである。逆に行乞は修行であり辛い仕事なのである。

十月十六日　曇、后晴、行程七里、高岡町、梅屋（六〇・中）

――略――

こういう歌が――何事も偽り多き世の中に死ぬことばかりはまことなりけり――忘れられない、時々思い出して生死去来真実人に実参しない自分を恥じていたが、今日また、或る文章の中にこの歌を見出して、今更のように、何行乞ぞやと自分自身に喚びかけないではいられなかった、同時に、木喰もいずれは野べの行き倒れ犬か鴉の餌食なりけりという歌を思い出したことである。

人の営みには偽りが多く、それを許容できなければ、死を選ばなくてはならない。山頭火は修行者としての正道を踏み外していることから、死への願望があるのだ。

十月二十五日　晴曇、行程三里、高鍋町、川崎屋（三五・中上）

――略――

今日は酒を慎んだ、酒は飲むだけで不幸で、飲まないだけ幸福だ、一合の幸福は兎角一升の不幸となりがちだ。

酒を飲まずにはいられないことは、人間性の弱さなのである。仏教者また社会人としての反省である。

十月二十六日　晴、行程四里、都濃（つの）町、さつま屋（三〇・中上）

――略――

途上、店頭で柚子を見つけて一つ買った、一銭也、宿で味噌を分けて貰った柚子味噌にする、代二銭也。

・まつたく雲がない笠をぬぎ
　よいお天気の草鞋がかろい

「雲がない」空に呼応して、「笠をぬぎ」なのである。「まったく」ということに、自然の雄大さがイメージできる。

十月三十日　雨、滞在、休養

――略――

行乞しつゝ腹を立てるようなことがあっては所詮救われない。断られた時は、或は黙過された時は自分自身を省みよ、自分は大体供養を受ける資格を持っていないではないか、応供は羅漢果を得ているものにして初めてその資格を与えられるのである、私は近来しみぐ〳〵物貰いとも托鉢とも何とも要領を得ない現在の境涯を恥じ且つ悲しんでいる。

「行乞」とは修行であり、「腹を立てる」ことがあっては、修行にはならない。生きるための最小限の収入をめぐんでいただくことが、修行なのである。美食や飲酒が、頭をよぎることを、「悲しんでいる」のであろう。

十一月一日　曇、少雨、延岡町行乞、宿は同前。〔延岡町、山蔭屋（三〇・上）〕

——略——

昨日も今日も行乞相は悪くなかった、しかしまだ〳〵境に動かされるところがある、いいかえれば物に拘泥するのである、水の流れのような自然さ、風の吹くような自由さが十分でない、もっとも、そこまで行けばもう人間的じゃなくなる、人間は鬼でもなければ仏でもない、同時に鬼でもあれば仏でもある。

隣室の老遍路さん同郷の人だった、故郷の言葉を聞くと、故郷が一しお懐かしくなって困る。……

空たかくべんとういたゞく

光あまねく御飯しろく

日記文の一行目の「境」は仏語で、認識される対象であり、ここでものということである。行乞しながら、欲しいもののことを考えているのであろう。そこから三行目の「鬼でもあれば仏でも」とは、修行へのとり組み方でどちらにもなる、ということである。「空たかく」の句については、野外で「べんとう」を食べることが、詩になるという発見があった。「空たかく」は自然讃美のロマン主義である。自然に身を委ねているといえよう。無の境地に近づいているのである。

十一月四日　晴、行程十里と八里、三重町、梅木屋（三〇・中上）

――略――

今日の道はほんとうによかった。汽車は山また山、トンネルまたトンネルを通った、いちだなとしげおかとの間は八マイル九分という長さだった、歩いた道はもっとよかった、どちらを見ても山ばかり、紅葉にはまだ早いけれど、どこからともなく聞えてくる水の音、小鳥の声、木の葉のそよぎ、路傍の雑草、無縁墓、吹く風も快かった。

峠を登りきって、少し下ったところで、ふと前を見渡すと、大きな高い山がどっしりと峙えている、祖母岳だ、西日を浴びた姿は何ともいえない崇美だった、私は草にすわってじっと眺めた、ゆっくり一服やった（実は一杯やりたかったのだが）、そこからまた少し下ると、一軒の茶店があった、さっそく漬物で一杯やった、その元気でどん〳〵下って来た。

自然観賞が語られている。概念的な語りではあるが、流れるような文章に、情景が連想されてくる。後ろから四行目に「祖母岳」とあるが、一三五〇メートルの祖母山のことである。私は、あいにくの雨であったが、祖母山には登ったことがある。その前日にバスの車窓から祖母山を眺めることができたが、ピラミダルな山容で、森林に蔽われていた。「どっしりと」というほど、重厚な山体とはいえないが、はじめて見たことから、「どっしりと」感じられたのであろう。

十一月八日　雨、行程五里、湯ノ原《ユノハル》、米屋（三五・中）

夜もすがら瀬音がたえない、それは私には子守唄だった、湯と酒と水とが私をぐっすり寝させてくれた。

――略――

自然が発信してくるさまざまなものを、ポスティブに受け入れている。それが詩につながっているのである。

十一月九日　晴、曇、后晴、天神山、阿南屋《アナミ》（三〇・中）

――略――

山々樹々の紅葉黄葉、深浅とり〴〵、段々畠の色彩もうつくしい、自然の恩恵、人間の力。このあたりは行人が稀で、自動車はめったに通らない、願わくは風景のいゝところには山路だけあれ、車道は拓くべからずだ！

頬白、百千鳥、鴨、等々、小鳥の唄はいゝなあ。

日記文の一行目の「人間の力」は、「段々畠」にたいしてである。昭和初期すでに山村にも車道が敷かれていたことが分かる。山村の文明化に車道の建設が急務であった時代に、「車道は拓くべからず」は〝徒歩禅〟のスタンスからの主張であるといえるが、五〇年先のことを先どりしていた。

十一月一二日　晴、曇、初雪、由布院湯坪、筑後屋（二五・上）

――略――

湯の平の入口の雑木林もうつくしかったが、このあたりの山もうつくしい、四方なだらかな山に囲まれて、そして一方はもく〳〵ともりあがった由布岳――所謂、豊後富士――である、高原らしい空気がたゞようている、由布岳はいい山だ、おごそかさとしたしさとを持っている、中腹までは雑木紅葉（そこへ杉か檜の殖林が割り込んでいるのは、経済的と芸術的との相剋である、しかしそれはそれとしてよろしい)、中腹から上は枯草、絶頂は雪、登りたいなあと思う。

三行目の「由布岳はいい山」とは、ユニークな山容の山ということだ。「由布岳」に、私は登ったことがある。尖った双耳峰ではあるが、山体が釣鐘状であることを、「もく〳〵と」と形容したのである。「殖林」に対しての複雑な思いが語られている。

十一月十三日　曇、汽車で四里、徒歩で三里、玖珠町、丸屋(二五・中ノ上)

――略――

これは今日の行乞に限ったことではないが、非人間的、というより非人間的態度の人々に対すると、多少の憤慨と憐愍《れんびん》とを感じないではいられない、そういう場合には私は観音経を読誦しつゞける、今日もそういう場合が三度あった、三度は多過ぎる。

行乞が単なる物乞いと思っている人も多いので、冷たく対応されることも多いはずである。「非人間的態度」への怒りは、山頭火の俗人的いち面といえるが、書くことで怒りを晴らしているのである。

十一月十四日　霧、霜、曇、――山国の特徴を発揮している、日田屋(三〇・中)

前の小川で顔を洗う、寒いので九時近くなって冷たい草鞋を穿く、河一つ隔てゝ森町、しかしこの河一つが何という相違だろう、玖珠町では殆んどすべての家が御免で、森町では殆んどすべての家がいさぎよく報謝して下さる、二時過ぎまで行乞、街はずれの宿へ帰ってまた街へ出かけて、造り酒屋が三軒あるので一杯ずつ飲んでまわる、そしてすっかりいゝ気持になる、三十銭の幸福だ、しかしそれはバベルの塔の幸福よりも確実だ。

——略——

近来しみ〴〵感じるのであるが、一路を辿る、愚に返る、本然を守る——それが私に与えられた、いや残された最後の、そして唯一の生き方だ、そこに句がある、酒がある、ともいえよう。

「報謝」するか、しないかは、やさしさの有無によるが、宗教への理解の有無にもよるであろう。「報謝」の金銭で、飲酒することは、山頭火の人間的な甘さである。また、それが彼の人間的な面白さでもある。それが俳句の自在性にも反映しているのであろう。五行目の「三軒あるので一杯ずつ飲んでまわる」ということからは、酒屋の雰囲気も味わっているのである。酒とその場の雰囲気との照応も、楽しんでいるのであろう。後ろから三行目の「一路を辿る、愚に返る、本然を守る」は、無の境地を目ざすとともに、自由律俳句の頂点を極めることであろう。

ここから「行乞記（Ⅰ）」の「その二」となる。

第二巻　昭和五年十一月ヨリ

見たまゝ、
聞いたまゝ、
感じたまゝの、
野納、
山頭火

リアリズムの宣言なのであろう。「野納《やのう》」は、広島県に多い姓であるが、自然の野を自分のものにする、といった意味といえそうである。

十一月二十一日　晴曇定めなく時雨、市街行乞、宿は同前。

〔本町通り、岩国屋（三〇・中ノ上）〕

夢現のうちに雨の音をきいたが、やっぱり降る、晴れる、また降る、照りつゝ降る、降っているのに照っている、きちがい日和だ、九時半から一時半まで行乞する、辛うじて食べて泊って一杯飲むだけは与えられた、時雨の功徳でもあり、袈裟の功徳でもある。

さんざ濡れて働らく、こういう人々の間を通り抜けて行乞する、私も肉体労働者であることに間違いない。
「降る」「照る」のリフレーンからは、明るい気分が彷彿してくる。気候の変化に、生命的な息吹を感じている。後ろから二行目の「私も肉体労働者である」に、居直った感情が出ている。「行乞」は乞食とは別であるはずにもかかわらず、お布施で一杯飲んでしまうと、乞食と同じになってしまう。

十一月二十二日　晴曇定めなし、時々雨、一流街行乞、宿は同じ事。

（十一月二十一日と同じ）

――略――

生きていることのうれしさとくるしさとを毎日感じる、同時に人間というものゝよさとわるさとを感ぜずにはいられない、――それがルンペン生活の特権とでもいおうか、それはそれとして明日は句会だ、どうかお天気であってほしい、好悪愛憎、我他彼此《がたひし》のない気分になりたい。

日記文の一行目の「生きていることのうれしさとくるしさ」ということは、普通は考えないであろう。哲学者や宗教者の、考えることである。山頭火自身は、仏教の求道者のつもりなのである。「生きている」から、「うれしさ」と「くるしさ」がある。行乞は「くるしさ」であり、宿での生活は「うれしさ」であるはずだが、そうは思わないことで、求道者のスタンスをとっている。「ルンペン生活の特権」とは、家庭に縛られない気楽さであろう。

十一月二十四日　曇、雨、寒、八幡市、星城子居（もったいない）

――略――

省みて、私は搾取者じゃないか、否、奪掠者《だつりやく》じゃないか、と恥じる、こういう生活に溺れてゆく私を呪う。……

芭蕉の言葉に、わが句は夏炉冬扇《かろとうせん》の如し、というのがある、俳句は夏炉冬扇であるが故に、冬炉夏扇として役立つのではあるまいか。

「私は搾取者」とすることは、仏教者であることを忘れている。施す側の人には、信仰心がもたらされ、あるいはものへの執着心がふり払われるというご利益《りやく》がある。「夏炉冬扇」は、芭蕉が「許六離別ノ詞」の中で用いた語句で、実用にはならないということである。俳句あるいは芸術は、物質的な何かをもたらす、あるいは生活に役立つものではなく、精神を鼓舞する、あるいは浄化するものである。

十一月二十六日　晴、行程八里、半分は汽車、緑平居（うれしいという外なし）

——略——

山のうつくしさよ、友のあたゝかさよ、酒のうまさよ。
今日は香春岳《かわら》のよさを観た、泥炭山《ボタヤマ》のよさをも観た、自然の山、人間の山、山みなよからざるなし。

香春岳は筑豊エリアに座す山で、一ノ岳、二ノ岳、三ノ岳からなり、最高峰は五〇九メートルの三ノ岳である。自然讃美のロマン主義の吐露である。自然のものと人間が造りだしたものとに、同じような美を見出しているが、緑平と会ったあとの高揚感といえよう。

十二月五日　曇、時雨、行程三里、福岡市、句会、酒壺洞居。

——略——

……たゞこの二筋につながる、肉体に酒、心に句、酒は肉体の句で、句は心の酒だ、……この境地からはなかく〵でられない。……

・ボタ山も灯つてゐる
　別れる夜の水もぞんぶんに飲み

「酒は肉体の句」は、言い訳であるが、「酒」が作句のエネルギーになっているのも事実なのである。泥酔したのでは、「酒は肉体の句」とは言いがたい。「ボタ山も」の句は、

「ボタ山」への感情移入である。金子兜太はこの句の「も」にこだわった解釈をしている。
ボタ山に対する山頭火の心情のヒダが、短いながらもわかるのである。というのは、「も灯つてゐる」というところ、家々も灯っている、ボタ山も灯っているというところから灯のちらばる風景がざっと開けてくるからだ。
（『放浪行乞　山頭火百二十句』）

十二月七日　晴、行程四里、二日市町、わたや（三〇・中）
——略——
すぐれた俳句は——そのなかの僅かばかりをのぞいて——その作者の境涯を知らないでは十分に味わえないと思う、前書なしの句というものはないともいえる、その前書とはその作者の生活である、生活という前書のない俳句はありえない。その生活の一部を文字として書き添えたのが、所謂前書である。

「生活という前書のない俳句はありえない」は、山頭火の句、あるいは生活句についてであって、俳句一般にたいしてではない。なぜなら、俳句は一七文字で独立性のある一句でなくてはならない。それを支えているのが有季定型である。自由律俳句では、前書での状況の提示が、句のイメージを拡大したり、意味を深めたりするのである。

十二月十日　晴、行程六里、善導寺、或る宿（二五・中）
――略――日も暮れかけたので、急いで此宿を探して泊った、同宿者が多くてうるさかった、日記を書くことも出来ないのには困った、床についてからも嫌な夢ばかり見た、四十九年の悪夢だ、夢は意識しない自己の表現だ、何と私の中には、もろ〳〵のものがひそんでいることよ！

・旅は雀もなつかしい声に眼ざめて
・落葉うづたかく御仏ゐます
・行き暮れて水の音ある

四行目の「夢は意識しない自己の表現」は、シュルレアリスムの概念である。昭和二年に、北園克衛・上田敏雄・上田保の連名で「日本におけるシュルレアリスム宣言」が発表されている。昭和三年には、詩のモダニズム運動のはじまりである詩誌「詩と詩論」（編集長は春山行夫）が創刊となった。山頭火もシュルレアリスムについての知識をもっていたであろう。


十二月十四日　晴、行程二里、万田、苦味生居、末光居。

――略――

我儘ということについて考える、私はあまり我がまゝに育った、そしてあまり我がまゝに生きて来た、しかし幸にして私は破産した、そして禅門に入った、おかげで私はより我がまゝになることから免がれた、少しずつ我がまゝがとれた、現在の私は一枚の蒲団をしみ〴〵温かく感じ、一片の沢庵切をもおいしくいたゞくのである。

「我がまゝに育った」とは、具体的には不明である。山頭火の「我儘」とは、家庭放棄と俳句への野心と酒への執着であろう。野心的であっては、作意が表立って名句はできない。禅門に救済を求めたといえる。

　十二月十八日　雨、后、晴、行程不明、本妙寺屋（悪いね）

終日歩いた、たゞ歩いた、雨の中を泥土の中を歩きつゞけた、歩かずにはいられないのだ、じっとしていては死ぬる外ないのだ。

朝、逓信局を訪ねる、夜は元寛居を訪ねる、煙草からお茶、お酒、御飯までいたゞく、私もいよ〳〵乞食坊主になりきれるらしい、喜んでいゝか、悲し〔い〕のか、どうでもよろしい、なるようになれ、なりきれ、なりきれ、なりきってしまえ。

　貰いものが多いほど、喜びも大きいことを、「乞食坊主」としているのである。僧侶とは本来、そうあってはならない。居直って、「乞食坊主」になりきっている、ことを表白している。

「行乞記（I）」は、紀行をまじえた日記である。日記は出来事と感想であり、紀行は風景や出会った人物の描写と感懐である。日記としては、行乞の苦しさ辛さと旅の面白さ楽しさを書いている。聖人ぶらずに、正直な喜怒哀楽の表白からは、素朴な人間性が伝わってくる。また、俗人的な行動や感情に対する反省に人間的な妙味がある。「其中記」の序文では、自らの日記の意味や意義について書いている。

> 其中記は山頭火が山頭火によびかける言葉である。
>
> 日記は自画像である、描かれた日記が自画像で、書かれた自画像が日記である。
>
> 日記は人間的記録として、最初の文字から最後の文字まで、肉のペンに血のインクをふくませて認められなければならない、そしてその人の生活様式を通じて、その人の生活感情がそのまゝまざ〳〵と写し出されるならば、そこには芸術的価値が十分ある。
>
> 現在の私は、宗教的には仏教の空観を把握し、芸術的には表現主義に立脚してゐることを書き添えて置かなければならない。

二行目の「日記は自画像」ということは、自分の性格や世界観が、見えてくるように書いている、ということだ。そして、どこまで本音が書けているかどうかにより、芸術的価値は決まるとしている。最後の二行では、文芸活動の目標と方針を書いている。「仏教の空観を把握」とは、「空」のイメージを体得することである。「空」とは、すべてに実体はなく、現象であるとの哲学である。表現主義は、二〇世紀初頭にドイツで起こった。内面的や感情的なものなど〝目に見えないもの〟を主観的に具象化する様式であった。「空」をイメージとして顕現する。また、風景などの外部と心境・感懐などの内部を芸術的・宗教的な境地へと仕立て上げることに邁進している、ということだ。

行乞放浪の旅は、社会的な地位や物質的な裕福さからの逃避・解放でもあり、「行乞記（I）」からその内容を把握できる。山頭火にとっての人生の楽しみは、美食・飲酒・入浴・安眠・風景や自然現象の観賞などであり、日常の何でもないようなことにも人生の価値を見出している。それは、禅僧としての修行のなかで自由律俳句の最高峰を目ざしているストレスからの解放と、アルコール依存症からの立ち直りにも役立っているのであろう。他方、九月一六日のところでは、「東洋的諦観」を目ざしているとの表白がある。このように、近代・現代を生き抜いてゆくための哲学的な追求が語られている。哲学的・宗教的な思索が、山頭火日記シリーズの文学性を高めているのである。一〇月二日では、「岩に波が、波が岩にもつれている」と描写しながら、「岩は無心、波も無心」が実態である、と看破している。詩人というより、仏教者のスタンスである。詩人と仏教者を、行き来しているのであるが、これは日記の自由さといえる。十月七日での酔いつぶれての「野宿」は、社会システムからの離脱である。修行者として美食・飲酒のための物乞いは違反であるが、日記で反省・悔恨を語ることで、山頭火は許されているのである。金子兜太は山頭火日記の文学としての完成度について論じている。

けっきょく最後まで、インテリ放浪者から抜けられなかったのだが。しかし仏語《ぶつご》をたよりに、歩くようにさっさと、身を曝して書いてゆく文章には、不十分でうさんくさい面とともに、おやっとおもうほどの純情な思念が、泥にまみれて埋まっていたのである。（『種田山頭火』）

「うさんくさい面」とは、自分本位な感情表現や観念的な風景描写などについてであろう。それらにたいして、葛藤の展開や詩的な表現を求めているのだ。しかしながら、その日ごとのポイントを捉えて、端的書いている好感のもてる日記である。山頭火の日記は、思想哲学と俳句の作句法を探求しているとともに、アルコール依存と家庭放棄にたいする懺悔の場でもあった。

八―四　代表句について

現代の短詩型は短歌と俳句であり、概括すると、短歌は七五調や五七調の韻律が、抒情を芸術的な境地に高めていて、俳句は五七五のリズムと文語の韻律が、芸術的な境地やコスモス的なイメージ空間を創出している。さらに俳句は、「取合せ」「切字」「省略」「体言止め」などの技法が、さまざまな詩的な効果を生み出している。また俳句には季語がなくてはならない。季語は日本人に共通の季節感をもたらし、さらにさまざまな連想をかき立てる。俳句の内容に季語に関連した読者の経験が加わることでも、さまざまな感懐や感慨も引き出される。他方、自由律俳句は定型ではなく、季語もなく、さらにほとんどが口語である。季語は詩歌の伝統と人びとの経験に培われた季節の言葉であり、日本人が共通にもっている季節感をになっている。季語がないと、省略からのイメージ生成が難しくなる。文語には韻律と調べがあり、それが言葉の意味以上のことを喚起する。また、文語ならではの簡潔表現がイメージの生成に効果的である。口語であることも、大きなハンディなのである。自由律俳句では、気持と精神の集中で端的に言ってのける、そこに詩情をわき立たせている。出会った風景や日常の出来事や行為を、短く切り詰めて表現することで、俳句の型に逆らった妙趣、自由の楽しさ、想念からの連想を立ち上げているのである。意外性のある語りから、詩にはならないような平俗なことを、詩に変幻させている。自由律であっても五七五ではない音律をもっていて、感動や感懐をリズムで表現している。音律は型でもある。俳句ならでは短さと型にたいして、金子兜太はダイヤモンドの魅力と共通していると論じている。

私たちには、短くきちんとした型を持ったものにひかれる面がありますが、それはカットの利いたダイヤモンドを好む気持に似ています。簡潔に完結しているものの美しさです。その簡潔な省略、その結実の響きの魅力です。俳句が大勢の人に愛される理由の一つが、ここにありましょう。(『兜太の現代俳句塾』)

助長的な言い回しで気持をもり上げる、人間的な優しさをかもす、一言加えて強調するなどはしないで、短く言って、断定や主張を強めている。自由律であっても、有季や定型の効果をもち合わせていることもある。有季定型で培われてきた季節感や語調が活かされているのである。

鉄鉢の中へも霰

「鉄鉢の」で軽く切れていて、五七の音律をもっている。「霰」は季語であるものの、「霰」の季感をテーマにしてはいない。「霰」は、色と形と、「鉄鉢」を打つ音で、詩をもたらしている。一二字の短さが、霊的な境地を立ち上げ、山頭火の思いとは別のさまざまなことが、連想されてくる。

山頭火の公刊された句集は、昭和一五年出版『草木塔』の一冊だけである。この句集は次の七冊の私家版を集大成したものである。

第一集　鉢の子　昭和七年、第二集　草木塔　昭和八年、第三集　山行水行　昭和一〇年、第四集　雑草風景　昭和一一年、第五集　柿の葉　昭和一二年、第六集　狐寒　昭和一四年、第七集　鴉　昭和一五年

山頭火の代表句の読解を通して、その特徴と意義などについて考究する。

サイダーの泡立ちて消ゆ夏の月（明治四四年）

有季定型のオーソドックスな句である。お膳の上の一本の「サイダー」と「月」の取合せ。メルヘン的な味わいがある。

沈み行く夜の底へ底へ時雨落つ（大正四年）

「底へ底へ」の畳みかけは、不眠症における闇への恐怖感である。「時雨」はしとしと降

るものであるが、「時雨落つ」からは雨脚が見えてきそうである。

いさかえる夫婦に夜蜘蛛さがりけり（大正六年）

言い争そっている「夫婦」の空間は、「蜘蛛」が糸を垂らしながら降りてくるようなひんやりしている、というものだ。

南無妙法蓮華経人の子の手はたゞれたり（大正五年）

父親とともに営んでいた酒造業が失敗し、父親は他郷に行ってしまい、山頭火は妻子を連れて熊本に移り住んだときの句である。「人の子」とは自分のことであろう。「南無妙法蓮華経」は、心身ともに傷つき、神仏にすがる心境とも、あるいは無気力になってしまってのことだ。この称名について、金子兜太は信仰心からのものではない、としている。「南無阿弥陀仏」は浄土宗、浄土真宗の弥名で、「南無妙法蓮華経」は日蓮宗だが、ほとんど無作為に持ち込んでいる。おそらく自分の身体のありのままのリズムで捉えていたのだろう。禅門に入るのは、これからずっと後のことになる。

（『放浪行乞　山頭火百二十句』）

松はみな枝垂れて南無観世音（大正一四年）

見取観音堂の堂守となった頃の句で、報恩寺境内に句碑がある。「みな枝垂れ」に自らを律していこうという決意が込められている。

分け入っても分け入っても青い山（大正一五年）

荻原井泉水が明治四四年に創刊した俳句誌『層雲』に、掲句は大正一五年に掲載された。山頭火の代表句の一つでもある。熊本県境から高千穂郷へぬける山中で詠んだとされている。山道を行けども行けども、同じような山並がつづいている。山の奥深さを言いあてているとともに、青い山への感動もある。他方、高千穂郷は霧島山塊の一画にあり、天孫降臨の神話の里である。そこは鬱蒼とした原生林の山奥ではない。大昔から人の手の加わった里であることからも、人為的な杉林から抜け出したい衝動も伝わってくる、ともいえる。金子兜太は、この句から読みとれる山頭火の放浪者としての実態を論じている。

金子兜太

そのためか、何といってもこの句のよさ、懐かしさは、歩いている人間の姿が見えてくることで、その姿が熊本から宮崎にかけていままさに青を深めはじめた晩春初夏の山々に溶け込んでゆくのである。四五歳、すでに中年だが、気持としては青年のような多感な男の姿があり、ただひたすらさまよい歩くという「放浪者」というものの原型がある。この句が人に好かれる理由はそこにあるのだ。（前出）

炎天をいただいて乞ひ歩く（大正一五年）

大正一五年の『層雲』発表句である。誰にとってもわずらわしい炎天、托鉢僧にはとりわけ厳しい。その炎天を「いただく」と敬語を用いている。自然への敬意のあらわれであり、親しみがこめられている。「乞ひ歩く」からは修業僧としての気概が伝わってくる。「いただく」について、金子兜太は求道者の言葉の使い方だとしている。

「いただく」などということは、孤独で謙虚であり、自分を鍛える、鍛えていただけるという張りのある心情がなければ言えないことに違いない。（前出）

鴉啼いてわたしも一人（昭和三年）

昭和三年、放哉の墓を訪れたときの句である。放哉の「咳をしても一人」を踏まえている。「鴉」が鳴いても、孤独感は変わらないが、「鴉」と孤独感を共有している。金子兜太はこの句に関連して、山頭火は外部への関心が高いと論じている。

山頭火は、言いかえれば、現実に不安定でありながら、同時に執着も強く、悪くいえば俗物なのであり、生粋に内向的に、唯心的になりきれなかったのだ。

放哉はまったく内籠って、「咳をしても一人」であり、山頭火は外への関心とともにあって、「鴉啼いてわたしも一人」だったのだ。（前出）

山頭火は境遇が行き詰っても、享楽的なスタンスもとれた。俗にも聖にもなれる、融通性があった。

霧島は霧にかくれて赤とんぼ（昭和五年）

季重なりではあるが、有季定型で、オーソドックスな詠みである。「霧」と「赤とんぼ」の取合せで、形而上学的なイメージを立ち上げている。霧島の神話的な雰囲気を、想像できる。

うしろすがたのしぐれてゆくか（昭和六年）

大宰府の天満宮を参拝したときの句である。「しぐれてゆくか」の「か」は、不確かの副助詞である。詠嘆や断定ではなく、不確かにすることに、気どりが感じられる。不確かさが詩情を高めている。芭蕉の次の句にも気どりがある。

旅人と我が名よばれむ初時雨　芭蕉

金子兜太は、バルテュス（一九〇八年パリ生まれ）が描いた絵の、パリの小路に立つ男のうしろ姿は、「個」はまだ若く、回想にかたむいていても、活力を覚えさせていたが、この句のうしろ姿には、そのようなものがないと指摘している。

しかし、山頭火のうしろ姿は時雨そのもの。わが身の「個」を早めに無常のなかに置いてしまうところが日本人らしいなどというまえに、「個」をもてあまし、自嘲するしかない男の姿を思ってしまうのである。（前出）

酒がやめられない木の芽草の芽（昭和七年）

泥酔して目が覚めた。外に目をやると、木の芽草の芽が見えてきた。尖った芽に諌められている気がしたのだ。木の芽草の芽の潔癖な風姿が、イメージされてくる。

サクラがさいてサクラがちって踊子踊る（昭和七年）

桜が咲いたと思っていると、もう散りはじめた。散っている様子が、踊子が踊っているように見えている。気が滅入っているときに、レビューを観にいった記憶を重ねている。

いつも一人で赤とんぼ（昭和七年）

赤とんぼが飛び交う様子を、一人で眺めている。それは一人だけの詩的な空間なのである。

おとはしぐれか（昭和七年）

其中庵に入居して間もなく時雨が降ってきたようだ。予期していた時雨であった。山裾の一軒家ならではの緊張感が伝わってくる。

鉄鉢の中へも霰（昭和七年）

昭和七年、福岡県宗像郡での托鉢のときの句である。軒先に立って経を唱えているとき、身に降ってきた霰が、鉄鉢の中にも落ち、カチャという金属音をたてていた。「中へも」のいい方に、辺りの淋しい風景も伝わってくる。また、この金属音にハッとして、降りかかってくる「霰」は自分を諫めていると感じた、と自解しているが、「霰」とその金属音から形而上学的な空間が立ち上がってくる。これだけシンプルであっても、詩のなることに大きな発見があったといえる。

やっぱり一人がよろしい雑草（昭和八年）

勤労者として、社会の一員として、やっていけない雑草ということである。雑草の自由さに甘んじて生きてゆくしかないのである。

よびかけられてふりかへつたが落葉林（昭和八年）

呼びかけられてふり返ると、「落葉林」があるだけだった。韻文というより散文であるが、体言止めから韻文ともいえる。場面としては詩である。

ふくろうはふくろうでわたしはわたしでねむれない（昭和九年）

昭和九年、夜を徹して作句を推敲していたときの句である。第三句集『山行水行』をまとめていたときでもあり、夜ふかしすることが多かった。そのとき、梟の声が聞こえてきたのかもしれない。「ふくろう」イコール「わたし」でもある。掲句からは山頭火の孤独主義が伝わってくる。山頭火は人生の孤独に美学を見出そうとしていた。散文的な語りで、物語の一場面ともとれる。

枯木に鴉が、お正月もすみました（昭和一〇年）

正月の華やぎはなく、三が日が過ぎた。「鴉」がそのことを表象している。

あるけばかつこういそげばかつこう（昭和一一年）

昭和一一年五月、信濃路での句。実際にこういうことがあったのかは分からないが、山の奥深さが伝わってくる。畳みかけてくる調子に、詩の空間に引き込まれる。

ほつと月がある東京に来てゐる（昭和一一年）

熊本からやって来て、ビル街に精神は圧迫されていたが、月は熊本で見上げたときと、同じ風であったのだ。日記の文体である。

波音強くして葱坊主（昭和一一年）

昭和一一年四月、伊豆を歩いているときの句。「波音」と「葱坊主」との取合せが、力強い空間を立ち上げている。象徴主義的な一句である。

何おもふともなく柿の葉のおちることしきり（昭和一三年）

「何おもふともなく」は、思いをめぐらしていない、無の境地に近い。そんなとき、「柿の葉」が落ちているのが、見えてくる。

水車まわる泣くやうな声をだして（昭和一三年）

「水車」の軸受けが軋む音は、ギーギーという機械音であるが、それを「泣くやうな」と捉えた。自らの内面の暗喩でもある。

うまれた家はあとかたもないほうたる（昭和一三年）

家を捨てて三二年、生家を訪ねた。更地に草がぼうぼうと茂っていた。夜になれば、蛍が飛び交うことに、幼少のころが想い出されたのだ。

いちにち物言はず波音（昭和一四年）

「いちにち物言はず」とは、訪ねてくる人がいなかったということであるが、「波音」を音楽のように聴いているのである。隠遁者の生活であり、安らぎがある。

ひとりで焼く餅ひとりでにふくれる（昭和一五年）

「ひとり」の畳みかけに、「餅」のふくれる様子がイメージできる。「ひとり」の淋しさを払拭して、正月の楽しさが伝わってくる。

おもいでがそれからそれへ酒のこぼれて（昭和一五年）

思い出が連想ゲームのように湧いてくることは、誰にでもありそうである。山頭火の場合は、酒の酔いに紛れてのことである。

もりもりもりもりあがる雲へ歩む（昭和一五年）

この雲は、季語である雲の峰の入道雲であろう。峰の高みを目ざして、これからも歩んでゆくということだ。この句は、『山頭火全集　第一巻』の『層雲』発表句の最後に掲載されている。死への願望を抱きながら、自由律俳句と酒と旅に、貪欲に雲の峰のように力強く生きた人生であったといえる。他方、金子兜太は、『放浪行乞　山頭火百二十句』の「あとがき」の中で、山頭火は修行者としては、中途半端であったと論じている。

山頭火は禅僧として托鉢の旅をつづけた。しかし、どこかの僧堂に属していないかぎりは、正規の托鉢者とはいえないから、托鉢というかたちの物乞い（乞食といってもよい）をしながらの旅というしかない。それでも山頭火には乞食になりきれない、修行への心意が十分はたらいていたので、そこで行乞といういい方がでてきたのである。「行」（修行）と「乞」（乞食）の接点を、修行を本旨とするように自分を裁き励ましながら歩く。行乞禅などという言葉を書きとめたりしたのもそのためなのだ。

昭和・平成の俳壇を代表してきた金子兜太は、自己規制がきかなくなる山頭火の生き方に、手厳しい言葉をあびせている。芭蕉のような万人から敬愛されている求道者ではなく、山頭火は聖と俗を行き交うなかで、人間性に根ざした名句を生み出したといえよう。

八―五　山頭火とは何か

山頭火は仕事に厭きてしまう気質と酒癖から普通に働くことがままならなかった。そのことへの懺悔から、修業僧を目ざすものの、なかばでの挫折のくり返しであった。しかし、行乞流浪の旅をつづけるなかで、おのれの俳句の道をきり拓らいたのだ。それを支援してくれる多くの仲間にも恵まれた。単なる放浪者で終わることなく、歴史に名を刻んだ俳人、文化人へと登りつめたのである。

肉体労働から知的労働まで、世の中にはさまざまな労働がある。知的労働では、学問的知識と高度な専門技術を習得していなければならないものの、労働とは基本的にはルーチンワークが主体となっている。斬新な機能をもった機械の開発プロジェクトを例にとっても、先人がきり拓いた方法にしたがい計算・設計・実験・製作図面作成と進行しているのである。個々の作業の中にはさまざまな工夫や新しい試みがあるとともに、ベーシックな手順のレールは敷かれている。また、プロジェクト遂行にはいろいろな利害関係やしがらみも入り込んでくる。山頭火は、ルーチン的仕事や組織の枠にはめ込まれたような仕事とか、利害をともなった人間関係には向き合っていけなかった。さらに、家族円満のために頑張ることもできなかった。

そこで、出家得度して独居生活に入ったのであるが、それにも厭きると、新しい出会いや風景を求め行乞の旅に出た。『旅日記』の昭和一一年「年頭所感」に、「私は山頭火になりきればよろしいのである、自分を自分の自分として活かせば、それが私の道である」とかいてから、その内容について書いている。

歩く、飲む、作る、――これが山頭火の三つ物である。

山の中を歩く、――そこから私は身心の平静を与へられる。

酒を飲むよりも水を飲む、酒を飲まずにはゐられない私の現在ではあるが、酒を飲むやうに水を飲む、いや、水を飲むやうに酒を飲む、――かういふ境地でありたい。

作るとは無論、俳句を作るのである、そして随筆も書きたいのである。

冒頭に「歩く、飲む、作る」とあるが、ここに「飲む」まではいっていることに、人間的な弱さがある。酒での陶酔が、人間性の回復となってしまっているのであろう。しかしながら、その陶酔は作句の自在さにもつながっている。「水を飲むやうに酒を飲む」は、我田引水である。本来、この陶酔は、ジャンジャック・ルソーのような自然への陶酔でなくてはならない。このことが山頭火俳句の甘さにつながっている。最終行の「随筆も書きたい」とあるが、日記が随筆でもあるといえる。そこでは些細なことにも喜びを感じつつ気持のこもった作句をしていた。そのことは日記にもつづっている。山頭火の自由律俳句は、行乞や独居にもとづく、気持の躍動や沈静が反映しているところに、独創性がある。そこに芸術性や思想性・哲学性もあるのである。ここで、仏教の無の境地が底流にあることを知っておくと、句を深く理解することができる。金子兜太は、習作期に故郷での父が催した句会のことを懐かしんだとき、俳句で「人間くささ」を詠む面白さを知ったと語っている。

私は思いつくままに俳句を書き留めてゆきました。そして、作れば作るほど、故郷の人たちの句会の雰囲気が、こんどは実に懐かしいものに思えてきたのです。「人間くさい雰囲気の懐かしさ」といいましょうか。やがて、私は、「俳句は人間を書くもの」と思い込むようになってゆきます。花や鳥だけをうたうものではなく、なによりも人間くさくなければ詰まらない、と思うようになってゆくのです。

（『兜太の現代俳句塾』）

山頭火の句は、人間くささに根ざした人間讃歌ともいえる。求道者になりきれないあきと諦念が、人間的な魅力にもなっている。自由律俳句の上では求道的な達成は実現しているものの、生活では人の道を逸脱しつづけた。その反省や後悔が、俳句を深化させているのである。

金子兜太は俵万智の『サラダ記念日』の人気の秘密は、まじめさが意外なユーモアを生んでいることにあるとしている。芸術・文学は作者の生きざまの裏づけがなくてはならない、と論じている。

観念や思想はすべて嘘です。人間の作った架空のものです。作っている実際の人間の生きざまが実なのですから、私はあくまでも、この生きざまが大事だと思います。生きざまがあっての嘘であり、生きざまあっての言葉だ。俵万智の歌に人気があるというのもこの点にあるといえます。彼女がまじめだということは、実の人だからと思うのです。生きざまということを大事にしていると思うのです。(前出)

山頭火にも同じことがあてはまる。山頭火の句は、語句だけが踊っているのではなく、行乞修行や独居生活に裏づけられた諷詠なのである。つぶやきのような句であっても、言葉の選択に気迫がこもり、詩的な結晶が成し遂げられていることもある。

山頭火は働きたくなかったのではなく、自分の人生観や世界観が実現でき、それらを主張できる道を突き進みたかったのである。無気力にその日暮らしをしている若者やホームレスとまったく違った放浪者なのである。人間性とは何かを極める、といった道を歩んだのである。そして人びとが気づいていない、人間性の妙趣を顕現したのである。

八―六　あとがき

自由律俳句は、定型と季語の枠を拒否していることからは、芭蕉の蕉風俳諧をルーツとする俳句とは真逆の関係にある。季語は、さまざまなイメージを発信したり、連想を引き起こしたりする。また、五七五の音律は心にまで響かせる強いリズムは生み出す。対して自由律の自由な音律や自由な句の長短は、人間的な親しみや温かさをもたらしてくれる。短歌的な抒情とは別の、人間としての意欲や諦念の抒情をかもし出している。人間の弱さへの讃美や逃避行為への賛同であることもある。

山頭火の自由律俳句の人気は、山頭火の人間性と表裏一体のものである。自由律は有季定型に較べて、芸術性や哲学性では見劣りするところがある。しかし、詩とは何かを問い直すような、これまでの詩のテーマからは外れた宗教的や哲学的な創作の斬新さは、有季定型以上といえないこともない。九州と中国地方を中心に、本州のほぼ全域にも足跡を残した、その親近感も句の魅力となっている。

日常に倦怠感をもつ人は多い。そうゆうとき、身近な出来事やネガティブな心境から芸術性あるいは人生の意義を取り出している山頭火の句に、光明を見出せるのである。難しい言葉や難解な暗喩などは用いていない、シンプルな作句法が、社会的階層や知的レベルを問わず受けいれられているのである。山頭火の遍歴や旅程や仏教の世界観をたどるとともに俳句を読解することで、その自由律俳句の特徴や意義や精神浄化作用などを明らかにした。

《参考文献》

今秀己・編‥俳句　第44巻4号、角川書店、一九九五
金子兜太‥種田山頭火、講談社、一九七四
石寒太‥山頭火、文藝春秋、一九九五
石寒太‥山頭火　漂泊の跡を歩く、JTB出版販売センター、一九九九

村上護：山頭火　漂泊の生涯、春陽堂書店、二〇〇七
村上護：山頭火放浪記―漂泊の俳人―、東京　新書館、一九八一
金子兜太：放浪行乞　山頭火百二十句、集英社、一九八七
種田山頭火：種田山頭火―人生遍路、東京　日本図書センター、二〇〇二
秋山巌：板画　山頭火、春陽堂書店、一九八七
大山澄夫、高藤武馬・編：山頭火全集　第七巻、春陽堂書店、一九八七
坪内稔典・編：作家自伝35　種田山頭火、日本図書センター、一九九五
金子兜太：兜太の現代俳句塾、主婦の友社、一九八八
種田山頭火：山頭火全集　第一巻、春陽堂書店、一九八六

九　放哉とは何か

九―一　はじめに

尾崎放哉というと、エリート・サラリーマンの地位を捨て、小豆島の独居生活のなかで俳句を作りながら没した孤高の人、あるいは求道者というイメージがある。実際のところは、社会人として周囲と折り合ってやってゆけない、アルコール依存症から泥酔に駆られての奇行をはたらくなどの結果、実業界から追放されたのである。懺悔と生活の立て直しから仏教修行と本格的な自由律俳句の道に参入した。宮沢賢治は裕福な商家の生れで、万人の救済を目ざして童話と詩を書いたのとは対照的に、放哉は士族の出であったものの、アルコール依存症と社会人としての挫折からの脱却のために仏教修行と自由律俳句の実作に邁進したのだった。

放哉が俳句をはじめたのは、中学校ときであった。第一高等学校在学中には一高俳句会に参加した。一高俳句会の幹事は、一学年上の荻原井泉水《せいせんすい》であった。三〇歳になっていた大正四年から、自由律俳句の始祖である井泉水が創刊した俳誌『層雲』に投句するようになり、翌年には同人となった。

自由律俳句の双璧は、放哉と種田山頭火であることはひろく知られている。放哉は山頭火より一五年前に没していることから、放哉が年上に思われがちであるが、放哉の方が三歳若い。山頭火が『層雲』に入会したのは、大正二年なので、山頭火の方が『層雲』で、先に名が知られていた。戦後のことであるが、山頭火ブームというのが二度ほどあったが、放哉のブームというのは起こらなかった。放哉の世界は山頭火とは、大きく異なっている。放哉の遍歴をたどってから、山頭火との違いを明らかにした上で、放哉俳句の特徴と意義などを探究する。

九―二　挫折とサバイバルの遍歴

放哉はエリート・サラリーマン失格となり、小豆島にある寺の奥之院庵主として没したことは、知られているものの、経歴は自由律俳句の愛好者以外はほとんど知られていない。略年譜を示してから、小説のストーリー的な波乱つづきの遍歴とそこでの自由律俳句のとり組みなどをたどることにする。

明治一八年　鳥取県邑美郡《おうみ》（現在の鳥取市）に生れた。父・信三は元池田藩士族の鳥取地方裁判所書記だった。

明治三五年　一七歳　鳥取県立第一中学校を卒業、第一高等学校に入学。

明治三六年　一八歳　一高俳句会に出席。

明治三八年　二〇歳　第一高等学校卒業、東京帝国大学法学部入学。

明治三九年　二一歳　沢芳衛に結婚を申し入れるも、芳衛の兄に反対され果たせず。

明治四〇年　二二歳　「芳哉」に代わる「放哉」の号を用いる。

明治四二年　二四歳　東京帝国大学法科大学政治学科卒業（追試験による）。

明治四三年　二五歳　日本通信社に入社するが、一ヵ月ほどで退社。

明治四四年　二六歳　東洋生命保険株式会社に入社。鳥取市の板根馨《かおる》と結婚、東京市小石川で新婚生活をはじめた。この年の四月に『層雲』が創刊となった。

大正三年　二九歳　東洋生命保険株式会社大阪支店次長として赴任したが、人間関係で破綻する。

大正四年　三〇歳　東京本社に帰任、契約課長に就く。三〇歳『層雲』に投句をはじめる。

大正五年　三一歳　『層雲』同人となる。

大正一〇年　三六歳　酒癖の悪さを理由に、東洋生命保険株式会社の課長職を解かれ降格、辞職する。鳥取市に帰る。

大正一一年　三七歳　朝鮮火災海上保険株式会社支配人として京城《けいじょう》（連合軍政権以後の名称はソウルで漢字表記はない）に赴任。一〇月に左肋膜《ろくまく》炎を病み、一週間臥床。助膜炎は肺の外部を覆う胸膜の炎症である。

大正一二年　三八歳　再び酒癖の悪さを理由に、朝鮮火災海上保険株式会社を免職。再起を期して満州に赴く。左湿性助膜炎により満州病院に二ヵ月入院。九月一日、関東大震災の報に驚愕する。満鉄（南満州鉄道の略称）のハルビン事務所で嘱託として働くが、肺結核が悪化して、一〇月に大連より帰国した。一一月に京都市左京区の一燈園に入園。

大正一三年　三九歳　一燈園を去り、京都智恩院塔頭常称院（浄土宗）の寺男となる。四月三日、井泉水が常称院に放哉を訪問したが、そのときの泥酔がもとで、常称院を追われた。六月、神戸市の須磨寺（真言宗）大師堂の堂守となった。妻の馨は大阪市東洋紡績四貫工場女子工員寮の寮母の職に就いた。

大正一四年　四〇歳　三月、須磨寺の内紛により同寺を辞し、一燈園に戻る。五月中旬、福井県小浜町の常高寺（臨済宗）の寺男となる。七月、同寺を去り、京都三哲の龍岸寺（浄土宗）の寺男となる。しかし、ここも去って井泉水の京都での寓居「橋畔学」にて同居する。八月一三日、香川県小豆島土庄町の井上一二を訪ねる。二〇日、西光寺（真言宗）住職・杉本宥玄《ゆうげん》の計らいにより、土庄町の王子山蓮華院西光寺奥之院の南郷庵《みなんごあん》の庵主となる。

大正一五年　四一歳　一月三一日、土庄町の医師から癒着性助膜炎合併症、湿性咽喉カタルと診断される。四月七日、南郷庵で没する。一二月二五日、昭和と改元。

尾崎放哉の本名は、尾崎秀雄である。放哉が東京帝国大学在学中に帰省するとき、従弟妹の沢静雄、芳衛と一緒であった。芳衛が日本女子大学を卒業する前年、明治三九年に求婚するが、東京帝国大学医学部の学生だった静雄に血族結婚を理由に反対され破断した。放哉にとって人生の最初のつまずきとなった。この挫折から、深酒の悪習がついたとされているが、これはそれほど深刻な問題ではなかったと、評論家の村上護は論じている。

たとえば彌生書房の『尾崎放哉全集』の年譜、明治三十八年の項では、「十月、沢芳衛との結婚を申し入れたが、医科大学生であった芳衛の兄静雄は、従兄妹の結婚には反対した。これを諒とし、わが誤りを自覚して断念した。酒を知り、酒に溺れるようになった」と。こうした年譜的事実から、芳衛との結婚を断念した彼が、俳号も芳哉から放哉へと改めたというのが大方の見解であった。

たしかにおもしろい類推である。だがこれが事実であったとすれば、放哉の後半生の伝記はすべて失恋を軸に考えなければならないだろう。果たしてそうだろうか。そもそも芳衛の名を念頭に俳号を考えたというのが怪しい。彼の中学時代は梅史、芳水、梅の舎などの雅号で俳句や短歌を作っていた。そして当時、芳《かんば》しい哉《かな》何々などという言葉が通用。おそらくこのあたりからの借用で、芳衛命《いのち》と入墨するような深刻さはなかったはず。（『放哉評伝』）

第一高等学校時代の英語の教師は、夏目漱石であった。放哉は、卒業する年の明治三八年の、『ホトトギス　一月号』に載った『吾輩は猫である』に触発されて、三天坊の匿名で随筆「俺の記」を書いた。それが校友会雑誌に掲載された。「俺」とは天井から吊るされたランプのことで、寮生活と人生の風刺を語っている。無口の放哉が、ペンをもったとき、饒舌になることが伝わってくる。その中で酒の魅惑について書いている。

　酒ぐらゐ微妙な物はない、詩的な物はない、酒を呑むと云ふと、妙に気が大きくなる、六代州は掌位にしか見えた物では無い、酒を呑んで中には泣く奴も有らう、怒る奴も有ろうが、まづ大抵の者は、非常に愉快になつて来る、面白くなつて来る、無邪気になる、千鳥足になつて来る、こんな一種云う可からざるミステイカルな性質を以て居る物は他にはあるまい。

二行目の「六代州」は、六大陸のことである六大州であろう。「六代州は掌位にしか」は、六大陸がつながって一つにしか見えない、ということである。意識がコントロールできない状態になる、と言っている。無の境地になったような気分になれるのであろう。大学卒業のころには、かなりの酒豪になっていた。泥酔すると人にからむようになっていたという。大学の最後の時期には、ほとんど勉強をしなくなっていた。それは、求婚の挫折は納得できるものであったものの、何事も自分の思うようにはいかないという厭世観をもったことに、人生の針路への迷いも加わってのことであろう。

放哉は一高ではボート部に所属していたほどのスポーツマンであったが、大学の頃から仏教的なものに傾倒していった。大学時代と卒業後の二度にわたって、鎌倉の円覚寺で参禅したこともあった。将来への迷いそれに深酒を吹っ切るためであったといえる。

明治四二年九月、追試験を受けて卒業した。日ロ戦争後の国家財政の窮迫から国民は重税にあえぎ、社会主義思想が台頭していた。就職難の時代でもあった。翌年、日本通信社に入社するが、一ヵ月ほどで退社する。理由は不明であるが、漫然とした入社だったようだ。その翌年、東洋生命保険株式会社（後に帝国生命と合併して朝日生命保険株式会社となる）に入社した。この年、鳥取市の板根馨《かおる》と結婚、東京市小石川で新婚生活をはじめた。エリート社員として嘱望され、順調に出世しているようであったが、大正三年、大阪支店次長として赴任したあたりから、挫折に向かいはじめる。たたきあげの苦労人の支店長とそりが合わず、支店の社員ともかみ合わなかった。不安心理から酒を飲みだすと、止まらなくなり、奇行をはたらくこともあった。一年足らずで本社に戻ってきた。

放哉は組織の上下関係や利害のある人間関係とは、折り合いをつけてゆくことができない性分であった。ほとんどの社員は洋服であったにもかかわらず、放哉は和服の羽織で勤務していた。もつれた人間関係を晴らすために、深酒にのめり込み、アルコール依存症に陥り、奇矯な行動はますます頻繁になっていった。大正八年の暮れ、忘年会の幹事として集めた会費をもっていたが、料亭に行く途中の日本橋の上で、通行人に次々と拾円紙幣を渡してしまったという。これは酒を飲んでのことかは、分かっていない。大正一〇年一〇月の人事異動で降格となり、辞表を出さざるをえなくなった。三六歳となっていて、新しい仕事は見つからず、住んでいた東京から故郷の鳥取に帰った。

大学時代の同窓で下宿を共にした難波誠四郎が、京城《けいじょう》に新たに設立される朝鮮火災海上保険株式会社の支配人の職を紹介してくれた。禁酒を条件にその職に就いた。京城に新居が定まったころ、妻の馨がやって来た。営業開始から二ヵ月たらずで予想を超える契約額を達成した。他方、飲酒をひかえることはなく、酒を欠かす日はなかった。

台所のぞけば物皆の影と氷れる

一〇月にはいると、平均気温が三度を下まわってきた。急に咳き込み、こらえると胸に痛みがつづく。医院で診察を受けたところ、以前に肋膜炎《ろくまく》と診断されたことはなかったかと問われた。大学四年のとき肋膜炎にかかっていた。左肋膜炎と診断された。この寒さがとりわけ毒であり、安静と滋養の摂取以外に治療の手段はない医師にいわれる。肋膜炎への不安から酒の量が増えてしまう。放哉の酒癖のことが、次第に設立事務所の人びとにも知られるようになる。大きな失態を起こす前に、ここで引き取ってもらうしかないということに決まり、放哉は免職となった。

満鉄のハルビン事務所に、大学時代に親しかった同窓の二村光三がいた。紹介してもらえる仕事はないか、と手紙を出す。妻の馨の友人・小原楓が満州の長春で日本人学校の教師をしていた。返事がくる前に、ひとまず長春まで行って、彼女の家に滞在させてもらうことになった。

二人は大連まで行き、そこから満鉄で長春に着いた。満鉄職員が住む社宅が集中する日本人居留地にある小原楓の家に滞在することができた。放哉は時折咳をしていたことから、満鉄病院には優れた医師がいるので、診察を受けるように楓から薦められた。それで受診したところ、レントゲン写真から左肺尖部《せんぶ》が結核菌に侵されている、との診断であった。大学四年のとき肋膜炎にかかっていたので、三度目の発病であった。入院することになった。

大正一〇年、西田天香《てんこう》の『懺悔の生活』がベストセラーとなった。天香は滋賀県長浜市の、商家の生れであった。彼は長期の断食座禅を果たし宗教的な教えを感得したとのことであった。この思想を迷える者に伝えるために、京都北白川鹿《しし》ヶ谷に一燈園を開設した。放哉も『懺悔の生活』のことはどこからともなく聞いていて、入院中にこの本を読みたくなり、妻に図書館から借りてきてもらった。自然の中に自分を投げ入れて、俗世から離脱せよ、というようなことであった。一燈園にかけてみようか、といった気が頭をよぎる。

入院中に、二村光三から封書が届いた。満鉄のハルビン事務所で、嘱託でよいなら英文を翻訳する仕事がある、とのことであった。放哉はいつまでも入院生活をしてはいられなかった。医師には暖かい日本に帰国すべきと言われたにもかかわらず、当時は、ロシアの利権下にあったハルビンに二人は出発する。ハルビン駅に着いて駅前広場に出た。中国人に加えて、ロシア人が多いのが目立つ。満鉄のハルビン事務所に二村を訪ねる。仕事の内容の説明があり、英語圏の国々の日刊や週刊の英文紙誌を読み、ロシアの政治的・軍事的な情勢に関する重要なところを翻訳する、それから外国書籍からロシア革命や革命政権を分析した箇所を取り出し抄訳する、ということであった。満鉄の官舎に住めるように手配してくれてあった。

ハルビン駅から歩いて二〇分くらいのところにヤポンスカヤと呼ばれる日本人居留地がある。九月一日の午前一一時五八分に関東大震災が発生、東京が壊滅状態になったというラジオのニュースがあり、ヤポンスカヤの日本人に衝撃が走った。放哉にもそのニュースは伝えられ、井泉水はどうしているのか心配になったが、どうしようもないことであった。安全な地に居る自分に、複雑な心境となった。

官舎で英文紙の切り抜きをしていた放哉に、胸に痛みが走り、咳き込み、血痰が飛び散った。医院で診察を受けると、温かい日本に帰らないと危ないと警告される。帰国することになった。ハルビン駅から東清《とうしん》鉄道に乗車、長春で満鉄に乗り換え、大連に着き、そこから連絡船に乗り、従弟の宮崎義雄のいる長崎に向かった。

長崎では宮崎宅に仮寓した。書店で『懺悔の生活』を買い求め読み耽った。このエリアで寺男として働ける寺を捜したが、見つからなかったことから、一燈園入園を決意する。夫婦でも入園できるということなので、馨に一緒に一燈園で暮らさないかと切り出してみたが、断られた。入園願いの手紙を天香に出してから、京都に向かう。馨は大阪に出て職を探し、四貫島《しかんじま》の東洋紡績の女子工員の寮母の職に就いた。

放哉は一燈園で天香に面会し、自分の来し方と天香の思想への共感を語り、入園を願いでた。入園が許された。奉仕活動は下座とよばれ、便所掃除・薪割り・大掃除や引越しの手伝いなどであった。京都の家々から仕事の手伝いの依頼があると、入園者が派遣される。出先で一日の仕事を終えると、夕食を供され、帰りの交通費と風呂銭だけをもらって園に帰る。放哉は酒癖の悪さを悔い改めるつもりで入園したのであったが、奉仕のお礼に多めのお金をもらうと、一燈園への帰りに居酒屋にはいり、その後も公園のベンチで酒を飲んでいた。

一燈園には、天香の講演料・原稿料、托鉢報酬、賛同者の寄進などからの資産があり、天香はその管理を放哉に任せたいといってきた。そういう仕事から断絶したくて入園したので、後年、井泉水にこの申し出には腹が立ったと語っている。実際のところ、アルコール依存症からは、自分を追い詰めていかなければ、脱却できないということである。

つくづく淋しい我が影よ動かして見る

放哉は常称院という寺での下座奉仕に出向くように命じられた。智恩院の山門をくぐって右側にある寺だった。この寺の住職が、放哉の仕事ぶりに感心したらしく、寺男に誘ってくれた。この誘いにのり、寺男として働くことになる。買い物・飯炊き・薪割り・雑巾がけと寺の雑事をすべて任され、日中は大忙しであったが、夜は自由の時間が得られた。作句に専念することもでき、孤独のありがたさをしみじみと再確認した。

板じきに夕餉《ゆうげ》の両ひざをそろへる

井泉水から手紙が届き、京都に滞在中なので一燈園を訪ねたが、不在であった、と書いてあった。放哉は東福寺に井泉水を訪ねたが、不在だった。そこで、会いにきてほしい、と手紙をだした。

この頃、井泉水は苦境の中にいた。関東大震災から麻布の家は被災を免れたが、『層雲』誌の販売収入と著作の印税は、たいした額ではなく、生活に窮していた。母が脳溢血で倒れ、身ごもっていた妻の桂子が面倒をみていたが、心労の果てに異常出産して、嬰児につづいて妻も亡くなり、三ヵ月後には母も亡くなった。

井泉水は甲州身延山に母の遺骨を納めてから京都に向かい、京都のいくつかの寺に出家を願い出るものの、受けいれてくれるところはなかった。かつて妻と旅したことのある小豆島の八十八ヶ所霊場の遍路をして、再び京都に戻る。下京区の東福寺に仮寓することができた。

井泉水が常称院に放哉を訪ねて来た。二人は牛肉屋で、すき焼きとともに酒を飲んだ。井泉水と別れた後、顔見知りであった住職と関係のある女と出会ってしまい、寿司屋に誘われまた飲んで、泥酔してしまった。寺に戻ったとき、玄関に出て来た住職に悪態をついてしまった。このことで、常称院から追放になってしまい、一燈園に戻った。

放哉の不在の間に入園者はすっかり入れ替わっていた。見知っていたのは平岡七郎と小針嘉朗だけだった。平岡もアルコール依存症だった。平岡は、一燈園の先輩で、自分が尊敬している住田無相を紹介してくれた。俳号を蓮車という住田は、結核を患っていて、しかも無一文で、一燈園から少し上がった東山山中の物置で養生していた。放哉は住田と会ってみた。住田は放哉のことは気にかけていた。自我が少し強気、帝大出と伝え聞いていた。彼はサラリーマンでの挫折は、宿命を前にすれば深刻な問題ではなく、無我とか往生という仏教の教えに即することに努めたらどうかと語る。たまたま神戸の須磨寺に友人がいるので、そこで寺男として働けるように推薦してくれることになった。

常称院を追い出されてから二ヵ月ほどたっていた。放哉は須磨寺に向かう。山陽電車の須磨駅の近くに真言宗須磨寺本山である須磨寺はあった。源平ゆかりの古刹であり、境内は広く、大木が多い。芭蕉は『笈の小文』の旅の途次に参詣していて、そのとき平敦盛の笛が聞こえてきたように感じられた、という。次の句を詠んでいる。

須磨寺やふかぬ笛きく木下《こした》やみ　芭蕉

この寺では二〇人ほどが働いていた。住田がもたせてくれた紹介状をもって、森という役僧に会う。放哉は弘法大師座像が安置された大師堂で勤めをすることになっていた。放哉の仕事は、朝五時起床・堂の雑巾がけ・庭の掃除、朝食の後、大師堂の賽銭箱の前に座してお参りの人に蝋燭とおみくじを売り、蝋燭を買ってくれた人に簡単な祈祷を大声で唱えるなどであった。夕刻に仕事が終わると、明石海峡の海岸線まで歩いて行き、波うちぎわを散策する。

たつた一人になり切つて夕空

須磨寺大師堂前にて

この頃からサラリーマンでの挫折にこだわらなくなり、持病と体力の衰えを見据えて、感情を客観的な言葉にする作句法を身につけた。

一日物云はず蝶の影さす

ひげがのびた顔を火鉢の上にのつける

この寺では住職と三人いる副住職との間で実権争いが起こっていた。放哉がこの寺にやって来たとき世話役だった森という僧が住職派であったことから、放哉は帝大出の法学士で同派の参謀となっているとの風評がたってしまった。紛争は混沌とし、ある神戸市内の有力者が両派の仲裁にのり出した。両派を分離するために、寺から一時的に多く者が出され、放哉もその一人となった。森のとり計らいで、放哉は神戸市内の有力檀家の家に身を寄せることになった。仲裁がすすめば、放哉を帰山させる、と森は約束したが、仲裁はまとまらなかった。ここでの生活は八ヵ月ほどであったが、寺を辞して、一燈園に戻った。

平岡七郎と小針嘉朗が、まだ一燈園に残っていた。住田は近江路へ托鉢の旅に出て不在であったが、放哉が須磨寺で内紛に巻き込まれいずれ帰ってくと予期していて、平岡と小針に一燈園の雑誌『光』の編集担当の藤田鉄次郎という男を放哉に紹介するように、と言ってあった。その藤田が、常高寺という寺の寺男の職を、放哉に紹介した。常高寺は若狭の小浜にあり、小浜湾の海辺に沿う穏やかな町の寺であったが、一年半前に本堂が焼失してしまい、再建のために住職が大忙しで働いているとのことであった。放哉はその寺に行くことにした。

山陰線で敦賀まで行き、小浜線に乗り換え、小浜駅で下車する。幾つかの寺を通りすぎ、三〇段ほどの石段を登ると、そこには小浜線の線路があった。今日、ここを通って来たのである。常高寺の二層楼の山門が見えていた。線路を渡って、山門を抜けると、正面に本堂の焼失跡があった。出火の原因は不明であった。庫裡《こり》の戸口で来訪を告げると、春翁という住職が杖をつきながら出てきた。住職一人で寺のやりくりをしているとのことだった。放哉は二層楼に住むことになる。寺男の仕事がはじまったが、放哉が休んでいると、「一日為サザレバ一日食ハズ」とけしかけられ、徹底的に働かされた。

　　小さい橋に来て荒れる海を見る
　　うつろな心に眼がふたつあいてゐる

寺の財政は破綻寸前であった。常高寺は臨済宗妙心派のこの地方の中本山で、一〇〇を超える末寺を近在に擁していた。末寺の住職が春翁の横暴と強欲に耐えかねて、住職辞任を迫り、春翁は二年後に復帰できるということで辞任していた。末寺の一人が正住職に就いていたが、春翁は二年後に住職に復する約束を楯に常高寺に居座りつづけていたのである。常高寺には米も味噌もなくなり、放哉はここを去ることにした。早起きして、庫裡に顔を出したが、春翁は居なかったので、いとま乞いをせずに去る。滞在は二ヵ月たらずであった。

一燈園に帰って来た。藤田に会って、ことの次第を告げ、ここでの下座奉仕を願い出る。後日、藤田から、春翁は夜逃げして郷里の若狭の大飯《おおい》郡大鳴村に帰り、そこで脳梗塞で死去した、と知らされた。その後、常高寺は廃寺となった。

平岡七郎も小針嘉朗も一燈園にいなかった。小針は台湾の台中でバナナ果物会社に就職していた。須磨寺で働いているとき、台湾は肋膜炎の療養によいので、こちらに来てはどうか、と小針から放哉に誘いがあった。放哉は小針の誘いにのってみようという気にもなっていた。しかし、見知らぬ外地は、リスクが大きかったので、京都駅から一〇分ほどの三哲にある龍岸寺で働くことにした。この寺の住職は寺の経営の他に事業をやっていたため、寺男の仕事以外にその事業のための使い走りもやらされる。体力の限界となり、この寺を去ることにした。

井泉水は京都東山区の円通寺橋のたもとの東屋《あずまや》に住んでいた。この東屋に放哉は同居することになった。井泉水は全国行脚の中で小豆島に数回行っていたことから、醤油醸造業を営む井上文八郎の知遇を得ていた。文八郎は俳号を一二《いちじ》と称する『層雲』同人で、井泉水を敬愛していた。井泉水は一二に手紙を出し、どこかの末寺に放哉の住める庵を捜すように依頼した。一二からの返事はなかなか来なかった。台湾に来るようにとの誘いも受けている放哉は、その焦りもあって、返事がくる前に小豆島へと出発した。

連絡船で小豆島の土庄《とのしょう》港に着いた。井泉水が書いてくれた地図を見ながら歩き、一二の家に着く。一二は井泉水から、「ホウサイスデニタッタ」との電報をもらっていた。財をなし名声を得ることを目ざしている一二は、放哉という人間は解し難かった。二人の間には、はじめからしっくりこないものがあった。住む庵はまだ見つかってないが、西光寺の住職から庵の一つが空くかもしれないとの連絡があったとのことであった。それが決定するまで、丸亀の『層雲』同人の内藤寸栗子《すんりつし》の句会に出席することを、一二から勧められる。放哉は出席することにした。

丸亀駅では、寸栗子と同人四人が迎えにきてくれていた。句会では、放哉の出席を光栄に思うという寸栗子の挨拶があった。同人の多くが、『層雲』掲載の放哉の句の幾つかについて賛同の言葉を述べた。酒がどんどん進んでしまった。出席者の同人が提出した句について、放哉は批評をはじめたが、冗長だとか小細工がすぎると徐々に辛辣になってゆき、罵《ののし》るような口調にまでなってしまった。一人二人と同人が座から去って、寸栗子一人が残った。座布団をもってきて、今夜はここに寝かせるしかなかった。放哉の酒癖の悪さは、こういったパターンであった。

翌日は高松から小豆島の佛崎《ほとけさき》に着く。そこから西光寺に行く。想像していたより立派な寺であった。そこから一二宅に戻った。西光寺住職で『層雲』同人でもある杉本宥玄《ゆうげん》から今夜一杯やりたいという誘いがあったことを、一二から告げられる。六時頃に西光寺を訪れた。門をくぐると正面に本堂があり、右手に庫裡がある。宥玄は放哉を庫裡の二階に招きいれた。夕膳が用意されていて、ビールを飲みながら朝鮮・満州での勤務、近くは須磨寺でのことなどを話す。宥玄は放哉が辛苦と混迷のなかで、求道的な生き方をつづけていることに心打たれた。宥玄が庵のことをきり出した。西光寺の奥之院に八十八ヶ所霊場の番外である南郷庵《みなんごあん》という庵があって、そこに住んでいた高齢の庵主は、故郷に広島に帰ったとのことであった。そこに住むことを勧めた。

次の日、宥玄が小僧の玄妙を引き連れて放哉を南郷庵に案内した。庵の外には手押しポンプがあり、門を入った左奥には「奉供養大師之塔」と彫られた石塔が建つ。玄関を入ると土間である。八畳間から一段上がって六畳間がある。六畳間の右側に垂れ幕が下がり、その向こうの段のうえに弘法大師像と子安地蔵が安置されている。八畳間の東南方向には半間四方の窓があり、そこから海が見えている。海好き放哉には有難かった。

放哉が決意したことから、早速、西光寺から蒲団、蚊帳、鍋釜などもってくるように玄妙にいいつける。もう一人の小僧の玄浄には、米、味噌、醤油、薪炭などを運んでやってほしい、と一二に伝えるようにいいつけた。この日、大正一四年八月二〇日から放哉の南郷庵での生活がはじまる。八畳間から見わたせる墓地の一帯の上の方には丘のような山が三つある。真ん中が百足山《むかでやま》、左が清兵衛山《せびやま》、右が聖天山《しょうてんさん》である。百足山のなかには火葬場があるらしいが、木々に隠れている。九月一日から『入庵食記』を、死の二日前まで書きつづけた。毎日、何を食べて、体調の具合はどうであったか、を書いている。九月から一〇月にかけて『入庵雑記』を書き、これは『層雲』の翌年新年号から五月号まで掲載された。麓に墓所がある百足山に登り、瀬戸内海を見下ろしたり、佛崎の海浜の白砂に腰を下ろし波が寄せてくるのを眺めたりする。

わが庵として鶏頭がたくさん赤うなつて居る
山は海の夕陽をうけてかくすところ無し

一二は米・味噌・醤油などを供給していたが、彼は苦労して財をなしていることからも、放哉のいい加減な滞在に苦言を呈した。他方、宥玄は自分だけでなんとかするということであった。

『層雲』同人で、福岡で文具商を営んでいる飯尾星城子《せいじょうし》が南郷庵を訪れた。讃岐善通寺の輜重《しちょう》隊で教育招集訓練を受けた途次に立ち寄ったのであった。星城子は脱俗の詩人である放哉が、このような粗末な庵で名句を詠んでいることに納得できた。

放哉はしばしば土庄の居酒屋で酒を飲んでいた。ツケでのんだうえ悪態を吐くと、四人の居酒屋の主人が、宥玄に苦情を言いに来た。宥玄は放哉に禁酒を強制はしなかったが、今後、居酒屋で飲んではならない、と釘をさした。

一〇月にはいって、放哉は風邪がつづき食欲が減退した。宥玄に相談すると、木下病院で診てもらえるように手配しくれた。翌日、永代橋の少し手前にある木下病院で診察を受けると、結核とのことだった。放哉はそう長くはないと自覚した。一二月にはいり、寒風が南郷庵を襲う。二度、三度と木下病院を訪れて、咳止めと熱冷ましをもらって飲んでいるが、費用はかかるし、だんだん効かなくなってきた。須磨寺の大師堂にいたとき、放哉の句に敬服して作句指導を仰ぎにやってきた神戸の医師に山口旅人《りょじん》がいた。木下病院で処方してくれた三種類の薬を旅人に郵送して、同じ薬を送ってくれないか、と頼んだ。新薬が送られてきた。二月一七日、旅人から注射器とカルシウム溶液のはいた壜が送られてきた。抗結核薬としては最新のものということである。どこかの筋肉に針を刺すという説明書きにしたがって、左太ももの筋肉に注射する。薬を飲み、注射をつづけるが、目立った回復はなかった。

菊枯れ尽したる海少し見ゆ

宥玄に言いつけられたのか、近所の漁師・南堀の妻シゲが、放哉の世話にちょくちょく庵を訪れてくれる。朝は庵の掃除と洗濯、夕べは芋粥を食べさせてくれた。シゲの亭主も小魚をもって庵にやって来るようになった。

久し振りの雨の雨だれの音

墓のうらに廻る

三月となって、放哉は、結核菌が気管内に感染する咽喉結核に襲われる。食欲はまったくなくなる。満州にいたとき吸った英国製の二〇本入り丸缶のスリーキャッスルのことを思い出し、死ぬ前にこれを吸いたくなり、井泉水にこれを買って送ってくれないか、と手紙を出す。スリーキャッスルは送られてきた。春となって、お遍路さんが南郷庵を訪れるようになる。お遍路に蝋燭を渡すシゲの背中を、放哉はぼんやりと見ている。四月四日の昼、いつものようにシゲがやって来る。布団の上に座った放哉の口元に、芋粥を匙で運ぶが、口を開けることはなかった。海を眺めようと、シゲの肩をかりて立ち上がろうとしたが、立てなかった。シゲから末期が近いことを告げられて宥玄がやってくる。願いはないかと聞くと、南郷庵の墓に埋めてやってくれ、ということであった。

四月六日、身体の衰弱が激しく、寝床から起き上がれなかったが、一片の紙を引き寄せて一句を書く。

春の山のうしろから烟が出だした

この烟は荼毘のものではなく、山焼きのものとされている。新たな出発の狼煙といえそうだ。四月七日、午後四時から八時の間に、放哉は意識が遠のき瞑目した。最後を看取ったのは南堀シゲ、あるいはシゲの亭主とされている。その日の午後三時、妻の馨は大阪港を発ったが、死に間にあわなかった。放哉の妹と言うのみで、誰にも放哉の妻と知られることはなく、帰途についた。妻として何もしてあげられなかった後ろめたさがあったのであろう。戒名は「大空放哉居士」である。

九―三　放哉と山頭火の比較

放哉と山頭火は自由律俳句の双璧とされているが、放哉は京城で肋膜炎を病んでからは、病弱であった。円熟期はサラリーマンを廃業してからの三年余りであった。山頭火は人並み外れた体力をもち、北海道以外の全国を旅し、旧制中学のときから一貫して、文学に野心的にとり組みつづけた。放哉は山頭火と較べると、テーマと作句法の幅は狭いと言わざるを得ない。

放哉と山頭火は大まかにはキャラクターは同じようであるかのように思われがちである。自由律俳句の第一人者で、アルコール依存症で、仏教の修行者であることは共通している。さらに社会や組織と折り合っていけないことも同じであても、その他は真逆な関係である。

その違いを、次に比較した。

	放哉	山頭火
性　格	暗い　神経質	明るい　神経質な面もあるが豪胆
仕　事	保険業務の専門家	専門的スキルを要する仕事はしない
仏　教	寺男　堂守　庵主	出家得度した修行僧
野　心	人並みの出世欲はあった	文学での功名心はあった
健　康	中年期から肋膜炎が持病となった	人並みはずれた体力があった
家　庭	人並みに大事にしていた	縛られたくなかった
生き方	サバイバル志向	自殺志向

文学へのとり組みは、放哉は余技的であったのに対して、山頭火は本格的であった。まず、両者の文学へのとり組み方からたどることにする。山頭火は周陽学舎在学中に学友とともに、回覧形式の文芸同人誌を発行したようであった。このころ俳句をはじめていた。さらに短歌も作って、雑誌『少年界』などに投稿していた。明治四四年（山頭火二九歳）に郷土文芸誌「青年」創刊時に参加し、ツルゲーネフの小説などの翻訳を発表した。大正二年（山頭火三一歳）三月、『層雲』に投句しはじめる。八月には個人雑誌「郷土」を創刊した。昭和六年二月二日、ガリ版刷り個人誌「三八九《さんぱく》」を発行、会友に有料で配布した。三月五日に第二集を出し、三月三〇日に発行した第三集で終刊した。それは、十分の金銭が得られたため、とされている。昭和一五年四月には、これまでの折本句集を集成した一

代句集『草木塔』を、八雲書林から出版した。文芸誌「青年」に参加したころから、文学のプロを目ざしていて、その目標をなかば達成したのであった。

放哉は中学生になってから俳句を作りはじめていたが、中学三年のころ、友人とともに芹薺《きんぜい》会という短歌会を結成しているので、短歌も作っていた。明治三三年から翌年まで発行された中学の学友会誌「鳥城《とりしろ》」には、梅史の俳号で二一句が掲載された。

新しき電信材や菜たね道　梅史

中学生にして『ホトトギス』にも投句していて、三句が掲載された。第一高等学校では一高俳句会に出席はしていたものの、出席率はあまり良くなかった。大学に進学するとともに、出席しなくなり、幹事の萩原井泉水とは疎遠になっている。大学のときは、『ホトトギス』や「国民新聞」に投句していた。大正四年（放哉三〇歳、以下放哉を略す）に『層雲』への投句をはじめて、翌年には同人となった。『層雲』同人であったものの、生涯にわたって個人誌の発行どころか、句集の刊行もなかった。

山頭火は早稲田大学文学科であったのにたいして、放哉は東京帝国大学法学部であったことからも分かるように、山頭火ほどは文学にのめり込んではいなかったのだ。彼の俳歴は『層雲』への投句だけで終わってしまったのだった。しかしながら、随筆『入庵雑記』は名作として残り、俳句では山頭火にはない詩境をきり拓き、現在は句集だけでなく随筆・書簡集も多くの出版社から刊行されている。

社会人になってからの文学のとり組みではどうであったか。山頭火は大正八年（山頭火三七歳）には文学で身を立てようと、家族を熊本に残し東京にやって来た。他方、放哉は大正一〇年（三六歳）、酒癖の悪さから大手の保険会社を辞職し、東京では仕事が見つからず京城の保険会社設立の仕事についた。俳句はあくまでも余技であった。そこにも酒にいり浸る主な原因があったといえよう。

放哉は大連から長崎に向かう船の中で、甲板から海に身を投げて死のうとした、ということである。妻にも一緒に死ぬことを頼んで拒絶されたという。この場合は、生活が立ち行かなくなり、追い詰められてのことであった。また、小豆島の南郷庵では、早く死ねるように、とんでもない粗食をはじめたが、病気の快復の見込みもなく、これも周囲に迷惑をかけないための決断であった。他方、山頭火は五三歳のとき、カルモチンを多量に飲んで、自殺をはかったが、未遂に終わっている。別段追い詰められていたわけではなかったが、母と弟の自殺からの後追い意識にかられた、といえるであろう。

山頭火は農村・山村や地方都市・町を行乞放浪していたのにたいし、放哉はサラリーマンの職を求めて、国家主義にもとづく大陸進出の最前線であったハルビン市まで赴いている。彼は生活を維持するために、心身ともに崖っぷちにあった。帰国後、寺男・堂守・庵主として忙しく働くなかで、生活不安や人間関係の煩わしさから抜け出した仏教的思想を反映した句を詠んだ。それは〝覚り〟から立ち上がってくるという「空」の空間のイメージ化でもある。山頭火の方が、句としての芸術性や文学性の高さを感じられるが、作意的な相貌もあるといえるであろう。作意的とは意志的ということである。金子兜太は、放哉や明治初期の放浪俳人の井上井月《せいげつ》とは逆行して、山頭火には意志的な内容があると論じている。

三十七歳の武士・井月に、どんな失意があったかは不明だが、彼には「観照」すらない。放哉にはその自覚は鈍いが、すこしはあった。

したがって放哉や井月は、ほとんど投げやりなかたちで自分を透明化してゆく姿としてとらえるしかない。それにくらべて山頭火の場合は、「空」あるいは「自然」への求めにおいて、かなり意識的であり、ときに意志的になろうとしていたのである。

（『種田山頭火』）

仏教の世界観や自然の芸術性・霊性を、技巧的に句に反映する意志があったということである。無の境地や「空」のイメージ空間を、芸術的な美とともに創出している。放哉は技巧を捨てて、自身の内部に見えてきたものやことを句にしている。放哉の代表句は、仏教の世界観や「空」のイメージ空間を顕現している。同じテーマや素材の句ついて、放哉と山頭火とを比較することにする。

（一）空と被り物

大空のました帽子かぶらず　　放哉

自然への畏敬の念がこめられている。アニミズムの彷彿とともに、「大空」の神秘性がかもし出されている。

まつたく雲がない笠をぬぎ　　山頭火

雲のない青空への、気持の高まりが伝わってくる。空の美しさが、イメージできるということは、自然讃美のロマン主義といえよう。私小説的な一場面で、山頭火の姿も浮かんでくる。金子兜太はこの句について論じるなかで、放哉との違いについて指摘している。

この句では山頭火がしゃんと立っている。大きくゆっくり立っている。このあたり、放哉とは違って現世的なエネルギーがある。好調のときはとても楽天的にもなるのである。だから明るい。(『放浪行乞　山頭火百二十句』)

(二) 歩行と情景・情況

鐘ついて去る鐘の余韻の中　　放哉

私小説的な場面である。余韻をまとったような人影が見えてくる。余韻の霊性が、イメージできる。

あるけばあるけば木の葉ちるちる　　山頭火

「あるけば」と「ちる」のリフレーンが、リズムを生み出している。このリズムが映像を立ち上げていて、「木の葉ちる」は冬の季語であり、有季定型に近い。

(三) 身体

わがからだ焚火にうらおもてあぶる　　放哉

「あぶる」からは、「焚火」が護摩の火のようにイメージされてくる。仏界が立ち上ってきそうである。

わが手わが足あたたかく寝る

山頭火は自分の身体については、ほとんど題材にすることはなかった。自愛の句であり、人間讃歌のロマン主義である。七七の奇数音数律である。

（四）独居

咳をしても一人　放哉

咳をすると視線が向けられているような気分になるが、そんな人間界からは離脱しているのである。孤独の言語空間を創出しているが、三好達治はこの句について、日常さらに非日常である文化との係わりを断った特殊性がある、と論じている。

この人の思想は簡潔を極めてゐるのである。道釈的、東洋的、日本的といふ外に、この簡潔は奇妙なまでにまた特殊である。この特殊性はたしかにある時人の心をうつが、いはば社会生活、人文文化いつさいにそれは全くほとんど全く係はるところをもたないといふ感じを伴つて心をうつ。その意味では冷たく虚無的に、ただ一つ虚無を楽しむ欣び――その解放感に於て心をうつ。（『尾崎放哉の詩とその生涯』）

二行目の「この特殊性」とは、自分の存在も消し去る「空」の空間にはいり込み実体のない現象と化しているのである。

鴉鳴いてわたしも一人　山頭火

前書に「放哉居師に和す」とある。鴉への感情移入があり、孤独感を鴉と共有している。放哉は孤独・虚無を言語化することで、〝覚り〟の空間を創出している。一方、山頭火の句は、「鴉」の鳴声と「一人」の取合せにより、孤独・虚無を浄化している。

（五）仏語

風にふかれ信心《しんじん》申して居《お》る　放哉

信心は神仏を祈ること。仏陀は菩提樹の下で覚りを拓いたとされている。特別な自然の中では、仏界に参入できることもある。そのような情況が、見えてくる。

山へ空へ摩訶般若波羅蜜多心経　山頭火

「魔訶」は、偉大な、を意味していて、「魔訶般若波羅蜜多心経」は、『般若心経』のことであるが、深淵なイメージを立ち上げている。「山へ空へ」は、野外の大自然に呼応しながら、『般若心経』を唱えているのである。

山頭火は仏語を巧みに使い、ロマン主義的な優しさやファンタジーを打ち砕いているが、放哉は仏語を使うことはほとんどなかった。

（六）墓

墓のうらに廻る　放哉

霊的な空間が立ち上がってくる。それは「空」の空間であり、形而上学的な空間ともいえる。読者が放哉になり代わって、「うらに廻る」とすると、リアルに深淵な霊的な空間が見えてくる。

落葉松落葉墓が二つ三つ　山頭火

七三五の奇数音数律であり、「落葉松落葉」と「墓」との取合せである。浄土的な明るさがある。放哉には仏教的な境地があるのに対して、山頭火は仏教をベースにした芸術的な美がある。
山頭火の代表句は、意外と季語と奇数音数律を活かしているのに対して、放哉は季語と五七調・七五調を拒否した作句法に徹している。両者の究極の詩境は、山頭火は仏教の世界観と芸術美の融合であり、放哉は脱俗の境地と「空」のイメージ空間の創出であった。放哉は出世の野心はなかったが、別の野心があったわけではない。自由律俳句に野心を抱けなかったのは、プロとしてやっていけるほどの国内に文化的キャパシティーがなかったからといえよう。

九―四　放哉とは何か

放哉は大学時代から哲学・宗教志向であったが、サラリーマン生活に縁を切り、一燈園で下働き的な労働をするようになってから、それが本格的になった。『入庵雑記』の「灯」の章で、一燈園での労働の内容について書いている。外部からの雑多な仕事の依頼を、一燈園では下座奉仕と呼んでいたが、入園者は下座奉仕に出かけてゆく。

現在では皆読経に一致して居ります、読経がすむと六時から六時半になります、それから皆てく〳〵各自その日の托鉢先き（働き先き）に出かけて行くのです。園から電車の乗り場まで約半里はあります、そこからまづ京都の町らしくなるのですが、園の者は二里でも三里でも大抵の処は皆歩いて行くことになつて居ります――と申すのは無一文なんですから。

「現在では皆読経に一致」ということで、宗派に属していないので、以前は讃美歌を歌う者もいた、のであった。依頼もとでの仕事は、どのようなものであったかも書いている。

次にこの毎日の仕事……園では托鉢と申して居ります……之が実に種々雑多のものでありまして、一寸私が思ひ出して見た丈けでも、曰く、お留守番、衛生掃除、ホテル、夜番、菓子屋、ウドン屋、米屋、病人の看護、お寺、ビラ撒き、ボール箱屋、食堂、大学の先生、未亡人、簡易食堂、百姓、宿屋、軍港、小作争議、病院の研究材料(之はモルモットの代りになるものです)等々、何しろ商売往来に名前の出てないものがたくさんあるのですから数え切れません、これ等一つ一つの托鉢先きの感想を書いても面白い材料はいくらでもありませう。

さまざまの所で雑多な下働きをすることで、視野がひろがったといえる。サラリーマン時代の会社内や客先での駆け引きや損得勘定から抜け出すことができ、作句と内面探求に集中できたといえる。加えて、肉体的な重労働の疲れからは、無の境地や「空」の空間の入口に立てたのであろう。無の境地は精神の脱俗であり、「空」の空間は「不生不滅」の世界である。国際的な禅僧である鈴木大拙は、仏教の構成要素には教徒の体験も加わっている、と語っている。

仏教というものが発生して、ここに二千五百年という今日まで伝わってきた、その命脈不断なりしその原因が何であるかといえば、そこに生命があるからである。しかしその生命はどこから来るかといえばそれこそ、いかにしても仏教徒の、すなわち仏教の生活をやっている人々のその体験とその思想というものがそれに加わって動いているからである。(『禅とは何か』)

仏陀以後の仏教者の修行生活により、仏教に新しい思想哲学が加わってきたという。このことからも、放哉ならびに山頭火は、仏教修行と俳句修練により、俳句における新たな作句法と思想哲学をきり拓いた、といえよう。

放哉が次々に代表作を作句したのは、一燈園を辞し、京都・神戸・若狭・小豆島において寺男・堂守・庵主を勤めている期間であった。同じように山頭火の句も代表作のレベルになったのは、出家して観音堂の堂守となってからであった。仏教修行と浄化された精神が、俳句での新たな境地や作句法をきり拓いたといえる。両者の句の下層には、仏教の世界観があるものの、山頭火の句は芸術的な美の境地も打ち出していることが多い。放哉はそのような芸術性には欠けているものの、人生哲学と仏教的世界観の境地に独自のものをうち立てている。

漬物桶に塩ふれと母は産んだか　放哉

漬物づくりは、寺男としての仕事であった。母はこんなことをしている自分を嘆いているであろう、という自嘲句である。いまとなっては、そんなことにこだわってはいられないとの決意がある。

大正一四年九月の飯尾星城子宛の手紙で、俳句は「宗教」である、と論じている。

俳句は哲学ではありません、論理学でもありません、況ンや心理学でも三段論法でもありません、俳句は「詩」なのです、私をして云はしむれば寧ろ「宗教」、なのです「宗教」は「詩」であります。

俳句は「宗教」であるということは、「宗教」の世界観や無の境地や「空」のイメージ空間を顕現するものといったことであろう。『入庵雑記』の「鉦たたき」の章で、鉦たたきの音は「不生不滅」的な境地に通じていると書いている。

　これは決して虫では無い、虫の声では無い、……坊主、しかも、ごく小さい豆人形のやうな小坊主が、まつ黒い衣をきて、たつた一人、静かに、……地の底で鉦を叩いて居る、其の声なのだ、何の呪詛か、何の因果か、どうしても一生地の底から上には出る事が出来ないやうに運命づけられた小坊主が、たつた一人、静かに、……鉦を叩いて居る、一年のうちで只此の秋の季節だけを、仏から許されて法悦として、誰かに聞かせるのでもなく、自分が聞いて居るわけでもなく、只、カーン、カーン、カーン、……死んで居るのか、生きて居るのか、それすらもよく解らない、…………只而し、秋の空のやうに青く澄み切つた小さな眼を持つて居る小坊主…………私には、どう考へなほして見てもこうとしか思はれないのであります。

七行目の「死んで居るのか、生きて居るのか、それすらもよく解らない」とは、鉦たたきのことであるとともに、聞いている放哉のことでもある。そこには、「空」のイメージがあるといえるであろう。

なにもない机の引き出しをあけて見る

須磨寺での句である。有季定型の俳句とは違って、日常の中に霊的世界を発見する、あるいは創出することに徹底している。ところが、大正一四年一二月の浜口弥十郎への手紙のなかで、宗教と詩の違いとして、以心伝心を意味する仏教用語「拈華微笑《ねんげみしょう》」は、詩でないと論じている。

一体、「拈華微笑」ト云フ事ハ宗教ノ悟リであって、「拈華微笑」を俳句と思はれては大変也、ソコニ「宗教」ト「詩」トノ相違ガアラウト申スモノ、吾人ノ詩ハ、アクマ迄……日用ノ言葉ニ即シ、吾々ノ美しい感情ニ即シ、ソシテ大自然ノ大慈悲心ニ即シタモノデナケレバナラヌ……。

放哉がここで書いている俳論と、彼の実作にはズレがある。「拈華微笑」は動作や表情で何かを伝えることである。そこで、俳句をふくめた詩は、韻律や取合せや凝縮した表現などにより、言葉の意味以外あるいは以上のことを伝えるパワーがあることから、言葉の「拈華微笑」なのである。放哉の俳句は、「拈華微笑」により仏教の世界にまで踏み込んでいる。

有季定型俳句の基本は、客観写生や寄物陳思である。他方、自由律俳句は、感動の盛り上がりや心境の起伏に結び付いた韻律や言葉の凝縮、あるいは口語調からのストレートな感情表現を理念とする作句法である。

入れものが無い両手で受ける

小豆島の子供たちの行為をリアルに詠んだものである。小豆島では、道ばたでお遍路さんから炒り豆をもらう風習がある。小豆島は米がとれないので、当時の学童の弁当は芋であった。お遍路さんがくると、前掛けのあるものは前掛けで、ないものは両手をさし出して、もらっていたという。両手をさし出した姿からは、神仏への祈りが感じられる。それは、素朴な日常の一場面でもある。

窓あけた笑ひ顔だ

有季定型的に考えると、窓を開けたときの、耀いている新緑の風景が、「笑ひ顔」のようだ、ということだ。しかしながら、放哉の句であることからは、自らの弾んだ気持を反映した顔を、他者の視点から見ている、といえよう。刹那の「笑ひ」であり、仏教的な世界である。

足のうら洗えば白くなる

飯尾星城子が指摘したこの句の批評にたいして、大正一四年九月の手紙で自解を書いている。

「足のうら洗えば白くなる」、の句についてアナタは……「貴方の単にして純なる個性は認められますが、」、云々……と云はれましたネ、処がこの足の裏、の句は、単純から複雑に這入つて、ソレから又単純に出て来た、……少しムズカシク申せば……差別観の世界から無差別観の世界に這入つて、ソコカラ又差別観に出たと云ふ形……少しヤヤコシイデスネ呵々《かか》、而し右の意味をよく味つて見て下さい……扨《さて》、此句は……吾々が平生、身体の中で一番酷使する処は「足のうら」である、而も、吾々は只、無意識に酷使して居る……然るに彼……「足のうら」は、只黙々として吾々の酷使に服従して居る、誠にかあいそうな彼ではないか、そう思つて静かにタン念に洗つて居ればば白々と、白くなつて行く「足のうら」、は比較的白い処なのである……ソヲシテ洗つて居いると「足のうら」、がダン〳〵白くなつて淋しそうに「有り難う御座います」と自分の顔を見て感謝して居る気がしませんか、――略――

この後、「マツ白になつて行く」ことへの感懐を書いている。

丁度自分が「社会」に居た時、ズイ分栄華を尽して居た時分の「足のうら」の様に

……奇れいに白く。

最終行の「奇れいに白く」はイロニーである。前半の引用二行目の「単純から複雑に這入つて」とは、回想がこもっていることが複雑さといえる。次に、「又単純に出て来た」については、「白く」なるという浄化された仏教的な世界に変転することである。発想の底流には修行生活がベースにあるといえる。

霜とけ鳥光る

解けはじめた霜が光っている野外で、飛翔の鳥も光っている。自然界の光に光明を見出している。この世において、仏界を顕現しているともいえる。最晩年の句であり、覚りの境地といえよう。『入庵雑記』の「灯」の章で、一燈園においてさまざまな時間帯に京都の町並の灯を眺めたときの心境について書いている。

此時の私の感じは、淋しいでも無し、悲しいでもなし、愉快でもなし、嬉しいでも

無し、泣きたいでも無し、笑いたいでも無し、なんと形容したら十分に其の感じが云い現はされるであらうか、只今でも解りかねる次第であります。

意識が半分飛んでしまっている精神状態である。情景と気持が一体になっているともいえる。このような心境がこの句に詠み込まれているのであろう。僧侶の松原哲明師は『般若心経』の講習で、自身の心臓の大手術の経験から人は死の目前にならないと、覚りにはいたれないものだ、と語っていた。

評論家の見目《けんもく》誠は、詩人が表現を極限まで突き詰めると、かぎりなく沈黙に近づくとして、放哉は詩としての言葉の表現を極限まで追求した結果、かぎりなく沈黙に近づいた、と論じている。

何物かあるはずの物がない、という素朴な喪失感から出発して、己れの肉体が物体化する感覚におよび、ついには、精神と肉体双方の消滅を図りつつ、言葉における意味の消滅へと歩を進めたのが、「放哉」であった。

（『尾崎放哉　つぶやきが詩になるとき』）

この沈黙性は、社会での挫折を浄化するはたらきがあったといえるが、言葉が意味から離脱していることからは、仏教の「空」の空間とも通底しているといえる。このことを踏まえて、放哉を代表する次の句を再考する。

咳をしても一人

これまでは、孤独の境地を極めているとされてきた。修行者として瞑想しているとき、病気での咳か空咳かは、どちらでもよいとして、咳が出た。そこで意識の変転があり、「色即是空」の「空」の世界が、「空即是色」の現世に一転した。その現世で仏の世界をきり拓くということであろう。仏教研究者の紀野一義は、この句は明るい世界を立ち上げている、と論じていることからも、この「空即是色」を裏づけているといえよう。

わたしはこの句を、人間孤独のぎりぎりの境地を端的に言い得た名句と思っていた。さびしいきわみの句だと思っていた。今でも実はそう思っているのだが、われわれの執念深い先入感、つまり、「あんな小さな島にたった一人で貧しく暮らしている人間はさびしさの極地にいるに違いない」という先入感をひっくり返してこの句を見直すことができたら、この句は「人間ひとつ」という明るい大らかな世界を端的に歌い出した句であるかも知れぬ。(『尾崎放哉　つぶやきが詩になるとき』)

短律ならでは、さまざまな読解が、可能であるが、仏教をベースにしたスタンスからは、仏界の象徴主義である。

社会人になってからの放哉は、仕事に心身ともに疲れ、酒で紛らわし、さらに肋膜炎を悪化させるという悪循環であったが、山頭火とは違って家族のため働くやる気はあって、肋膜炎には悪い寒冷な朝鮮、さらに満州にまで職を求めて赴いている。しかし、寒さに身体は蝕《むしば》まれ仕事どころではなくなり帰国した。放哉は社会からはみ出し、酒に溺れた奈落の人生からの脱却を、仏教修行と俳句修練でなし遂げようとした。放哉が京都の常弥院の寺男となり、本格的に俳句にとり組みはじめたのは大正末期であった。この頃、『ホトトギス』の4S（水原・阿波野・山口・高野）の活躍が世間に注目されていたが、俳壇内でのことか、大衆レベルであったのかは分からない。自由律俳句のプロとしてやっていける時代ではなく、放哉にプロの道が拓けていれば、坂を転げ落ちるように破滅寸前にまで追いやられることはなかった。放哉は自分の世界にこもっているタイプであり、その世界が仏教の世界観と俳句ならではは哲学性・芸術性をもちえたことから、俳句あるいは詩として名作に登りつめたのであった。文学的ではない文学であることが、放哉俳句の魅力なのである。

九―五　あとがき

放哉も山頭火も社会から脱落して遁世に追いやられた。その最大の原因は、周囲と折り合ってゆけないこととアルコール依存症にあった。両者はそこから抜け出すために、仏教の厳しい修行生活をつづけた。山頭火は禅宗系の曹洞宗の門徒であった。他方、放哉が寺男・堂守・庵主をしていた寺は、浄土宗・真言宗・臨済宗とさまざまであった。宗派にはこだわってはいなかったのである。そのことからも、僧形をとらなかったことからも、仏教の教えを極めるといったスタンスではなかったといえる。にもかかわらず、放哉の代表句は、山頭火より仏教色が強く、仏教の思想哲学を顕現しているといえる。

山頭火は飲酒や入浴や料理を楽しみながらの長期間にわたる行乞放浪であったのにたいし、放哉は寺に住みこみ寺男・堂守・庵主の仕事を忙しくこなし、そこでの憂さ晴らしに酒を飲み、自由律俳句の極地を顕現するために俳句実作にはげんだ。酒癖については、山頭火は飲酒が止まらなくなり、酩酊《めいてい》したが、他者に迷惑をかけることは少なかった。放哉は酒を飲みすぎると、周囲の人に絡み、ときには奇行をはたらいた。他者に迷惑をかける酒であった。両者とも自由律俳句の大家となったことから、酒にプラスのはたらきがあったといえなくもない。仏教の修行ではなく、酒での陶酔で疑似的な無の境地になっていた可能性はある。酒を断って自由律俳句に全力を傾けなかったのは、文化芸術を受け入れる大衆レベルのキャパシティーが社会になかったためである、といえよう。両者は先天的な酒好きであったとしても、常人をはるかに超えた精神力をもっていたので、プロの俳人として自立できる見通しがもてるようであれば、酒は自重できたと考えるべきであろう。

放哉は社会の攪乱者であり、酒乱であり、さらに自分本位主義であった。社会に居場所がなくなり、追い詰められたが、その境遇に反撃を企てているような、人間的パワーや霊的パワーのこもった句を創り出したのだ。俳句らしからぬ俳句であることが、放哉を耀かせている。放哉俳句の人気は、文学とはいえないような意表を突いた、つぶやきのような単純さや無意味さ、そこに追い詰められた人間の気合と覚りがこめられていることにある。放哉の俳句は、挫折しかけた、あるいは奈落の底に堕ちた人びとを、精神的に支えることができるといえよう。

《参考文献》

渡辺利夫：放哉と山頭火　死を生きる、筑摩書房、二〇一五
村上護：放哉評伝、春陽堂書店、二〇〇二
大瀬東二：尾崎放哉の詩とその生涯、講談社、一九七四
金子兜太：種田山頭火、講談社、一九七四
麻生磯次・訳注：奥の細道　他四編、旺文社、一九七〇
河出書房新社・編：尾崎放哉　つぶやきが詩になるとき、河出書房新社、二〇一六
金子兜太：放浪行乞　山頭火百二十句、集英社、一九八七
見目誠：呪われた詩人　尾崎放哉、春秋社、一九九六
尾崎放哉：尾崎放哉　随筆・書簡、春陽堂書店、二〇〇二
定方晟：空と無我、講談社、一九九〇
竹村牧男：「覚り」と「空」、講談社、一九九二
鈴木大拙：禅とは何か、角川学芸出版、一九五四

あとがき

平成一三年にエッセイ「詩と俳句について」を書いて、自由詩である詩と俳句の、詩としての共通のベースな何かということと、双方の違いについて論考した。翌年刊行した山岳紀行『大雪山とトムラウシ山』にこのエッセイを掲載した。これが俳論・詩論執筆のスタートであった。平成一五年に書いたエッセイ「山岳俳句の作り方」は、修正加筆して今回掲載した。平成一六年には評論「山の俳句を通しての俳句史」を書き、平成二七年刊行の山岳紀行『北海道と九州の山々』に掲載した。

平成一七年にエッセイ「小林一茶の俳諧の道」を書いたが、このエッセイについても、修正加筆して今回掲載した。この年に評論「詩人を通しての自然」も書いて、戦前のロマン主義最盛期における四季派の詩人で、現在も人気が高く、しかも自然との交流の詩境を創出した中原中也・立原道造・三好達治が、自然のもつ芸術性、哲学性、コスモス性、霊性、あるいは自然と人との係わりを、どのように捉え掘さ下げているか、などを論考した。翌年にこの評論でコスモス文学新人奨励賞（評論部門）に入賞した。

平成一八年に評論「俳句を分類すると」を書いた。平成二一年には、はじめて和歌についての評論「三大和歌集の世界」を、翌年にエッセイ「短歌と俳句の自然詠の違い」を書いた。そして平成二五年に芭蕉の「重み」と「軽み」の作句法を中心に論じた評論「象徴から『軽み』への蕉風俳諧とその後」を書き、この評論は平成三一年に静岡県芸術祭の静岡朝日テレビ賞に入賞した。平成二九年から三〇年にかけて「連歌・俳諧から俳句への進化」を書いた。これらの評論とエッセイを組立てて、評論『短詩型文学探究』にまとめる段階になって、自由律俳句とは何かについても書かないと、短詩型文学の全貌を論究したことにならないことに気づき、令和元年に「山頭火とは何か」、令和二年に「放哉とは何か」を執筆した。

和歌とは短歌のことのように思われるが、長歌・反歌・旋頭歌・片歌などもふくまれていた。古今集以後は、短歌が和歌を代表するようになったことから、古今集の時代から江戸期まで短歌を和歌といっていた。そして明治期から現在の短歌がはじまったのである。和歌と現代の短歌の違いを概括すると、和歌は詠む題材が伝統にもとづき限定され、さらに大和言葉で伝統をベースにした詩的境地の創出をくりひろげているのに対して、現代の短歌は新しい題材をとりいれながら、日常を詠むことで新しい思想の創出を推し進めている。俳句は切字の「や、かな、けり」が文語であることからも、文語が普通である。ところが、短歌では現代的なあるいは微妙な感情を表現しようとすることから、それに適しているロ語が用いられることが多い。昭和六二年出版、俵万智の第一歌集『サラダ記念日』では、口語を活かすことで、山頭火的純粋さと明るさで通俗であることの人間讃美がくりひろげられた。二八〇万部のベストセラーとなった。以後の短歌では、文語調であってもレトリックとして口語を交えることが普通となった。

「この味がいいね」と君が言ったから七月六日はサラダ記念日　俵万智

俳諧については、芭蕉の俳諧で馴染みがあるが、和歌についてもひろく知られている歌は意外と多い。万葉集では柿本人麻呂に、親しみのもてる名歌が多い。

近江の海夕波千鳥汝《な》が鳴けば心もしのにいにしへ思ほゆ　柿本人麻呂

「夕波千鳥」は人麻呂の造語で、夕暮れの波間に飛んでいる千鳥のこと。「汝《な》」は「汝《なんじ》」のことで、「しのに」は感傷的にしみじみとした心情である。情景に心境を重ね合わせているリアリズムといえる。古今集からは次の歌を挙げておく。

春来ぬと人は言へども鶯の鳴かぬかぎりはあらじとぞ思ふ　壬生忠岑《みぶのただみね》

中途での文法的な「切れ」や意味の「断絶」はない。旋律とともにあたり前のことに納得させられるのである。新古今集を代表するのは、西行と藤原定家であるが、定家は関係の遠いものをつなげて新たなイメージを生成している。

秋とだに吹きあへぬ風に色変る生田の森の露の下草　藤原定家

秋だという風は吹いていないのに、色が変わっている生田の森の露におりている下草。「吹きあへぬ風」と「色変る」「露の下草」との間の内面的な「断絶」により淋しさをイメージ化している。俳諧の取合せにあたる組合せによるイメージの生成がなされている。

古今集では、伝統的な美や観念の詩境が追及されていて、ロマン主義的なドラマ仕立て・個人的な詩境・リアリズム的な表現などに欠けていた。他方、流れるような調べ・知的な畳みかけ・謎解き的な組立てから、伝統的や知的な美・観念の真実への転換・ネガティブな心情の詩情への昇華などがもたらされている。それに対して新古今集では、個人的な詩境や人間不在の芸術美や象徴主義的なイメージの創出を推し進めている。このような違いを知ることで鑑賞は深まるといえる。

このように万葉・古今集・新古今集にはテーマ・作法・芸術的な境地・世界観などにおいて大きな違いがあるが、それは政治体制や社会情勢に対峙しての結果であった。このことは現代詩についてもいえることで、ロマン主義・象徴主義・リアリズムからモダニズムへの変遷は、資本主義や近代社会の発展の弊害をのり超える目論見があった。三大和歌集についても、このような外部からの抑圧や体制との軋轢をのり超える仕組みをもった作法が創り上げられた。

和歌から連歌そして俳諧への進展は、詩歌に人生上の光明や指針を見出すことで、外部の変化をのり超えるためのものでもあった。連歌では長句と短句の付合から、新しいイメージを生成できるようになった。連歌は、戦国期という不安の時代に、精神の乱れを鎮める、落ち込んだ気持を奮い立たせる、あるいは組織の結束を強化するなどに役立ったはずだ。和歌に代わって連歌は文芸に中心となった。江戸期になり社会が安定すると、連歌は文芸の主役の座を俳諧にとって代わられた。貞門派の俳諧は俳語（俗語や漢語）の連歌としてスタートしたが、談林派は奔放で知的ゲーム的な作句法により貞門派を退けた。芭蕉は貞門・談林俳諧のテーマや作句法を革新することで、芸術的や哲学的な境地を創出するものに進化させたのである。そのはじまりは、『野ざらし紀行』の旅からであった。次の句は、『野ざらし紀行』後の、『笈の小文』の旅での句である。

箱根こす人もある有らし今朝の雪　芭蕉

一二月に熱田神宮の西隣の地域にある蓬左《ほうさ》の門人・聴雪《ちょうせつ》に招かれたときの半歌仙の発句である。ここでも雪は降っているが、箱根でも降っていて、そこでは難所を越えて行く人がいるとして、厳しい旅路にある人びとに想いをはせている。東海道の難所である「箱根」と「雪」の取合せが、旅の厳しさをイメージ化している。次の句は、『奥の細道』からである。

むざんやな甲《かぶと》の下のきり〴〵す　芭蕉

加賀の国の太田神社で斎藤実盛《さねもり》の甲を見て詠んだ句である。源義朝の家臣であった実盛は、幼少の木曽義仲を助けたことがあった。平治の乱以後に平氏の家臣となっていた実盛は、加賀の国の篠原の戦いで、木曽義仲の軍勢と戦い戦死した。実盛は出陣の前に老いを隠すため白髪の頭を黒く染めて奮戦した。上五は謡曲「実盛」の一節「あなむざんやな」を踏まえている。「きりぎりす」はこおろぎで、こおろぎの鳴声と歴史上の悲劇の遺品である「甲」との取合せである。

和歌の伝統や仏教の世界観や歴史上の出来事と、目の前の情景や場面との重層構造によって、芸術的やコスモス的なイメージを創出している。これが「重み」であり、和歌の伝統・宗教・歴史などに支えられている「重み」に対して、晩年には「軽み」の理念と作句法を提唱して、日常性や人間探求を優先させた。次の句は『猿蓑』と『炭俵』の間のときに詠まれたが、芭蕉三回忌に蕉門の規範を示すため、許六が編さんした俳諧撰集『韻《いん》塞《ふたぎ》』の所収である。

葱《ねぎ》白く洗ひたてたる寒さ哉　　芭蕉

『奥の細道』の旅のあとは上方に在住していたが、元禄四年一〇月、江戸へ戻る途次、美濃の国の垂井の本龍寺で詠んだ句である。「葱」と「寒さ」の取合せである。単純な写生句であるが、「寒さ」が「葱」の白さで、視覚的に表現されている。さらに「寒さ」が「葱」の白さを崇高なものにしている。この「軽み」の作句法が、現代の俳句の客観写生に引き継がれた。

芭蕉といえども貞門派からスタートした。その後、談林・虚栗調・蕉風へとつき進み、さらに蕉風は「重み」から「軽み」へと転換した。このような自在な変遷をたどりつつ理念と作句法を完成できたことは、芭蕉の修練と積極果敢な工夫に加え弟子たちの懸命な熱意と支援によるものである。驚くべきことは、万葉集からはじまった一五〇〇年ほどにわたる文学史にたいして、伊賀上野で貞門派の門下となってから三〇年という短期間でなし遂げたのである。

芭蕉の芸術至上主義的な俳諧は、そう簡単には継承者はあらわれるものではなかった。芭蕉没五一年後に蕪村の号を名のった与謝蕪村があらわれ絵画性・物語性を、蕪村没一六年後に二六庵の号を名のった小林一茶があらわれ生活のなかの諧謔や人間性へのイロニーや社会風刺を、俳諧のテーマあるいは作句法とする新たな境地をきり拓いたのだった。

寛政期を過ぎて文化期にはいった頃から爆発的に流行し出したのが月並句合であった。これは小林一茶が活躍していた時期である。月並句合はもてはやされつづけ、それが明治期に入ってからも衰えることがなかった。

明治二五年、正岡子規は新聞「日本」に「獺祭書屋俳話」の連載をはじめ、江戸末期からの俳諧を、その俗調から月並俳諧と呼び排撃することで、俳句の革新運動をはじめた。翌年には、「発句は文学なり、連俳は文学に非ず」として連歌と連句は文学ではないと言明した。そして発句・地発句が、俳句として短詩型のひとつのジャンルとなった。子規は作句法として写生を提唱しはじめたが、明治三五年九月に没した。子規の写生を継承した高浜虚子は、季題重視と主観写生という方法論をかかげ、その結果、村上鬼城・飯田蛇笏・原石鼎・前田普羅などの新鋭を世におくり出した。昭和三年四月、虚子は大阪毎日新聞社主催の講演会で、「花鳥諷詠」を提唱した。その後、理念に「花鳥諷詠」、作句法に「客観写生」を掲げ俳句を指導した。「花鳥諷詠」と「客観写生」は、大衆を実作者へと導くベースになったのである。

自由律俳句は無季・非定型の俳句であるが、種田山頭火と尾崎放哉は、大衆レベルで知られている。季語のもつ伝統的な美の境地や連想性、および定型のリズムが、俳句ならではの芸術性や哲学性を下支えしているのである。しかしながら、山頭火と放哉が志向した無目的の価値観や脱俗の境地は、自由律とかみ合っていたといえる。自由律俳句の自由な音律や自由な句の長短が、人間的な親しみや温かさをもたらしている。さらに、これまでの芸術的な妙趣や哲学的な境地を拒否した、仏教的な思想哲学と〝覚り〟のイメージ空間を顕現している、といえる。

短歌と俳句は、定型の形式はかなり似ていて、芸術的な境地や思想の探求という方向は同じであっても概括すると、短歌は内面を詠うのに対して、俳句は内面を抑えて物に託して詠うことなどから、両者は逆行している。このことがそれぞれの存在意義を高めている。短歌や俳句の実作者あるいは読者は、それらのルーツである和歌・連歌・俳諧についての成立の経緯や作法・作句法の特徴を知ったことで、短詩型の世界がより深淵なものになったといえよう。短詩型文学はさまざまな階層の人びとを文化芸術的や哲学的に支えてきただけでなく、人生の指針を示唆してきたのである。

《参考文献》

俵万智：サラダ記念日、河出書房新社、一九八七
麻生磯次・訳注：奥の細道　他四編、旺文社、一九九七

●著書
『いくつもの顔のボードレール』（図書新聞）
『巨匠探究―ゲーテ・ゴッホ・ピカソ―』（図書新聞）
『山・自然探究』（図書新聞）
『詩のモダニズム探究』（図書新聞）
『雲ノ平と裏銀座』（近代文芸社）
『秘境の縦走路』（白山書房）
『大雪山とトムラウシ山』（白山書房）
『北海道と九州の山々』（新ハイキング社）
『シンセティックCAD（Computer Aided Design）』（培風館、図学会編、分担執筆）

●入賞実績
平成18年　コスモス文学新人奨励賞（評論部門）「詩人を通しての自然」
平成18年　三重県の全国俳句募集「木の一句」　大紀町賞
平成19年　コスモス文学新人奨励賞（詩部門）「聖岳《ひじり》」
平成24年　第一回与謝蕪村顕彰 与謝野町俳句大会　宇多喜代子選　秀逸
平成29年　第六八回名古屋市民文芸祭　俳句部門　名古屋市文化新興事業団賞
平成29年　第五七回静岡県芸術祭　評論部門　奨励賞　「詩『荒地』とは何か」
平成31年　第五九回静岡県芸術祭　評論部門　静岡朝日テレビ賞
「象徴から『軽み』への蕉風俳諧とその後」
令和2年　第七二回実朝忌俳句大会　鎌倉同人会賞
令和2年　第三九回江東区芭蕉記念館時雨忌全国俳句大会　稲畑廣太郎選　特選

現住所　〒214-0023　川崎市多摩区長尾7-31-10

著者略歴

前川整洋（まえかわ・せいよう）

昭和26年　東京生れ
昭和51年　名古屋大学大学院卒業。
小学校5年のとき高尾山に隣接する景信山（727m）に登ったのをきっかけに、登山をつづけるとともに、山岳紀行、詩、俳句を書きはじめる。その体験を活かし自然、詩、俳句についての評論も書く。深田久弥の日本百名山完登。産業機械メーカーで流れと熱の解析を担当。評論『いくつもの顔のボードレール』・『巨匠探究―ゲーテ・ゴッホ・ピカソ―』・『山・自然探究』の執筆で新境地を拓くとともに、現代社会に求められている精神の再生と自然界の霊的境地の顕現を推し進めた。さらに『詩のモダニズム探究』では、モダニズム詩の台頭の経緯や詩法とその意義を解き明かした。
作家　詩人　俳人
現代詩創作集団「地球」（平成21年終刊）元同人
俳句会「白露」（平成24年終刊）元会員
新ハイキング会員

短詩型文学探究
――和歌・短歌と連歌・俳諧・俳句――

二〇二二年六月三〇日　初版第一刷発行

著　者　前川整洋
発行者　静間順二
発行所　株式会社図書新聞
〒一六二-〇〇五四
東京都新宿区河田町三-一五　河田町ビル三階
電　話：〇三-五三六八-二三二七
ＦＡＸ：〇三-五九一九-二四四二
装幀・ＤＴＰ　株式会社ゼロメガ
印刷・製本　中央精版印刷株式会社

ISBN978-4-88611-483-9　C0090